你不符合我对女人的
一切想象
但我要你

——许家与

阅读越美丽
开卷好心情

却爱他

伊人瞹瞹 著

江苏凤凰文艺出版社

图书在版编目（CIP）数据

却爱她 / 伊人瞍瞍著. -- 南京：江苏凤凰文艺出版社，2023.9
ISBN 978-7-5594-6672-3

Ⅰ.①却… Ⅱ.①伊… Ⅲ.①长篇小说 - 中国 - 当代 Ⅳ.① I247.5

中国版本图书馆 CIP 数据核字（2022）第 045048 号

却爱她

伊人瞍瞍 著

责任编辑	张　倩
出版统筹	曾英姿
选题策划	石　颖
特约编辑	张昊楠
封面设计	白砚川
插画绘制	舞小仙
出版发行	江苏凤凰文艺出版社
	南京市中央路 165 号，邮编：210009
网　　址	http://www.jswenyi.com
印　　刷	湖南天闻新华印务有限公司
开　　本	880mm×1230mm　1/32
印　　张	9
字　　数	237 千字
版　　次	2023 年 9 月第 1 版
印　　次	2023 年 9 月第 1 次印刷
书　　号	ISBN 978-7-5594-6672-3
定　　价	46.80 元

江苏凤凰文艺版图书凡印刷、装订错误，可向出版社调换，联系电话 025 - 83280257

CONTENTS

目录

第一章	水火不容	·001
第二章	假意追求	·030
第三章	有求于她	·059
第四章	距离拉近	·088
第五章	情感交流	·117

CONTENTS

目录

第六章	我不放心	·146
第七章	来上自习	·175
第八章	试探克制	·203
第九章	经年旧魇	·232
第十章	就是爱她	·257

第一章
水火不容

叶穗觉得自己和"嘉年华"大概八字不合。

和前男友在这里分手;打工两个月,临走被克扣了一千元;现在还要帮舍友抢回男友。

时间回到半小时前。

刚从经理那里逃脱,数了工资后,想到经理盯着自己满是暗示的目光,叶穗决定就这么算了,不追要扣掉的工资了。毕竟明天开学,就当为自己攒攒运气。

音乐声震耳欲聋,关上门,叶穗站在洗手间被各色光反射得五色斑斓的镜子前,一条长腿搭在洗漱台上。她低头,耐心地整理着自己的过膝丝袜。

直发,短裙,黑靴,烈焰红唇,眼角那勾人的泪痣,金色眼影。

这些凑在一起,让叶穗明艳照人。

叶穗在洗手间开始涂口红的时候,接到了舍友带着哭腔的电话,那边哽咽着问道:"穗儿……穗儿你去'嘉年华'结工资了吗?"

叶穗暑假在"嘉年华"打工的事,对宿舍姑娘们来说并不是秘密。打电话过来的姑娘叫文瑶,很斯文的名字,和她本人的长相一样乖巧。

只是文瑶是个小哭包,她在电话里软软糯糯的哭腔让叶穗眼皮跳了一下。

叶穗歪头将手机夹在肩与耳之间,手握着口红对着镜子细致涂抹,含糊不清地安抚电话那头的舍友:"对啊,我去结工资了。马上就回。你是不是饿了?乖,回去给你们带饭。"

文瑶抽抽搭搭:"不是啦!你先别急着回来,宿舍停电了。还有,是……是我怀疑我男友劈腿了!"

男友啊。

叶穗按在红唇上的口红停了一下,心想这家务事就不太好管了。她一时不知道该说什么,只敷衍地说:"哦。"

那边却像是没感受到她的不自在一样,仍然哭哭啼啼:"我刚和我男友视频,他不接,我就怀疑了。然后他接了,说自己在'嘉年华'谈什么正事,但我听到他身边有别的女人,声音娇滴滴的……穗儿,我觉得我被背叛了!你现在是不是就在'嘉年华'?你帮我找找他,帮我看清楚这个浑蛋,我不要他和别的女人在一起……"

舍友的男友啊。

"嘉年华"啊。

叶穗盯着镜中自己精致完美的面孔,打量一番自己的穿着,再想到平时舍友和她那个小学弟男友之间腻腻歪歪的作风……而且,舍友的小学弟男友,曾经追过自己啊。

挺尴尬的。

叶穗委婉地回绝道:"瑶瑶,我觉得你再给他打个电话确认下比较好。我其实和你男友不太熟,不太了解他……"

手机里,哭泣的舍友被另一个舍友抢过电话,大大咧咧地开口:"叶穗,你就帮帮她啦!肯定是有些女人不检点,勾引瑶瑶的男友。你正好在那里,你忍心让我们瑶瑶伤心吗?你要帮我们瑶瑶把男友抢回来啊!"

叶穗心想:这样的男友有什么好抢的?旧的不去新的不来。

但她当然不能这么说。

耳边喧嚣声太大，叶穗再一次强调："我真的不认识你男友……"

手机那头的文瑶又哭起来了："呜呜呜，穗儿，你肯定认识的啊，他长得那么帅……"

叶穗无语。

另一个舍友："大家一起见过面吃过饭，有什么不认识的？穗儿你别怕，我们都相信你，帮我们看看文瑶男友到底怎么回事吧？"

叶穗手中的口红停在唇上半天，思索了一下正要说话时，手机那头信号开始断断续续，最后竟然断线了。她想再联系，电话接不通。听着耳边依然闹腾的音乐，显然这个忙，她得帮了。然而叶穗盯着镜中的自己，叹口气后，抿着唇，努力在脑海中回想：文瑶的男友，长什么样来着？

叶穗推开洗手间大门，回到音乐吧大厅，看着这个光怪陆离、灯光绚烂的世界。她眯着眼靠在墙上，在一群男女中寻找自己印象中的"文瑶的男友"。舍友男友有多帅气她不太记得，但她从舍友话里得到的信息，是一个帅哥正被音乐吧里声音很嗲的美女搭讪。

那个帅哥在哪里呢？

吧台边，正坐着一位背影挺拔的帅哥——许容与。

和别的来这里取乐、唱歌的男女不同，他坐在吧台边，只点了一杯饮品。服务生过来好几次，问过好几次，许容与只是安静地坐着，拿着一厚沓草稿纸，手中拿着铅笔写写画画。在他的纸上，线条精细的建筑轮廓，被一点点勾勒出来。

沉静的侧脸，眼角的泪痣，淡漠的气质，勾画不停的修长手指，一切都和"嘉年华"的气质格格不入。

许容与戴着耳机，一边听手机那头的人说话，一边专注于自己笔下的画稿，偶尔"嗯"几声，回应电话那头男生的哭诉——

电话另一头，和许容与哭诉的，是他的哥哥。许容与的哥哥和刚上大学的弟弟哭诉了一晚上前女友的无情，大概内容是——

"叶穗那个没良心的女人。"

"我早就看出来她不安于室。"

"亲眼看到她和男人勾勾搭搭,她还说没有。"

"容与啊,你要吸取哥哥的教训,以后找女人,擦亮眼睛,不能找这种女人……"

许容与冷冷淡淡地应声:"嗯嗯。"

哥哥聊着自己的伤心事,听到弟弟那边杂乱的音乐,忽然想起问弟弟:"容与,你在哪里啊?怎么听着这么乱?"

许容与漫不经心地开口:"我在音乐吧。宿舍停电了,我在这里写作业。"

站在吧台前的服务生闻言虎躯一震,非常认真地看了一眼这个坐在吧台前写作业的学生。

隔着耳机,手机那头的哥哥同样一震,说不出话,只在心里给弟弟点了个赞。哥哥清清嗓子,继续哭诉:"再接着说那个叶穗啊,我那个前女友啊……"

许容与仍然冷淡回复:"嗯嗯。"

许容与长得清隽,眉目轮廓如水中月一般,与众不同,音乐吧的姑娘很容易被他吸引。许容与坐在这里,半小时已经拒绝了五拨人的搭讪。在他听哥哥的电话时,又一位新的美女凑了过来,靠着吧台托着腮帮,与他搭讪:"小哥哥,你在画什么?房子吗?你是不是东大的学生啊?"

许容与抬目望了美女一眼。红尘千里,映在他长睫下。这样的少年,他抬起眼时,左眼角的泪痣如墨入清水般,滴答一晃,那勾魂摄魄的韵味,让坐在旁边的美女心神一晃,手中的杯子差点落地。

人间仙品。

美女被他看着,散漫的坐姿换了,甚至红了脸,声音有点儿抖:"小哥哥,你叫什么啊?可以交个朋友吗?我其实也是学生啦,我是戏剧学院的学生,出来采风呢……"

许容与耳机里哥哥还在哭诉:"那个没良心的女人……"

旁边的美女也正纠缠着他:"小哥哥,别不吭声啊。我请你喝东西吧?"

许容与伸手,揉了揉眉心。他闭目,露出略微厌烦的神色时,忽然从后面肩上搭来一只手,女生身上的香风掠来。一个女声慵懒地在他背后响起:"这位美女,和别人男朋友说话之前,是不是应该问问人家女朋友的意思啊?"

许容与:……怎么又来了一个女的?

他摘掉一只耳机,将草稿纸一收,站了起来,转身要推开自己肩上那只手走掉。但是他才站起来,就被那只手按了下去。许容与被按坐下去,一时有些吃惊地抬头,这一下,看到一个散发的美女从后面跨过来,俯下身来对他一眨眼,钩住了他的脖颈。

女生与他向后倾的面颊轻贴了一下,有些娇嗔地对他哼了一声:"男朋友,别的女人和你搭讪的时候,能不能拒绝啊?我这么漂亮的女朋友,你都不关心人家吗?"

许容与:"走开……"

他瞳眸微缩,一时恍惚,因灯光突然照来,他看清了这位女生。

钩住许容与脖颈的女生,正是在茫茫人群中寻找舍友男友的叶穗。茫茫人海中,舍友说自己的男朋友最帅,还正被女人搭讪。那一定是坐在吧台前的这位帅哥了。

叶穗钩住他的颈,在他吃惊的凝视下,面颊几乎与他贴上。她贴着他的耳,小声:"学弟,不能背着女朋友偷吃哦。我是你女朋友派过来找你的,乖乖配合学姐吧。"

许容与不明所以。

对面的女生激动地站起来:"你是他女朋友?怎么可能呢?我不信!"

而耳机那头,半天听不到弟弟回应的哥哥,也听出了许容与那边不寻常的动静。许容与摘下了一只耳机,仍戴着一只。

那只贴着耳朵的耳机中,哥哥的声音带着好奇问他:"容与,怎么了?你那边发生什么事了?"

许容与目不转睛地看着钩住他脖颈,一狠心竟然坐在他大腿上的美女叶穗。

他心想：没怎么，就是哥哥的前女友——叶穗，这女的，莫名其妙冒出来了。而且听不懂她在说什么。

叶穗搂住男生脖颈，为了逼真，还坐在了男生大腿上。她撩下发，回过头，对那个脸色铁青的女生眨了眨眼，眼角的泪痣，清润中透着三分妩媚，如她酥懒的声音一般。

"姑娘，你看，这个男生已经有主了哦。不要浪费时间了。"

她做戏如此完美。

没看到对面的姑娘满眼迟疑吗？

偏被她"拯救"的"舍友男友"不领情——

二女剑拔弩张之际，许容与挂了电话，事不关己："借过。"

发愣的叶穗被男生扯住肩带，向外推了推。黑色的细长肩带，是叶穗上身难得能下手的地方。叶穗被推开两步，那个"舍友男友"站起来，拿过自己的草稿纸，目不斜视，从为他争执的二女之间施施然走过。

美女眼睛一亮，跨步想去追许容与，但没有叶穗反应快。叶穗只迈一步，就从后面重新抓住男生的手腕，微怒道："你干什么呀！人家亲自来哄你，你还要跟别的女生玩？你再这样我们就分手了！"

许容与的胳膊被她拽住，他垂眼。叶穗嘴上娇嗲，抬起的眼中满是杀气。

许容与淡淡地说："你有什么毛病？"

叶穗瞠目结舌，无从说起。

那个多事的美女已经从后赶上，在嘈杂音乐声中，既有些幸灾乐祸，又撒娇似的说道："小姐姐，原来你不是人家女朋友啊？这样抢男人是不行的哦。小哥哥，还是跟我去喝一杯吧。"

叶穗态度坚决地回头，轻轻一笑。她才要继续表演，就发现那个美女身后陆陆续续站出来好几个身材魁梧的社会人士，目光有些不善地扫过来。叶穗一愣，然后暗恨，恼怒地瞪一眼惹祸的"舍友男友"。蓝颜祸水吗？惹上的女人还是个社会人啊？

那美女有恃无恐地抱胸笑："小哥哥……"

许容与谁的面子也不给："借过。"

眼见对面美女眼皮抽了一下，叶穗站在许容与身边，都不知道该说什么了。舍友的这个男友，原来这么酷吗？没看对面都要打架了吗？这位小学弟是不是对人生有什么误会？

一时间，因为这出闹剧，不怀好意的人跟着那美女慢慢围拢过来。许容与无动于衷，叶穗面上淡定，而"嘉年华"的气氛已经变得非常微妙。叶穗咳嗽一声，露出笑，才要说什么，就听脚步声错乱地闯入这片微妙地，音乐吧经理气急败坏的声音传来："喂！叶穗，又是你！你们搞什么呢？这里不能打架！"

保安跟在经理身后。

美女那边停顿了一下，向音乐吧经理看去。

既不能和社会人起冲突，也不能被音乐吧经理抓住。当务之急，叶穗一把拽住许容与的手腕："跑！"

她在这里打过暑假工，熟知音乐吧的后门在哪，不管是音乐吧经理还是这个不讲道理的美女，她都不想惹上，自然要拉着"舍友的男友"逃之夭夭。而许容与原本以为要打架了，他都摘了耳机准备挽袖子了，冷不丁手腕被哥哥的前女友拽住。那个前女友在他愕然的目光下，拽住他，毫不犹豫地向音乐吧深处跑去。

叶穗的长发在黑暗中扬起，不经意地飘向他面孔。纸醉金迷的灯光闪烁，照着她一截雪白的纤细手腕和奔跑的长腿。她回过头，急促地对并不怎么配合的许容与疯狂眨眼睛暗示：学弟，跟着我！

他们身后的美女："追！"

音乐吧经理和保安们："跟上去！叶穗你给我回来——"

他们所在的地方，既是市中心娱乐区，又是居民生活区。叶穗拉着许容与跑出音乐吧，无头苍蝇一样扎入居民区弯弯绕绕的街巷中。天色已经擦黑儿，二人在巷里跑过，锅碗瓢盆声乒乒乓乓，小吃摊商贩被惊倒一片。比他们晚了几步，美女带着人追了出来："别跑！站住！"

叶穗显然对这片区域分外熟悉，她拉着许容与东绕西躲，在大妈们诧异的目光中穿过，身后追踪的人被越甩越远。美女一行人出了音乐吧，没人管着，仍然不解气，在巷子里穿梭找人："他们是不是东大的学生？要偷偷去东大校门口堵人吗？"

"先找找再说。"

美女不甘心地领着自己的兄弟们在巷子里穿梭找人，她态度嚣张凶悍，不复方才音乐吧中的娇弱。殊不知，此时一道宽四五十厘米的极窄的巷子里，躲着他们遍寻不到的人。

通常只能过一人的巷子里，许容与和叶穗靠着墙，面对面站着，两人间已毫无空隙。借着昏暗的光，两个人利用地形优势躲开那些人。

许容与垂眼看着叶穗，他有些专注、又有些怪异地端详着这个与他紧紧相贴、近乎拥抱的姑娘。这么近的距离，他看到她鼻尖的小雀斑，额上沾着发丝的汗水，细长的脖颈不时吞咽着口水。他非常容易就能看出她不是个乖女孩儿，可她美艳动人。

叶穗却没看他。

她压抑着呼吸，侧过头仔细聆听外面的声音。听美女的声音绕着他们骂骂咧咧，时远时近。她时而紧张，时而放松，抿着唇，不停地吞咽口水。那群人找不到他们，终于无奈走掉，叶穗才彻底放松。她含着笑，转回来仰头看许容与："喂，学弟——"

月色如水凉。

周围的声音，像潮水一样扑卷而来，包围住这两个面对面贴墙而站的青春男女。

有欢喜的声音远远近近地传来。

"来电了来电了。"

"电路修好了，回家做饭了。"

"东大的灯亮了。"

刺眼的灯光，从四面八方亮起，那些光，乍然照向这对男女。

眼波潋滟，人间烟火。

不远处的小水洼残留着几日前的积水，如今那积水混着灯海，亮晶晶的。

两人面对面站着，靠得极近。水洼清澈，倒影清晰，他们这般站着，许容与左眼角的泪痣，与叶穗右眼角的泪痣，就如照镜子一般相映。

她不合时宜地想到一句话："命运的子弹，和爱情的烟花，一样无可避免。"

失神片刻，叶穗咬了下唇，突然想到这是舍友的男友。她躲开对方沉静的目光，往旁边一挪，挤出那个仅容一人通过的小巷。许容与不紧不慢地跟着她出来。叶穗手塞进口袋，握了握拳，余光中，看到他从巷子里挤出来后，第一时间先去检查他手里的草稿纸有没有丢。

叶穗吊儿郎当地一笑。

她靠着墙，打量这个学弟，下巴一扬警告了他一声："小学弟，我可是帮了你一把哦。回去和瑶瑶好好相处。还有，别告诉她我和你在这里躲过。怎么哄女朋友高兴，这个总不用学姐教你吧？"

许容与低头查看完手稿，确认手稿没丢，才抬头，平静地质疑道："你帮我什么了？"

叶穗不解。

许容与："不是你连累的我吗？你该赔付我的精神损失。否则我要么向学校反映，要么拨打110。你选择吧。"

叶穗站直了："你在胡说什么？你和美女在音乐吧勾勾搭搭，我还打算帮你瞒着瑶瑶，你就这么对我？小学弟，以前不知道你是这种人啊。你是不是看学姐刚发了工资，准备讹诈学姐？"

许容与慢慢地"哦"一声，他眼角的泪痣忽而一闪，叶穗心神微晃时，见他再次望过来。

"第一，瑶瑶是谁？

"第二，我女朋友是谁，我怎么不知道？

"第三，你发了工资，用金钱来赔偿我的损失正好。

"第四，我确定你不认识我，学姐的记性似乎不太好。"

"第五，"他一口气说了一串数字，让靠墙而站的叶美女目瞪口呆，停顿一下，他才说了最后一句，"你没发现我们一直在鸡同鸭讲吗，叶学姐？"

都知道叫她"叶学姐"，却说不是瑶瑶男友？

叶穗眸子眯起。

她插在口袋里的手感受到振动，她的手机响了。她冷冷地盯着对面的许容与，给他一个"小子等着"的眼神，然后接了电话。电话是文瑶打过来的，喜极而泣地和她说："穗儿，宿舍来电了！还有，我和我男朋友是误会啦，刚才电话怎么都打不通，我就跑出去找他……反正打过电话了，我们已经和好啦！穗儿，谢谢你啊，还好你没听我的话贸然找他，不然我就丢脸了。"

叶穗听得怒了。这都是什么破事儿！

她挂了电话，看向昏暗巷口站着的许容与。许容与当然没听到她的通话，但看她的脸色，他就懂了。许容与说："要我告诉学校还是报警，还是用金钱私了？"

叶穗怒瞪他半天，露出笑容道："小哥哥，别这样啊，有事好商量……"

其实叶穗没做错什么，这么点儿小事，报告校方很幼稚，报警更是不值得。但叶穗真的心虚了一下——她挺怕自己班导的，并不想因为这点儿自己都没弄明白的小事去班导面前接受教育。

叶穗心里骂舍友事多，也骂自己太蠢。她脸上摆出纯洁无辜的谦卑笑容，毫无尊严地对这个陌生学弟谄媚道："学弟，你也是东大的吧？大家都是同学，偶尔一个小误会，没必要这么上纲上线吧？"

许容与低头瞥她抓住自己衣角的手，再抬目瞥她本人一眼。

叶穗靠近他，若有若无地与他拉近距离，气息相贴："学弟，你要真这么计较，不如学姐——"

许容与低着头，开始拨打电话。黄昏时候，路灯已亮，叶穗离他这么近，当然看到他拨电话的第一个数字是"1"。

叶穗气急败坏："喂！"

许容与第二个数字"1"也拨了下去。

叶穗一把抓住许容与拨打电话的手指,制止他拨最后一个数字"0"。少年抬头,平静得与她对望:"打算给多少钱私了?"

叶穗嘴角轻微颤抖:"……学弟,你这么直接,也太让人讨厌了吧。"

许容与:"讨厌我就赔钱让我消失。"

叶穗沉默了。

流年不利。

叶穗出校门一趟,平白惹一身腥,最后还忍气吞声地看着许容与从她这里抽走了两张红票子。和这个不认识的学弟钱货两清后,叶穗有点怕了这个学弟,都不敢多说话,立刻揣着自己的钱包跑远了。

许容与一抬头,他哥哥的前女友、多事的学姐,已经没影了。

沉默片刻,许容与戴上耳机,重新接听电话。他边接听哥哥再次打来询问的电话,边拿着草稿纸,向学校走去。

而在他和叶穗都离开了很久后,巷子尽头的一个垃圾桶边,踢踢踏踏地晃出一个抓着手机、满脸激动的女生。女生看着自己刚才拍到的照片,盯着照片中贴墙而站、中间一点缝隙都没有的男女学生。

月色皎皎,男俊女美。

拍照的女生努力抑制自己的激动:"现在的学弟学妹们,真是了不起啊……"

女生满意地翻看了半天自己拍到的照片,脑子里全是各种素材和思路。她这才点点头,珍重地收好手机,沿着叶穗和许容与走过的路,向东大的校门走去……

叶穗推开宿舍门,满面冷霜。

四人间的宿舍温暖无比,此时里面待着两个女生。一个是文瑶,她坐在上铺,挂着帘子,正在和她男友甜蜜无比地视频聊天。叶穗站在宿舍门口,听到帘子里传来女生甜甜的"讨厌啦""我才不接受你的道歉呢"之类的话。叶穗越听,脸色越冷淡。

她几步走到文瑶的床铺边,正要扯开帘子和文瑶说话,腰被文瑶下铺的女生戳了下。文瑶下铺的女生从自己的床铺钻出来,她戴着一副厚眼镜,跟叶穗"嘘"了一声,指指上铺:"穗儿小声点,瑶瑶和她男友说话呢。"

叶穗正要发怒,那个女生又说:"瑶瑶怕你生气,给你去三食堂买了小蛋糕,放桌上了,改天她和她男友一起请你吃饭啦。瑶瑶真是善良。"

见叶穗没回应,女生奇怪地看她:"怎么了?你好像不高兴?音乐吧没给你结账?对了,瑶瑶她男友说没看到你啊,你真的去了'嘉年华'?"

叶穗突然笑一下。

"算了,当我好心办坏事吧。不过'瑶瑶真是善良'这话不对。"叶穗停顿一下,伸出食指指着自己的鼻子,微微一笑,妩媚又娇俏,"穗穗最善良。还需要我讲一遍我的遭遇吗?"

和她搭话的女生脸一僵,上铺和男友聊天的文瑶声音也好像忽然低了很多。

叶穗也不管她们两个在想什么了,她去桌上取了文瑶买给自己赔罪的小蛋糕,鞋一脱,施施然地爬上了自己的床铺,坐在床上吃起小蛋糕。三食堂的小蛋糕非常有名,糯糯甜甜的奶油入口,心灵得到了净化,叶穗眯着眼,都要忘了在校外那点不愉快了。

对面床铺的两个女生悄悄看了她一眼,没再吭声,放下帘子,各自去忙各自的了。

叶穗吃完蛋糕,洗漱完毕,躺在床上玩了一会儿手机。她快睡着的时候,宿舍门吱呀呀地被推开,四人间宿舍住的最后一个女生也回来了。

她们宿舍的四个女生分属两个专业。文瑶和帮着她说话的下铺女生是化工院的。而叶穗,还有最后回来的这个女生蒋文文,两人是建筑院大三学生。建筑院大三学生,其实总共就只有这两个女生。

蒋文文回来后端脸盆出去洗漱的时候，就察觉到了宿舍里奇怪的气氛。等她换上睡衣，敲了敲自己上铺的床位。叶穗懒洋洋地哼了一声后，蒋文文就爬上了床，和叶穗躺到一起，小声问她："怎么了？她们两个又惹你了？"

叶穗翻过身，和蒋文文面对面，同样压着声音，嘀嘀咕咕说着悄悄话，把自己在校外悲惨的遭遇诉说一遍。

蒋文文先哼一声，没多说同宿舍那两个女生怎么样，她惊叹着伸手抱抱叶穗的脑袋，怜爱道："那个什么学弟，真的这么对你？可怜的穗儿，打了两个月的工，返校第一天，就少了一千二。"

她一说，叶穗心脏抽一下，更痛了。

蒋文文却非常感兴趣："谁啊？哪个学弟？真的是咱们东大的？不是吧穗儿，你现在连一个小学弟都搞不定了？你说得我都好奇了。你没问清楚是哪个院的学弟啊？"

叶穗幽幽叹口气："我哪里敢问？我怕我再被讹两百。"

蒋文文扑哧笑出声，在叶穗瞪过来时，她捂住嘴忍笑："对不起对不起，我是真的没见过你在男生面前这么受挫嘛。太新奇了。话说你怎么会搞不定他？他长什么样啊？跟我说说，改天也让我看一下呗。"

"算了，我巴不得不要再碰上他了。"叶穗沉默半天，小声说，"不过，他真的蛮好看的。要不是文瑶说她男友是音乐吧里最帅的，我也不会认错啊。想我见过多少帅哥，这个学弟……嗯，真的蛮好看的。"

蒋文文看到叶穗眸中丝丝缕缕的笑意，哦一声后，感兴趣地说道："我知道了，原来叶美人是难过美男关，发挥失常啊。穗儿，对付这种男人，教你一个招儿呗。"

叶穗脑中仍回味着那个学弟的长相，有些漫不经心："嗯？"

蒋文文开玩笑："我不信有咱们叶美人收服不了的男人。你就先把他追到手，再甩了他，给自己报仇呗。"

叶穗扬眉："嗯？"

许容与提着一袋子水果回到宿舍，进宿舍门那一刹那，终于把电话挂了："我回到宿舍了，还要做功课。你也学习一会儿吧。"

电话那头的哥哥：许容与这是暗示自己不要打扰他学习了吗？

这个臭小子。

许容与哥哥挂电话前，仍狐疑地重复问一遍："你挂我电话的那段时间，真的没发生什么事，没遇到什么奇怪的人？"

许容与："嗯。"

他没有告诉哥哥，叶穗出现过。哥哥既然已经和她分手，又分明放不下，还是不要把叶穗的出现告诉哥哥为好。

许容与哥哥最后叮嘱弟弟："对了，你去东大上学，叶穗就是东大的，你小心点儿，离那个女人远远的，给哥哥争口气……"

嘟嘟嘟——

他弟弟把电话给挂了。

许容与哥哥嘴角抽了抽。

而在许容与的宿舍，看见他提着一袋子水果回来，舍友们欢呼一声，毫不讲究地跑过来抢水果了。许容与也不制止，叶穗的二百块钱，注定这么花出去。舍友们去抢水果，许容与坐到书桌前，打开灯，翻看自己的草稿纸。

突然他怔了一下。

草稿纸的其中一张，不知道什么时候，沾了一点口红。

记忆如灌水一样涌入脑海中，方才校外巷中，与他贴墙面对、仰着头的女生。眼波若水，桃花面相，她笑的时候，又可爱，又性感……

舍友从后凑过来："这是什么……"

许容与一下合上了草稿纸，舍友看到的，便是最上面那张画满建筑的草稿纸。舍友虎躯一震，用看怪物的眼神看许容与："天哪，你还是人吗？还真的跑去音乐吧写作业了……"

同一夜，东大文学院的一个大四女生宿舍中，舒若河开了灯，坐在书桌前,打开笔记本电脑的文档页面。

她低头看一会儿自己在校外巷子里拍到的男女靠墙而站的身影,月色、灯光照在他们身上,光华如水。

沉思片刻,舒若河敲下了新的书名——《却爱她》。

大四女生舒若河,是网文写手。一张照片激起了她的灵感,从这一夜开始,她以那两个男女生为原型,创作一部名叫《却爱她》的小说。

高年级学生返校,大一新生入学,九月注定是繁忙的一个月。东大对学生们采取的是"老生带新生"的方式,不只是刚入学的大一新生要进行军训,高年级的学长学姐们,也要准备晚会演出迎接新生。

同时,从新生入学后的第二个周末开始,东大社团招新。这项传统活动,被戏称为"百团大战"。

叶穗叶美人,被会长一句话召去了招新现场。

去的时候,顺便带走了学习学得苦哈哈、急需要娱乐的蒋文文同学。

啪!

额头上被书册敲了一下,叶穗一个激灵醒过神,顺便掐了把旁边同样昏昏欲睡的好友蒋文文。两个女生抬头,迷茫地看着盯着她们一脸恨铁不成钢的会长。会长指指人头攒动的广场:"就这样你们都能睡着?过来参加个活动为集体做点贡献,叶穗你们两个弄得像是我们男生虐待两个小姑娘似的。打起精神来!社团招新不是我一个人的事!"

拉着好友坐在马拉松协会的社团招新现场被会长批评,叶穗揉了揉额头,脸颊上贴着的碎发跟着打了个晃儿,让周围男生忍不住往她身上瞥。

马拉松协会是东大不冷不热的社团之一,叶穗是社团里唯一一个宝贵的女生。当年入社也是被这些男生骗进来的……但是既然已经骗进来了,会长就想善用叶穗的美貌,为协会吸引更多的人。眼下看到叶穗终于开始扫视四周,会长站在她身后,脸上藏着笑:"睡够了?"

蒋文文脸一下就红了,虽然会长没说她,但她是跟着叶穗来混的……蒋文文连忙点头:"我和穗儿会好好工作的!"

"工作什么呀?"叶穗手掩口,打个哈欠,她手肘撑着桌子,桌下的长腿交叠,换了个坐姿,"会长,你就饶了我们吧。我们建院的作业多、考试多是出了名的……这刚开学两周,我都快吃不消了。借你的场子休息休息,可怜可怜受苦受累的学妹吧。"

她仰头求人,双眸水润,迷离无比。

不提会长,其他没被她看的男生,明明低着头在给新生讲解内容、写报告,此时一个个红了脸,悄悄看社团中这个有名的大美人。会长招架不住叶穗的目光,他咳嗽一声:"知道你们建院学生苦……你和文文起码别睡,好好坐在这里,遇到学弟学妹们回答几个问题,这总不难吧?"

叶穗身子往后懒懒一靠,打个响指,眯起眼笑:"不难,不难。"

随着她的笑容,马拉松协会的同学们心情跟着好起来——叶美女就是他们社团的吉祥物啊。

多少大一学弟都是被叶美人的脸给忽悠进来的。

会长看一眼叶穗,满意地点点头。他拿过记录册,看副会长统计的今年招新状况。看了一会儿,会长皱起了眉。不能说来报名的人少,报名的人不少,但是,清一色的男生,没有一个女生。一个社团要发展壮大,姑娘们的力量也很大啊。

然而马拉松协会有一定要求,大部分女生听到每天要训练、周周要跑步,就被吓退了。喜欢运动的女生毕竟少。

会长回头,盯着叶穗的脸蛋,不禁琢磨开了:协会现在吸引新生,一半男生靠的是叶穗的吸引力,那么换位思考,往协会里招几个帅气的男生,也能吸引几个学妹进社吧?

这么琢磨着，会长手中转着钢笔，眼睛在广场上的大一学弟中扫视，寻找他需要的帅气小学弟。东大是世界知名的一流院校，男生不少，长得英俊的却也没那么多。会长盯着人群半小时之久，在他快要不耐烦放弃时，忽然眼前一亮："哎，那个学弟，等等！"

会长迎了上去。

他看到了一个面容沉静的男生从拥挤的人群中往广场的另一边挤去。男生立在人群中，眼神清润。凡此男生经过，周围的姑娘们纷纷往他手中塞各社的宣传单。

"学弟，考虑考虑我们社团啊。我们社团有很多漂亮的女生。"

这个被人不停塞宣传单的男生："我不喜欢女生多的社团。"

周围的社团再接再厉："那来我们社！我们社比较清闲，平时没什么活动……"

男生眼皮不抬："我也不喜欢清闲的社团。"

跟着男生在人群里挤的同宿舍同学嫉妒极了。瞧瞧这人，说的是什么话啊！

但这人是许容与，就变得正常了。

许容与拒绝着各大社团伸出的橄榄枝，在女生堆里站得有些头晕。正在这时，一个男生越过众女生，无视姑娘们的白眼，挤到了他身边："学弟想加一个既没有女生又很忙的社团？我们社团符合学弟你的要求啊！"

许容与一怔，抬了眼。

他那抓着一大把宣传单的手被这个高大的男生握住了。

男生热情道："学弟你好，怎么称呼？我是'马拉松协会'的会长，我们协会真的没什么女生，从周一到周五，每天都有不同时间的训练任务，周末偶尔还要和别的高校合作，举办个联赛什么的。我们社团会让你特别忙，完全符合学弟你的期待！"

周围社团看着这位夸夸其谈的会长。脸皮真厚。

明明是最辛苦的社团，还说得这么激情澎湃。这位马拉松协会的会长,不知道用这种激情骗了多少大一新生入社,其实哪有人真的喜欢忙,这个学弟恐怕就是推托而已。

没想到许容与考虑了一下,竟然说:"你们社在哪里?我了解一下。"

许容与的几个舍友互相看了看,抽了抽嘴角。许容与这种怪物,思想境界真是和他们正常人不一样。

会长也是大喜过望,他第一次用这种方式招收到年轻的学弟。他仔细打量了许容与两眼,确实是那种让女生喜欢的帅哥形象。会长怕学弟反悔,连忙拉着学弟,去他们社团所在的位置报名,一路上顺便给许容与介绍自己的社团。在这期间会长已经了解了许同学的院系名字,听到许容与和他的同学们都是建院今年的大一新生,会长愣了一下。

许容与眼皮一扬:"怎么?"

会长咳嗽一下,支吾道:"许学弟你这种思想境界高、热爱运动的学生,学长非常敬佩。学长只是想了解一下,你之前说不想加入女生多的社团,是完全不能通融吗?一个女生都不能有?"

许容与平静道:"字面意思。女生少不是说一个女生都没有。我没有那么变态。"

会长松了口气,然后笑着搂住少年的肩拍了拍:"这就好了!学弟没有那么挑剔我就放心了。其实我们协会也是有女生的,不过只有一个女生,而且也不常在,肯定符合学弟你的要求。"

许容与不在意地点了点头,他身后的几个舍友则苦着脸。建院是"和尚庙",平时班里没有女生就算了,现在跟着许容与,报个社团还见不到女生,大学好辛苦。

会长带着许容与他们在报名表上签字,耐心地跟他们介绍社团的活动。介绍时,会长不经意地瞥到一旁被男生们围着的桌前,叶穗又低着头快睡着了。会长一顿,手一伸,高声:"叶穗!"

低头准备在报名表上签字的许容与眼皮一跳,手中笔停住了。那边被喊到名字的叶穗头一抬,一下子清醒了,向会长这边看过来。

会长自豪地和许容与介绍他们社团里唯一的女生："许学弟，你看，我们社团讲究的是在精不在多。我们社团是有女生的，唯一的女生，就是叶穗同学。不知道学弟你们听说过没？叶穗也是你们建院的。她今年大三，算是你们的师姐。你们建院同学应该都听过叶穗的名字吧？"

许容与没吭声，他身后的舍友们原本沮丧得准备认命，这时颇为激动地点着头："知道，知道！"

叶穗学姐是建院之光啊！

军训两周，听了两周叶穗学姐的传奇故事，没想到现在能见到真人。

舍友们羡慕地看了许容与一眼。跟着许容与，总能见到各式各样的美人。

会长介绍完后，跟叶穗招手："叶穗，过来，带你见下你们建院的小学弟。"

叶穗抓抓长发，站起来走向会长这边。人往两边一散，会长和他身边站着的男生都映在了她眼中。看到会长旁边的那个男生面孔，叶穗脸上的笑一僵——两周前开学前夜在"嘉年华"糟糕的经历在脑海中跃然而出！

许容与淡淡地看着她。

会长招呼两人："同门师姐师弟，打个招呼嘛。"

叶穗皮笑肉不笑："小学弟？"

许容与面无表情。

会长迷惑地看着许容与把报名表还给他。

许容与说："叶学姐在？那我不报名了。"

等到大家都散了，叶穗和蒋文文去食堂吃饭，蒋文文才趁机问："你认识那个学弟？才大一新生，不会是你丧心病狂，有这么个前男友吧？感觉小学弟挺针对你的。"

毕竟叶美人的男人缘太好。

叶穗耸肩:"说实话,讨厌他的人应该是我才对,我都不晓得他反应怎么比我还大。他配吗?"

蒋文文扭头看旁边的美人,嗅到了八卦的味道:"嗳,这么说你还真的认识这个小学弟?蛮帅的小男生,你怎么忍心折腾人家?"

叶穗翻了个白眼。她长得漂亮,只是翻白眼,眼波流动若水,说不出的娇俏妩媚。哪怕蒋文文这个女生看着,都心动了一秒——于是她更加奇怪小学弟的反应了。

叶穗慢吞吞地,把自己和许容与之前的事说了:"他就是我前段时间跟你说的那个小学弟啊,被我错认成了瑶瑶男友的那个……"

蒋文文恍然大悟,也不知道该说什么好了。大千世界,无奇不有,叶穗的美貌居然有碰壁的一天,也是蛮稀奇的。

蒋文文:"那就别理他了。就是可怜你们会长,又要操心了。"

蒋文文说得不错,马拉松协会的会长非常头痛。马拉松协会成员九成都是体院学生,好不容易有一个不怕吃苦、长得还蛮周正的学弟有兴趣,怎么能败在叶穗这一关呢?会长先给叶穗发信息,问两人之间有什么龃龉,有条件的话会长愿意组织个饭局帮两人和解。

叶穗没理会长。

会长不在意,又用同样的话去劝许容与。面对学长,许容与还算有礼貌,回了几句"不适合"之类的话。会长趁热打铁,不管许容与有多抗拒,硬是厚着脸皮约了个时间,让许容与来体院,他帮两人说和说和。

差不多时间,会长也把叶穗约过去,没说真正的理由,只说让叶穗过来拿个材料。

叶穗花了一下午写完建院作业,才看到会长的信息。正好肚子饿了,叶穗下了上铺,问宿舍的几个姑娘:"我出去一趟,有要带饭的吗?"

对面的文瑶拉下帘子,她的脸圆圆的,有些忐忑又害羞地对叶穗眨着眼:"我要一食堂的柠檬茶,可以吗?"

叶穗穿鞋子,随意道:"拿钱啊。"

看她不在意之前的事,文瑶松了口气,连忙给她发了个红包。然后文瑶下铺的女生也赶紧说了自己要买的东西,叶穗同样让给钱。只是问到蒋文文时,蒋文文还趴在桌上做作业,苦大仇深地摇了摇头。叶穗摸摸她的头,怜爱道:"快点写吧,我还指望你呢。"

外面刮起了风,天灰蒙蒙的,落着小雨。叶穗站在宿舍楼下发了会儿呆,她懒得回去拿伞,直接将卫衣帽子往头顶一戴,就冒雨去取自行车。

冒着寒风,叶穗一路骑着自行车,冻得瑟瑟发抖。到了体院那边会长约定的会议室所在的大楼,叶穗脸上、发上挂着水珠,唇微微发白。叶穗抹一把脸上的雨水,赶紧进大楼。

一路畅通无阻,她到了会议厅外,正要推门进去质问会长发什么疯,就听到里面的声音——

男声有些冷淡,像是窗外洒落的雨水:"不,我还是拒绝。"

叶穗手握着门把柄,怔住了。其实她和许容与并不熟,但得罪她的这个学弟太有特色,她记住了他。这会儿,她听到的,就是许容与的声音。

会长和颜悦色地劝:"许学弟,我理解你和叶穗之间可能有些不对付。但是你要告诉我原因啊。冤家宜解不宜结,叶穗又不是什么难说话的姑娘。再说你一个男生,和女生斤斤计较,也不好吧?学弟你对叶穗到底有什么意见?"

许容与沉默了一下,他对她其实并没有太多意见。

顶多是……中间横着他哥哥。

许容与:"大家行事风格不同,千人千面,我能理解。只是和叶学姐同在一室的话……比较麻烦。"

他哥哥应该不会高兴他和哥哥前女友关系太好,还在同一个社团。能避免见面,是最好的。

许容与:"抱歉,有她没我。"

里面的谈话到此结束,许容与推门出来,打算回宿舍。一推开门,他清淡的眸色暗了下，因为看到他方才话题的主角。

叶穗就抱着臂靠着墙，长腿笔直，挑衅地看着他出来。

叶穗长腿细腰，肤色瓷白，长发湿了一点，松松地扎成一个马尾。她向许容与走过来，似笑非笑："小学弟，背着我说我坏话啊？"

在叶穗走来时，许容与并没有后退。他平静地面对她，开口道："实话实说，称不上坏话。倒是学姐原来还有听墙角的毛病。"

叶穗嗤笑一声："你们声音那么大，我也不想听啊。学弟你倒是潇洒，有我没你……许学弟，话可不要说得这么绝对啊。"

许容与绕过她，从墙边取走自己的伞："学姐有后招？那我等着了。"

叶穗狠狠一咬腮帮，被噎得不行，话堵在嗓子眼没说出来。还没想好该怎么反驳回去，许容与已经沿着走廊离开了。他穿着军训时的迷彩服，皮肤比刚开学时见到的黑了些，糙了些，但他气质那么好，撑着伞缓缓离开的背影实在好看。

叶穗回过头，看到会长站在门口。会长说："说得好，凡事哪有那么绝对！叶同学，我希望你好好解决你和许容与之间的矛盾。许容与这个学生，我们社团是很愿意吸收进来的。我相信你！"

叶穗愣了一下："会长，你相信我什么啊？我就是跟许容与放个狠话，我都不知道我有啥后招啊。"

会长也被噎住，瞪着她。

看到终于有一个人被她说得没话了，叶穗莞尔一笑——眼神狡黠，唇瓣鲜妍。她歪着头笑，潮湿的发丝贴着脸颊轻晃，荡秋千一般。

叶穗虽然没跟会长打包票一定解决自己和许容与之间的矛盾，把许容与拉进社团，但是，她意难平。每天上课，她都会经过操场，经过操场，便会看到正在军训的大一同学们。而看到这些生机勃勃的新生，叶穗就想到许容与的"有她没我"。

她顿时胸闷，咬牙切齿，想报仇却发现自己也想不出什么招！

为了欢迎大一新生，建院学长学姐们会组织文艺演出。当新生们忙着军训,学长学姐们也抽空排排节目。叶穗长得漂亮身材好,再加上能歌善舞,向来是这种活动最欢迎的演员。下午的课上完,叶穗还要去院里练习节目。而练习节目时,想到自己的舞蹈被许容与这种人看,叶穗都不高兴。

排练休息时,在蒋文文再三追问下,叶穗说了自己的烦恼源头。两个姑娘肩并肩,一起靠着栏杆说话。蒋文文不如叶穗,叶穗穿着漂亮的晚礼服去跳火辣的舞蹈,她这种普通人,只能穿着校服,跟人排练广播体操。听了叶穗的烦心事,蒋文文诧异地扭头看她:"不是吧?你还没忘掉那个许容与啊?"

叶穗:"哪能忘啊!人家还放话等我的后招。你不知道那小子看上去有多贱!多可恨!"

蒋文文盯着叶穗,将她从上向下扫视一遍。怎么看,也不像是男生会讨厌的样子啊?蒋文文凑过去,小声说:"我有一个猜测,只是一个猜测哦。穗儿,你看那许学弟这么针对你,会不会像是那种小学男生喜欢一个姑娘,就去欺负她啊?这样好引起你的注意。"

叶穗眸子睁大:"他……看着不像这么幼稚的人。"

蒋文文:"那可说不定。男生面对喜欢的女生都幼稚。何况,你是叶穗啊!建院之光,我还没见过这世上有男生讨厌你呢。"

叶穗眉一扬,欲笑不笑,嗔一眼蒋文文。

蒋文文:"哎呀,你不要用这么恶心的眼神看着我啦,话说你这么讨厌他……之前咱们说的那个办法,先勾搭上他,再甩了他,不是不行哦。"

叶穗"哦"了一声,若有所思。

白天军训,晚上大部分新生都在宿舍休息。但也有少数不一般的人,累了一天后,晚上仍然去自习室学习。恰恰,许容与就是这类喜欢学习的人。他选的这间自习室人坐得稀稀疏疏,放眼看去,大概也就不到十个学生在读书。

华灯初上,一片安静中,自习室门被推开。

有人抬头偷看，一望之下愣住。

也有人如许容与，自始至终没抬头。

偏偏推门的人，一步一步，走到了他面前。许容与低头看书，仍然没反应。站在他桌前的人伸指，敲了敲桌子，声音纤细而清甜："许学弟。"

许容与眼皮一跳。麻烦又来了。

他手揉着眉心，没什么表情地抬头，果然看到叶穗站在他面前。周围同学用羡慕的眼神看他，许容与自己却没感觉。他挑眉，疑惑地看着叶穗。

叶穗落落大方地一笑，俯下身子，对着许容与轻声："许学弟，出来一下呗。"

许容与上身后靠："和你不熟。有什么话在这里说清楚吧。"

叶穗顿一下，道："可是，我是要跟你表白啊。难道学弟你喜欢当着这么多人的面听我表白吗？脸皮蛮厚的呢。"

"哦……"自习室中此起彼伏、充满暗示的呼声响起。有不认识叶穗的，但被这么漂亮的女生堵着表白，男生们都十分羡慕地看向那个被表白的男生。但许容与目中却浮起几分错愕。

许容与恍惚了一下，才压低声音："什么？你确定？你没弄错？"

叶穗笑眯眯，竖起一根手指在他面前晃了晃，说"No"。看到他这副意外又有点不自在的样子，总算像个小学弟了，不再如之前几次见面那样，叶穗心情都跟着愉快了一分——先上后甩，让许容与痛苦去吧。

许容与坐在椅上，仰望叶穗。他手中的铅笔重重在纸上画出一长道黑线，基本毁了他在画的那张草图。

叶穗对他抛个媚眼，欲说还羞。

周围同学们说是在学习，其实都在不动声色地观察二人。许容与终于定下心，站了起来："你跟我出去说。"

叶穗背着手，轻松无比地跟着许容与出了自习室。关门前，她对教室中的广大学子俏皮一眨眼，里面的学生当即被迷得纷纷脸红。

叶穗心情极好，跟着许容与走过走廊，走到了楼梯口，他才停下。

许容与似是一直在低头思索，他停下步子后，就回头说道："叶学姐，抱歉……"

叶穗早猜到他要说什么，伸出一指按在他唇上。女生凉软的手指压在唇上，如羽毛，如露水。许容与眸子闪了一下，快速向后退一步，有些愠怒地盯着她，目光中充满审视。

"许学弟，鉴于我们之前发生的事，我知道你一定会拒绝我。但是你给的理由，无非是我们不合适，你现在不喜欢我，或者你还打算专注学习不谈恋爱。无所谓啦。只是这些借口，在我看来，都不是真正的理由哦！学姐不接受这种敷衍的借口。"

叶穗目光轻柔，如水波荡漾。她靠近他，他不动，她便踮脚，在他耳边小声："学姐喜欢你，学姐打算好好追你。许学弟先享受下学姐的追求，再说对我有没有感觉。"

她自信满满，显然不觉得自己会拿不下一个乳臭未干的学弟。

这种自信，让许容与皱了眉。

许容与道："一共见过三次面，三次都在争执。不知道学姐哪来的理由说喜欢我？总不能是看脸吧？"

叶穗莞尔，其实她也没找到喜欢许容与的理由来："我就是看脸啊。"

许容与："我不信学姐是这么肤浅的人。"

叶穗掏出自己的手机，滑屏幕给许容与分享自己手机相册中的帅哥图片："许学弟你误会学姐了，我就是这么肤浅的人啊。不光我手机里全是美男照，我的前男友们也全是帅哥。这个怎么证明呢？"她思索一下，抬眼看许容与，眼中透出几分狡黠可爱，"要不我联系下我的前男友们，向学弟你证明一下我的审美？"

许容与："前男友众多？学姐还是放弃吧，我不会喜欢花心的女人的。"

叶穗目中带了笑："学姐花不花心，全看学弟你的本事啊。"

她离他一步之遥，在两人都不躲的情况下，那些暗示，伴着她的桃花面，落在男生眼中……许容与睫毛轻微颤了一下，错开了目光。

叶穗满意了，拍拍他的肩："总之，我追定你啦，许学弟。今晚不打扰学弟你上自习了，学弟你回去好好读书吧。从明天开始，你会迎来一个不一样的世界，相信学姐吧。"

叶穗的突然表白，简直是一场灾难。

许容与向来冷静清醒，他不相信无缘无故的事，也不好奇。他想叶穗不过是心血来潮，就如对他哥哥一样。他哥哥说，叶穗突然和他在一起，之后哥哥还没嫌弃她的花心，她就突然说没感觉了，和哥哥分手。这种女人……哪里懂喜欢？

许容与相信自己的定力，他不会喜欢她，不会背叛哥哥，但他就是头疼她会带来的灾难。

第一桩灾难，便是他回到自习室后，整个自习室的人都在偷看他。人类总是喜欢八卦，充满好奇，许容与早就知道。他没理会这些目光，淡然无比地重新翻开书自习。过了一会儿，大概看许容与真的什么变化都没有，盯着他的目光才带着遗憾远离。

许容与揉了揉太阳穴，放在桌上的手机忽然振动两下。

他漫不经心地拿起手机翻看，打开通讯录，看到一个好友申请投了过来，备注写得清楚明白——"想要追小学弟的漂亮大方的学姐啊"。

漂亮大方的学姐……脸皮真厚啊。

许容与似笑了一下，眼中星光耀耀，但笑容短暂，只有一瞬。回过神，他抿了抿唇，没有通过好友验证。

放下手机，再学了一个小时，自习室要关门了，许容与才拿上书本离开。等他回到宿舍的时候，已经过去了半个小时。推开宿舍门的一瞬间，许容与怔了一下，因自己被宿舍里其他三个人虎视眈眈地盯着。不，不只是虎视眈眈，还暗藏着某种不可言说的期待。

许容与："我进错寝室了？"

三个同学连忙跳起来，欢迎老幺回到宿舍，并体贴地关上门，把许容与按着坐下。三个同学迫不及待地张嘴："容与，叶学姐向你告白了吧？怎么样，你接受了吗？我们就觉得你和叶学姐不寻常！早就知道你们有情况！"

他们羡慕地说："刚上大学就交到了女朋友，还是我们建院最好看的学姐……你这小子，果然深藏不露。"

"没有。"许容与打断他们的激动，在他们发愣时，瞟了他们一眼，"是你们中的谁告诉她我在哪里上自习的？又是你们中的谁把我的微信号告诉她的？"

三个舍友沾沾自喜，纷纷站出来认领："我我我！"

"是我搭的话，叶学姐找过来，怎么能不理呢？多没礼貌啊。"

"我问的同学你在哪里上自习。"

"我把你的微信号告诉学姐的。"

"容与，看我们对你多好！"

"挺好的。"许容与点了点头，没再多说话。

三个舍友等着他分享今晚的经历，谁知道他压根不打算多说，直接开了灯坐在书桌前。几人凑过去，抽着嘴角，这个刚被表白的人，竟然又开始学习了……

这是怎样一种境界。

舍友们顿时觉得有些无趣，而且看许容与学习，他们也想起老师留下的作业还没开始做。建筑学就是这样，课多，作业多，考试多。读建筑学这门专业，和高三时天天备考没太大区别……几个舍友在许容与的带动下，干脆也开始写作业。

过了一会儿，几人有不懂的问题了，理所当然地拿着书去问学霸："容与啊，你看这个题……"

许容与轻飘飘地说道："去问你们的叶学姐啊。"

几个舍友一阵沉默。

许容与抬头："我猜得没错的话，把我的微信号告诉叶学姐的同时，你们几个肯定也软磨硬泡拿到了叶学姐的号。拿到了她的号，你们就去问她作业怎么做吧。正好是一个和美女搭讪的理由。"

几个舍友："……许容与，厉害！"

许容与继续看自己的书："不客气。"

叶穗的追求，当然不是随便说说。第二天中午，新生们军训结束，许容与和同学们在一食堂吃午饭。许容与全程低着头，同坐一桌的一个同学忽然振臂大呼："叶穗学姐，这边这边！"

许容与眼皮猛跳。他仍然不抬头，但是和蒋文文一起站在食堂门口的叶穗已经看到了他们，当然看到了某人冷淡的反应。叶穗忍笑，侧头和蒋文文说了几句悄悄话，蒋文文惊讶地看一眼许容与，然后跟着叶穗一起施施然地向这边走来了。

面对美女学姐，学弟们殷勤地让座："学姐，你坐这里吧？和我们拼个桌呗。"

叶穗点头，余光却盯着某人。某人不光不抬头，他一边吃饭，一边还在翻看一本书。叶穗心想装模作样，面上还是带着笑，故意坐在了许容与的右边。她撑着下巴看许容与，旁边的学弟们都懂了。

蒋文文知趣地问道："穗儿，你吃什么，我去打饭。"

蒋文文走后，叶穗还是托着腮盯着许容与看。许容与的定力真好，她这样盯着他，他都不分心。叶穗倾身过去，手指搭住他的书："许学弟，你在看什么啊？建筑系大一就是很辛苦，好在学姐我已经过来了。你有什么不懂的，可以问学姐。呃……"

她看到了他书本封皮上的几个字——水晶石技法建筑设计手绘实例教程。

叶穗满脑袋问号：这是什么书？是大一应该读的教材？她怎么没见过这本书。

许容与终于抬眼，望了她一眼，并且把书往她的方向移了移，指着书上一个实例："这个不太懂，请教一下学姐。"

叶穗看了眼那道题上复杂又凌乱的线条，强装镇定地答道："大概教材不一样吧，我们以前没学过这种题。"

许容与正要开口，叶穗扭头和同桌的几个同学打招呼："学弟们，你们军训辛苦吗？累不累啊？"

同时，她默默向右侧坐远了些。

撩个学弟，真是太难了。

看叶穗和受宠若惊的同学们相聊甚欢，许容与唇翘了一下，弧度极小。

第二章
假意追求

许容与发现,叶穗可能是真的在追他。

从告白失败那天开始,新生在操场军训时,叶穗都会拉着同班同学,趁休息时给大一建院新生准备矿泉水。名义上是高年级的学长学姐关爱新入校的学弟学妹们,这份关怀,让其他院羡慕无比。但建院同学每次只要瞧一眼叶学姐,发现她都在盯着谁看,答案就了然于胸了。

建院中渐渐流传开,大三出名的美女学姐叶穗,在追刚入校的大一新生许容与。

许容与是非常难追的。

他对叶穗做的努力并没那么大反应,他仍在想借口拒绝叶穗——不愿意带上已经分手的哥哥,他还有什么借口可以拒绝呢?

叶穗显然对许容与的拒绝也不怎么在意,这更让许容与觉得她只是在玩什么花招。许容与无动于衷,同学们说他是"冷血动物"。但军训期间中场休息时,叶穗风雨无阻,又拉着同学们来给学弟学妹们送水喝了。

许容与没有过去,他坐在树荫下,不知想着什么的时候,一道人影坐在了他旁边。许容与没吭声,坐到他旁边的叶穗镇定地从裤兜里掏出一块糖，递给许容与。

许容与看了一眼，没接。

叶穗扬眉："许学弟，这是学姐偷偷藏下的。快中午了，看你们这训练大中午都不停，拿块糖顶顶啊。学姐只给你吃，不给别人分哦。"

许容与坐得四平八稳，迷彩服上衣后背湿了一片，后颈上全是汗，他仍没事人一样，目视前方："不用，我不吃你这套。"

叶穗扶额。这个难搞的许容与啊。

说实话，她追求爱情，热爱交往。她的前男友不止一两个，都是有感觉时在一起，没感觉时就分手，偶尔分手后会出现难缠的前任，但叶穗都能应付过去。毕竟她这么漂亮，没有人舍得真正为难她。

只有许容与，难搞得让叶穗几乎以为自己对他求而不得了——确实太难"得"了。

叶穗没好气地说："许学弟，吃我一块糖能怎样？难道我会因此认为你已经为我折服了吗？就当学姐怜爱你，疼爱你不行吗？看你这么乖这么帅，学姐特别想对你好可不可以？"

许容与一顿，叶穗已经撕开了糖纸，一块软糖快速地递到了他唇边。许容与因为意外而后倾身子，叶穗却不依不饶，手仍然往前递。她的手指贴着他的唇，柔软与干燥相对，两人都停顿了一下，看向对方。

叶影婆娑，光斑闪烁，如海浪一般一重又一重地照向树下二人。

女生靠前，男生手撑着草地后靠，距离却还是近得能感受到对方的呼吸。

许容与平静的目光一变，眼底有愠怒生起："叶穗！"

"唉！"叶穗特别轻快地答应，在他张嘴时，毫不犹豫地把那块糖塞了进去，堵住了许容与的嘴。接着，叶穗笑盈盈地看着许容与，压根不怕他发火。她很好奇，许容与这种过分冷静的人，发火是什么样子。

许容与只盯了她一会儿，情绪就重新被自己压了下去，让叶穗颇为失望。

许容与嚼了嚼口中的糖，抹茶味，初时苦，后甜而清新，齿间尽是香。这片清意浮上心头，缓和了军训带来的燥热。许容与定定地看着叶穗，半晌，他开口："真心对学弟好的学姐，可不会这么骚扰学弟。"

叶穗嗔他一眼，妩媚十分："说什么呢！学姐在追求你。"

叶穗在追求许容与，大家都有了这个共识。

所以当军训汇演时，同宿舍的女生相约着一起去看年轻活力的小学弟，特意拉上了叶穗。文瑶，还有文瑶的下铺李晓茹，再加上蒋文文和叶穗，四人宿舍的成员扶着栏杆，在操场外聚齐了。

操场内放着慷慨激昂的《运动员进行曲》，汇演的各大院系同学跟着教官做最后排练，高年级的学长学姐们围在操场四周，偶尔对场中的学弟学妹们激动地挥手。

建院学生的队伍过来，迷彩绿的整齐队伍，生机勃勃的年少面孔——宿舍四人小分队中，文瑶便先感叹："看着这些年轻的学弟，觉得我们又老了一岁。"

李晓茹："瑶瑶，我拿了相机，我们拍几张照片，回头给校刊投稿吧？听说这一次有奖励呢。"

蒋文文："那我也拍几张好了。"

叶穗眯着眼，阳光落在她面上，她笑盈盈地看着从面前慢慢走过去的新生队伍。她身材这么好，人又好看，走方队的学生和周围的同学或多或少都会看一眼。旁边忙着拍照的三人中，文瑶摆弄相机时忽然想起来问道："穗儿，我好像听说你在追你们院的大一学弟啊？是哪个？"

叶穗向走过去的列队努一下嘴："最帅的那个啊。"

文瑶脸僵了一下，偷偷看叶穗。她也不知道叶穗是有意还是无意，之前自己说自己的男朋友是"音乐吧最帅的"，好像误导了叶穗，叶穗现在就给她来了这么一句……文瑶纠结时，旁边的李晓茹忽然激动地揪她袖子:"瑶瑶,那个男生!那个男生!好帅啊。"

叶穗听了哈哈一笑,引得文瑶和李晓茹狐疑地看过来。

叶穗双手托腮,既得意,又突然有些羞涩。一旁的蒋文文拍了她一巴掌,好笑地回答文瑶和李晓茹:"你们说的那个男生,就是咱们穗儿看上的小学弟啊。"

文瑶和李晓茹恍然大悟,再定睛去看场中走方队的人。此时他们已经停了下来,教官声音沙哑地喊着话,但女生们只注意到方阵中最靠近她们的这一列中的一个男生。他身穿迷彩服英姿勃发,眉眼清和。

这么动人的学弟。

李晓茹脱口而出:"你真的在追大一学弟啊?年龄相差好几岁呢吧?人家会不会嫌你老啊?"

蒋文文立刻板起脸:"李晓茹,你说什么呢!"

李晓茹自知失言,脸一红,有些不自在地看叶穗。

叶穗漫不经心,轻飘飘地说道:"没事,瑶瑶不也一样嘛。"

文瑶脸白了一下。

她的男朋友不光是学弟,还曾经喜欢过叶穗。这是她一直耿耿于怀的。李晓茹抱歉地看向文瑶,着急地跟她使眼色,示意自己不是那个意思。叶穗不在意她们之间的事,看场中解散,她当即跳起,向建院那边迎了上去:"许学弟……"

许容与受不了。

她的许学弟现在听到她的声音,头就一阵疼。

许容与太难搞。

上午军训汇演时,叶穗还混在人群中给建院新生加油,汇演结束后人群一散,她跑去建院方队中,已经找不到许容与了。许容与至今没通过她的好友申请,叶穗不在意,越是难追的,追到后再分手,不是越痛苦吗?

好在许容与难搞,许容与的同学们不难搞。同学们告诉叶穗许容与回宿舍了,下午可能要上自习。这种狂人,大部分时间都在自习室,去那里找他没错。叶穗也不着急,吃了午饭,睡了午觉,下午被蒋文文拉着痛苦地学习了一会儿,才照许容与同学给出的线索,去自习室堵人。

叶穗推开那扇门,怔了下。这间自习室,竟然只有一人。唯一的一人,也不是在学习,而是学累了,趴在桌上闭目睡觉。

叶穗关上门,轻声拉开椅子。她趴在桌上,头向右侧,盯着许容与看。面相很秀气的男生,闭眼睡觉时睫毛那么长,看着十分无害。但他睁眼时,气质冷冷清清,嘴又很毒,一点都不无害。叶穗伸手,戳了一下他的脸,轻骂:"不信我搞不定你。"

她就这么趴在桌上等他,一下午的时间,这间自习室竟没有别的学生进来。叶穗趴在桌上看许容与,看着看着,也许太静了,她也慢慢地闭上眼,睡了过去。再一次清醒时,窗外灯光间次亮起,夜色笼罩。

叶穗睁开眼,发现许容与已经醒了。他仍维持着睡前的姿势没有动,侧着脸看她。

叶穗也没动。

静谧中,他们呼吸轻缓,她右眼角的泪痣,与他左眼角的泪痣,再一次如照镜子般,面面相对。黑发,雪面,红唇,若远若近的呼吸,似有非有的情愫,这样恰到好处。月光照在他们脸上,黑与白,缓缓如水流动。

叶穗轻声:"许学弟……学姐突然想做一件坏事……"

她坐起来,伸出手,去钩他的脖颈,人靠过去。她目光温和,盯着他的唇。许容与猝不及防,只觉香气满怀。叶穗眼睛里带笑,钩子一样扯着人的心脏。她搂住许容与的脖颈,将要亲吻他时,他终于回过神,目中露出惊恐。

叶穗:……惊恐?

许容与伸手臂挡住,声音略急:"我想到拒绝你最合适的理由了!"

叶穗不在意："那个之后再说。"

她要再靠近，许容与按住她的肩，不让她靠近。他盯着她，目光清寒。

叶穗无奈极了："那是什么理由？"

许容与开口："因为，我比你年轻。"他淡淡地看着她，"我不喜欢比自己老的女生。"

叶穗呆住了。

还是许容与够狠。为了拒绝她，连这样的借口都找出来了……

周日早上，叶穗含着一根棒棒糖，在校园里闲晃。虽然建院课多作业多，但叶穗总能给自己找到空闲的时间。周日清晨，校园中的学生比平时少了一半，叶穗走在枫叶飘红的林荫道上，右边便是波光粼粼的青年湖。叶穗一脚脚踩在落叶上，枫树红叶和银杏黄叶在她球鞋下，红黄相间，色彩斑斓。

叶穗眯着眼睛，莺语、花旋、午日阳光，像是找到趣事，她兴致勃勃地在叶子间跳来跳去，长马尾一甩一甩，乌黑靓丽。

她如稚童一般，对这些充满兴趣，玩得不亦乐乎。每踩中一片飘落的叶子，她便鼓着腮帮笑，眉眼弯弯，眸子黑亮。这副旁若无人的模样，让湖边走过的年轻学子的目光都忍不住在她身上逗留。

"叶穗！"

叶穗应了一声回头，看到是马拉松协会的会长杨浩过来了。杨浩是体院大三的，长得高大魁梧，和叶穗从大一时就认识。杨浩和叶穗相识这么久，还让叶穗安安稳稳地待在马拉松协会中，很大一个原因是杨没追过叶穗。此时杨浩和一群学生搬着椅子地毯之类的家具走在林荫道上，一眼看到叶穗在踩着叶子玩。

杨浩没好气，走过去喊一声，叶穗迷糊地回头时，他一巴掌拍在叶穗肩上："穗儿你多大了，还跟小孩子似的玩？"他恨铁不成钢，"就没见过你这么散漫的！许容与学弟你给我搞定了没？这星期一联系你就挂我电话，你是不是心虚？"

许容与啊……叶穗确实心虚了一下,口上却道:"哪能呢!我和许学弟的关系比以前好多了。"

杨浩:"哦?有多好?"

叶穗:"嗯……接吻未遂算吗?"

杨浩又在她肩上拍了一掌,瞪她一眼:"少胡说八道。不了解你的人,多容易误会。"

但杨浩听叶穗这口风,已经猜出来了。杨浩叹了口气:"我看你是把许学弟越说越远吧?算了,社团招新也差不多停了,我打听了一下,许容与也没加入别的社团。算下来我们也不算吃亏,就当许容与和咱们社团没缘吧。"

叶穗拍胸脯,快乐地跟着点头。杨浩瞪过来,叶穗咳嗽着捂嘴。她盯着杨浩和众男生搬的东西,转移话题道:"会长,大周末的,你们这是搞什么活动啊?打篮球吗?现在打篮球还需要搬这么多东西了?"

杨浩解释:"是我们体院的活动。我们院从学生那里收集了一些不用或已经不想要的东西,打算在学校里搞个拍卖,挣到的钱我们院里组织一下,打算去山里做关爱孤寡老人的活动。"

叶穗眼神亮起来了:"蛮有意思的。我能参加吗?反正我现在没事。"

杨浩想了下:"行,你来呗。大美女站台,帮我们拉拉客。对了,我们准备了音响麦克风,本来打算院里的人硬着头皮上。既然你来了,就你上场帮我们唱唱歌,吸引一些学生过来。"

毕竟叶穗能歌善舞,还有过在音乐吧驻唱的经历。

说干就干,叶穗果断地加入了这群男生的活动。他们选了学校人来人往的广场,当即拉开了场子,铺地毯,摆音响,准备摊位。杨浩拉着同学把收来的东西分类别摆在摊位上,叶穗跳上临时搭建的台子,试了试麦克风。音响那边出了问题,几个同学着急地说道:"叶穗你等等啊,我们找同学过来修,修好你再上台唱啊。"

杨浩皱着眉过来:"怎么回事?之前没有试音吗?这得等到什

么时候?"

叶穗拿着麦克风,出主意:"那我清唱好了。"

话一落,叶穗真的唱了起来:"春天的风能否吹来夏天的雨,秋天的月能否照亮冬天的雪……"

清而慵懒的女声婉转飘出,借着麦克风向四周扩散。叶穗散了自己的马尾辫,拿手抓了抓,长发便如海藻般蓬松而美丽。她对几个同学笑了一下,虽只简单地穿着白针织衫和红裙子,但当她抱着麦克风站在台上时,如聚光灯一般,吸引了所有人的目光。

良久,杨浩说:"好。"

就这样清唱吧。

便是这样漫不经心地唱着,没有音乐,没有风花雪月,愿意在台前驻足的学生也越来越多。学生们不停地拍照,分享,盯着台上唱歌的美女学姐。拜叶穗所赐,体院组织的这次活动,也顺利开展了。

广场上空,飘荡着叶穗的歌声:"可能我偏要一条路走到黑吧,可能我还没遇见,那个他吧……"

这样的激情、热烈,让人想到飞蛾、火焰、玫瑰,还有清风过耳。

那样不管不顾,自由自在。

歌声飘在校园中的时候,许容与正和一位教授沿着湖边散步。教授是教他们建筑阴影与透视课的蔡老师,蔡老师只教了许容与几节课,不过和许家是故交。

蔡老师和许容与说着:"我和你爸爸当年都是东大毕业的,但是我们走了不同的路。你爸跑去参军,我就留在了这里当老师。真没想到过了这么多年,我还能见到许志国的小儿子来东大读书,还成了我的学生。"

许容与轻轻"嗯"了一声:"我学建筑,是受爸爸的影响。"

蔡老师赞许地说道:"比你哥强。听说你哥当时差点连大学都读不了,给你爸妈丢脸了吧?"

许容与沉默了一下:"我哥挺好的。爸爸妈妈都很喜欢他。"

蔡老师不以为然地笑了笑,这么多年不联系,他并不清楚许家的情况。和这个优秀的学生聊了几句,蔡老师就说起一件事:"对了,过两天上海有个讲座,关于文化空间创意再造的。本来你们大一新生太小了,我都安排让大三大四的学生过去听。但你成绩优异,你爸又打电话给我说了几句,不如我就给你一个名额,你跟着几个学长过去听听?"

大三大四的学生。

许容与忽然敏感地想起叶穗就是大三学生……等他听到老师说"学长",他心里才松一下,却又不由自主地问:"只是学长,没有学姐吧?"

蔡老师怔了一下,大概没遇到学生这么问过。他侧头,认真地盯着许容与看了几眼,好气又好笑道:"说什么呢?咱们建院能有几个女生?大五的准备毕业不提,大四一个女生都没有,大三就两个,成绩也不够出去啊……"蔡老师看着许容与那清秀的面孔,忽然有了逗趣的心情,"就比如大三那届的,叶……"

叶穗。

蔡老师没说完,歌声就飘入了他们的耳朵,他看到了前面聚起的学生。

蔡老师和许容与一起放眼看去,都看到了台上清唱的女生。她的红裙贴着小腿,轻轻如涟漪波荡,几绺散发拂着面孔,握着麦克风,眼波迷离,声音空灵寂寥。

许容与静静看着,心在刹那间,起了涟漪。

蔡老师不知道两个学生之间的纠葛,感慨道:"哦,就是她,叶穗。叶穗这学生啊,成绩马马虎虎,态度有点不端正……她可能不是学建筑的料,但是她的另类,她身上那种精气神,我还没在其他学生身上见到过,就像……"

许容与心想:就像激烈燃烧的生命。可这么激烈,不怕烫到自己吗?

他出神了一会儿,蔡老师竟然也掏出手机,给叶穗拍了个视频,发到朋友圈炫耀去了。蔡老师炫耀完,才问:"那个讲座,容与你去不去啊?机会很难得的。"

许容与望着看台。叶穗也看到他了,她愣一下,忽然张开手臂,向他这边挥手。她还和他俏皮地眨个眼。这暧昧的互动,引得下面学生疯狂地尖叫,压根没发现叶穗看的是另有其人。

许容与猝不及防,感觉到一丝狼狈,让他无所适从,让他不敢多看台上一眼。

躲避似的,许容与答应了蔡老师:"我去。"

去了,应该就能躲开叶穗了吧。

蔡老师满意地点头,立志要把许容与培养成自己最得意的学生。和许容与说完话,蔡老师跟着台上叶穗的清唱,不由自主地哼唱了两句。对上许容与的目光,蔡老师不好意思:"哎,年轻时喜欢这首歌,没忍住、没忍住……"

许容与礼貌地笑了一下,他低头拿出手机,给标为"许志国爸爸"的头像发了一条信息:"蔡老师让我去上海参加一个讲座,我知道是爸爸给的机会。谢谢爸爸。"

过了十几分钟,许志国的信息才回过来:"不客气。加油。"

"建筑阴影与透视"才下课,任课老师还没离开多媒体教室,大家就听到了走廊里一阵急促的脚步声。一会儿,叶穗的脸在门口晃了一下,被任课老师看到了。

蔡老师边收拾教案,边冲着门口笑骂:"哟,叶穗同学,怎么跑这边来了?难道我教的这门课你今年也重修了?我怎么不记得?"

门外的叶穗暗自后悔被老师看到,但被点了名,她只能硬着头皮走进教室。叶穗摆出灿烂的笑容,招手和老师打了招呼:"老师你可别冤枉我,让学弟学妹们误会了多不好!我今年一门课都没挂,我是过来学习的!"

蔡老师:"专门听着下课铃声过来学习的?"蔡老师又跟下面好奇的学生们介绍,"这是你们大三的师姐叶穗。年年挂科,年年坚强地重修。"

听老师这么说，叶穗脸一红，非常不好意思地笑了一下，笑起来还偏有几分俏丽。她美丽的眼睛往黑压压的同学中一扫，没有看到许容与。蔡老师调侃完了她，下节还有课，直接走了。等老师走后，同学们才大胆地和学姐说话："叶学姐，你是来找许容与的吧？他最近不在学校，去上海听一个什么讲座去了。"

叶穗一顿，然后仍然笑着："谁说我找他呀？我就不能和学弟学妹们联络感情吗？"

虽然这么说着，和师弟师妹们贫嘴了几句，叶穗还是失望地离开了教室。枉费她专程过来一趟，她都准备了深情的"学姐等你长大"之类的话，那人却不见了。

下楼的时候，叶穗和一个正上楼的女生碰了下肩膀，说了句抱歉，就头也不回地走了。那个被她撞到肩膀的女生，轻轻"欸"了一声，立刻转头。

叶美人花枝招展，走一路，香水味飘一路，摇曳生姿。

"舒若河，你看什么呢？"旁边的同学跟着舒若河的目光往楼梯下看，"你认识那个女生？"

舒若河抱着书，摇了摇头。文学院的女生，大多如她这样安静恬美。她认出了刚才走过的那个女生，正是自己那天在校外巷子里拍到的主人公之一，正是自己所构思的新书《却爱她》的主角。她想认识一下那个女生，可惜对方走得太快，没来得及打招呼。

舒若河轻轻笑了笑："觉得她好漂亮，想和她做朋友。"

同学夸张地说道："不是吧？感觉她和我们不是一类人啊。不过你可以去校论坛里打听打听，那么漂亮的女生，在学校肯定出名……别说了，快点走，老师还要点名的！"

插曲在不为人知时，悄然发生，再谢幕。

"文化空间创意再造讲座。"叶穗趴在床上吃零食的时候，下铺的蒋文文准确地说出了讲座的题目，"你又上课睡着了吧？这个讲座老师给我们上课的时候提过，还鼓励大家报名。我倒是报名了，不过没选上……那许容与厉害啊，才大一，就被老师推荐去听讲座了。"

叶穗将一把薯片塞入口中，长长叹口气："真刺激。"

蒋文文："怎么？"

叶穗懒洋洋地说道："我真没想到，我追的小学弟是一个学霸。我从小见学霸就发怵，不敢和他们说话。谁能想到我也有这么一天呢？"

蒋文文不赞同："别这么说啊。我们上东大以前，也是别人眼里的'学霸'好吧？就是东大厉害的学生太多了，显得我们好像很差一样……"

说着话，蒋文文坐在下面收拾行李，马上十一国庆假期了，她准备回家过节。蒋文文问："穗儿，你这次还是不回家？"

"嗯，"叶穗慢悠悠地答，"我跟我妈两个在家，整天打架。她看不上我，我也看不上她。索性不回去，让彼此高兴点吧。"

蒋文文沉默了一下："阿姨应该还是很想你的。"

"那她想我的方式挺独特的。"叶穗道，"我发个信息就好了。"

同学三年，叶穗一直不怎么提自己的家庭。每次放大假，她不是留校，就是出去打工。很多学生私下嘀咕叶穗的家庭有问题，但没人有胆子在叶穗面前提起这个话题。

眼下蒋文文说起这个，觉得寝室气氛有些凝重，为了转移话题，她想了想，爬上上铺梯子，戳了戳叶穗的肩。在叶穗转过头看她时，她小声说："穗儿，你不会真的打算对许学弟始乱终弃吧？会不会不太好？而且认识久了，感觉许学弟应该就是对你有点误会，为人也不坏。"

叶穗怔了下，然后扑哧一笑，伸手去揉蒋文文的头发："话不要说得这么难听嘛。其实也称不上始乱终弃？我谈感情就是这样的啊，有感觉时在一起，没感觉时就分。目前我还没遇到过想一直在一起的。再说了，大家都是成年人，又不是没谈过恋爱，这点事情也算不上什么对不对？"

话一落,叶穗一僵,因为她忽然想到,许容与比自己小,可能还真没恋爱经历。

蒋文文:"怎么了?"

叶穗放下揉蒋文文头发的手,抓了抓自己的头发。她颇无赖地把这件事丢到脑后,在床上滚了滚:"许容与连我的好友申请都没通过呢。什么始乱终弃,也得先有'乱'才能考虑吧。"

这个"乱",来得非常快。

一次上课中,叶穗无聊地拿着手机,再次给许容与发送好友申请。为了麻痹许学弟,让许学弟先通过申请,叶穗眼珠一转,突然笑得十分狡黠。她把自己的朋友圈有选择地屏蔽删除,再把头像简介换成工科男的风格。伪装成一个普通工科男生后,叶穗才重新将好友申请发了出去。

手机被郑重其事地放在桌子正中,叶同学双手合十祈祷——就让许容与眼花,不小心通过她的申请吧。

不知道是不是她态度太虔诚,祈祷三秒后,申请竟然通过了。

她一把抓过自己的手机,连忙去翻朋友圈,确认通过自己的确实是许容与,不是恶作剧的高仿号。叶穗唇角上翘,乍然而至的好心情,如烟花绽放。只是叶穗还没来得及想清楚怎么跟许容与打招呼,那边先没头没脑地砸来了一大串题目。

"小区生活空间策略在建筑学中的体现。"

"想象与真实的艺术性论述。"

"空间创意再造在上世纪的学术研究中……"

叶穗被一道道题目砸得头晕。难道和学霸加个好友,还要经受这种考验?

她一道都答不出来怎么办?

正在这时,下课铃声解救了叶穗。叶穗抬头看到正在收拾教案的老师,有了主意。她带着题目登上讲台,笑眯眯地向老师请教。

见到问问题的居然是叶穗,老师很惊喜:"不错不错,连叶穗同学都知道好好学习了……这问题是有关空间创意的,和上海现在那个讲座有点关系。大家都要向叶同学学习,虽然不能去听讲座,但还是要关心自己专业的知识。"

叶穗捂脸一笑,心里已经明白许容与这些问题的源头是什么了。

从老师那里请教出了答案,回头加上自己的想法,再整理了一下,叶穗把答案给许容与发了过去。前后已经过了一个多小时。

将答案发过去后,叶穗想了下,又发了条语音:"许学弟,学姐特意请教了老师,只能帮你这么多了,剩下的你自己努力吧。"

说完叶穗就起来收拾课本,准备离开教室。

许容与的一条语音飞快发了过来,他声音沙哑,颇为意外:"叶学姐?"

原来她兢兢业业,比备考还认真地准备答案,那边一直不知道是她?许容与智商什么时候这么低了?她的功劳岂能这样被埋没?

叶穗气不过,一个视频电话拨了过去。

那边拒绝,叶穗只好一个语音电话拨过去。

隔着上千公里,叶穗和许容与第一次通话。

叶穗走到窗边,看着楼下来往的学生。她想说"你要对我始乱终弃吗",但她话没说出去,许容与声音闷闷地开口:"谢谢学姐。"

叶穗抿了下唇,因那人确实聪明,一开始没明白,一接电话就懂了。她手指在窗上轻轻描摹,透白如春笋般的手指下,少年的眉眼逐渐清晰。叶穗睫毛轻轻颤一下:"你声音怎么了?"

许容与:"感冒了。"

叶穗:"注意身体啊,多喝热水。"

许容与"嗯"一声:"谢谢学姐关心。"

叶穗猝不及防地笑出声。

叶穗笑意满满:"我忽然想起来,女生老是抱怨男生关心自己时只说'喝热水',怎么女生关心男生,也只有这句话最实用呢?"

她的笑点突然而至,她总是这么奇怪、快乐、灵气逼人。

许容与没吭声,连呼吸声都听不到。

想到平时那总是逼得自己哑口无言的毒舌,他这么安静,让叶穗太不习惯。叶穗干咳一声:"学姐对你好吧?你还拒绝学姐的追求……我告诉你,你之前那个什么理由才没吓住我。我想过了,不就是比你大一点吗,可是我看着显小啊。"她得意扬扬,"学弟你还有什么理由拒绝我啊?"

许容与:"确实,我还有一个理由。"

叶穗微怒,这人真不会说话:"喂——"

许容与淡淡打断:"我还有最后一个理由。如果这个都说服不了你,那我可以和学姐试着……"他顿了一下,"谈恋爱。"

叶穗指尖挨着玻璃窗上的人影轮廓,眼睛半垂,懒散地看着楼下。

上过课后,整个教室已经空了。偌大的教室,窗口一片枫叶簌簌然打着卷儿飘进来,倏然而至的冷气流让人打了一个激灵,她醒过了神——许容与说了什么?

和她试试?

许容与的声音隔着手机,听着有几分陌生。他用那显得喑哑的声音,绷着嗓子,压抑地问:"什么样的理由,是学姐你一定会放弃和我交往的?"

叶穗以为他仍然在试探,仍然想说服她放弃,不由得失笑。这人真的是……

叶穗含笑:"学姐看上一个人,是不管有什么借口都不会放弃的,不管是有理的,没理的。学姐不在乎世俗的评价。我喜欢什么,不喜欢什么,靠的是心,是感觉。我喜欢爱情,喜欢对的人。这种美好的事物,不应该套上枷锁。许容与,你不要在拒绝我这件事上浪费时间了。"

许容与沉默着。

在这一刻,他其实敏感地察觉到叶穗性格中某方面的我行我素。她不是世俗能接受的人,她对人间抱有天真的想法,没有人让她在此受过挫。

但许容与生着病，头有些晕，没力气思考以及与她多说两句话，即便他能多说两句，以他此时和叶穗的关系，他也并不想多说。

手机贴着耳朵，分明说着话，许容与的心神却已经飘远了。直到听到门外钥匙转动的声音，学长声音响亮地在门外喊："许学弟，我回来了！开下门！"

手机另一头的叶穗听到了动静，猜测是许容与的舍友回来了。叶穗笑道："好了，既然有学长回来照顾你，我就不多打扰了。许学弟，记得哦。"

许容与下床去开门，嘴上含糊地问："什么？"

叶穗："我和你现在是准男女朋友的关系，真担心你病好后不认账啊。学弟你不会那么坏吧？"

许容与没多说话，电话就挂了。他开了门，门外的学长穿着雨衣，带着一大塑料袋零食回来。学长回来便抱怨："许学弟，不是让你加我微信吗？我出去买点东西，一路上都没见你加我，弄得我还以为给错微信号了。"

许容与这时已经知道哪里弄错了：他通过好友申请时搞错了对象，把叶穗放了进来，把真正的学长给拉黑了。

事已至此，许容与也不再多说了："对不起，学长。下次不会了。"

他冷冷淡淡道歉的样子，眉目疏离，与人隔着距离，毫无亲切感。学长也弄不懂这个学弟怎么回事。看他开了门就回床上继续看书睡觉，学长抓抓头发，觉得这个小学弟很难说话。

直到过了十几分钟，学长接到了叶穗辗转打来的电话才震惊得跳下床，去看许容与："啊？许学弟发烧了？他自己怎么不说？不是，怎么是叶穗你跟我说？你怎么知道？你和许容与学弟是什么关系啊？"

建筑系同年级的几个班，男生都认识叶穗。叶穗是挂了电话后，想到许容与那生人勿近的样子，觉得不保险，打电话问了下是哪个男生和许容与一起去的上海。果然，她猜对了，同住的男生根本不知道许容与生病的事。

叶穗此时像个知心大姐姐："反正麻烦你多照顾照顾他吧。小孩子养尊处优，刚上大学就跑去外地听讲座，身边都是比自己大的，爸妈还不在身边，挺可怜的。"

几个学长受叶穗之托，悉心照顾了小学弟几天。再加上到底是年轻，许容与的病很快好了。这期间叶穗没有再和他联系，许容与几乎忘了这个学姐。等他病好后，重新投入学习时，许容与总觉得哪里不对劲。他打开自己的手机往回翻，翻到了自己生病的时候和叶穗的通话。

记忆如海浪倒流，当他看到熟悉的信息记录时，顿时想起了自己答应过叶穗什么——回去后，试着和她交往。

许容与脸色一变，完全印证了叶穗的猜测，他立刻就后悔了，想做个坏男人——他为什么要答应这种莫名其妙的事？他把哥哥置于何地？他为什么要惹麻烦上身？他能让叶穗和哥哥见面吗？

为什么要答应？

白天上半场讲座听到一半，许容与就已坐立不安。中途教授出去休息，许容与快步出了多媒体教室，一个电话就给叶穗拨了过去。叶穗半天没有接听，他扶着楼梯在走廊里徘徊，平日里冷静的目光中，透着几分不寻常的焦虑。

出去上厕所的学长来回看到许容与一直在走廊拨电话。学长"哟"一声，开玩笑问他："容与，你这是怎么了？不会是跟小女朋友分手了吧？你知道你这样子真的很像刚刚和人分手吗？"

许容与没来得及回话，电话就接通了，他几乎是紧张地开了口："学姐。"

旁边路过的学长左右徘徊，伸长耳朵。许容与侧过身，淡淡望了学长一眼，学长只好讪笑着离开。

学长走后，许容与几步到了角落。他戴着耳机，这么点距离，电话信号畅通，叶穗那边背景声音有些嘈杂，她的声音一如既往地爽朗轻快："怎么啦，许学弟？你的病好了吧？"

"好了，谢谢。"许容与抿唇，他狠下心，要做出那个决定，"我是想说，上次答应你的事，我不能……"

他话没说完，手机那头一阵乱响，打断了他的话。叶穗打断："稍等一下，许容与。"

她说完就把手机放下，去忙了。叶穗以为许容与会挂了电话，但她不知道许容与全程听着，没挂电话。他听到了她那边老人卡在嗓子眼的含糊的呻吟声，听到了叶穗语气温柔的安慰声："奶奶没事的，我扶您站起来啊，被子我去洗一洗就好了。"

"奶奶您衣服放哪里啊？我帮您收起来好不好？"

叶穗似在照顾谁，在和谁说话。时而有几个男生的声音混在一起，喊叶穗过去，她答应了一声，脚步声逐渐远去。有老人声音带笑地夸他们，说麻烦他们了，还有的老人大着嗓门追忆往事，连电话这边都听见了……

等叶穗忙完，擦把汗，翻出自己的手机。她乍一看，以为自己看错了——电话还没挂，起码半个小时过去了，还在通话中！

叶穗一声惨叫，气急败坏地握着自己的手机吼出声："许容与！你什么毛病啊？你不会挂电话吗？你知道这得掏多少钱吗！"

许容与："掏多少钱，取决于学姐你选的套餐吧。"

叶穗声音温柔："你是病一好，就特意打电话过来气我吗？"

许容与迟疑一下："对不起。不过你在干什么？"

叶穗哼了一声："我跟着体院他们一起做活动啊。他们学院组织了一个照顾孤寡老人的活动，我之前还去唱歌助阵了。我花了那么大力气，当然要过来看看效果了。这几天都忙着这个事，没顾得上跟你说话。"叶穗兴致勃勃，"我晚上回去整理一下相册，发几张和老人的合照给你看看。他们的子女都不在身边，每天就自己一个人，我们也做不了什么，就做点力所能及的，陪着他们说说话也好啊。"

叶穗边打着电话，边向僻静处走。她说了她这边的事，最后奇怪地问:"不过许容与,你可不是会主动和我联系的人啊。你打电话过来干什么?"

打电话过去是为了推翻之前的话,为了和平结束这段"准男女朋友"的关系。

但是在这通电话后,知道叶穗在做什么后,许容与那话就无论如何也说不出口。他如何能在她乐于助人的时候,冷冰冰地给她当头棒喝?给她一天的快乐,浇一盆冷水?

许容与沉默了一下,说:"打电话告诉你,三天后我就回校了。"

叶穗疑惑:"你是在暗示我什么吗?"

许容与冷漠地说道:"你想多了。"

叶穗当没听见:"那是在国庆之前了?你时间算得好啊,到时候有迎新晚会,我看你就是专程奔着这个回来的。那我的准男朋友,就到时候见了。我听懂了你的暗示,会给你一个惊喜的。"

叶穗还想多说几句话,许容与却非常无情:"教授来了,我还要上课,先挂了。"

电话被挂断了,叶穗挑了挑眉:"莫名其妙。"

之后的几天,许容与难得在学习时走了神,不由自主地想起哥哥,想起叶穗。一时想给叶穗打电话,一时又想给哥哥打电话,他握着手机长时间地出神,看在外人眼里何其反常。

一直到回程,许容与翻着手机通讯录里的名单,还在犹豫。

而这一次,他没下定决心,两条消息先后发了过来。

叶穗:"几点到校?我去接你。"

许奕:"几点回来?我到东大了,去接你。"

许奕,正是许容与的哥哥,叶穗的前男友。

叶穗扎着长发,刷一层薄薄的粉底,拿着小刷子轻轻在脸上扫过,眉形、眼影、高光,一个都不少,最后再拿着口红细细涂抹,调整自己喜欢的颜色。

镜子里本来就天生丽质的美人，在叶穗的巧手下，越发明媚起来。

拿卫生纸擦唇角涂多的口红时，一回头，她看到宿舍其他三个女生排排坐，蓬头垢面，都是刚睡醒的样子。

叶穗："怎么了？我吵醒你们了？"

几人齐齐摇头，她们下午虽然在宿舍里睡觉，但叶穗化妆也没有声音，她们并不是被叶穗吵醒的。虽然醒来和叶穗无关，但是看着美人化妆，真的是她们宿舍独享的一种福利……化工的姑娘文瑶回头拿起扔在床铺上的手机看了看时间："才下午啊，你们建院这么丧心病狂，晚上迎新现在就要化妆了？"

文瑶说的是建院的迎新晚会。

叶穗涂着口红，莞尔一笑："迎新等晚上再化妆，现在是我的准男友返校，我要去校门口接他，给他个惊喜。"

宿舍三个姑娘齐齐一震。蒋文文睁开迷离的眼："你说的不会是许容与吧？"

文瑶愣一下："你交新男友了？你这速度……"

李晓茹酸酸地说道："咱们穗儿貌美如花，追她的男生肯定多啊。区区一个许容与，有什么难搞的？不如我们来打赌，穗儿这次和新男友能好多久？我赌三个月。"

文瑶矜持一些，多多少少给了些面子："起码半年吧。我觉得许学弟这次能成，说不定比穗儿的历任男友坚持的时间长些。"

轮到蒋文文了，蒋文文目光复杂地盯着叶穗，没跟那两个姑娘凑热闹——她要怎么说呢？她想起来叶穗信誓旦旦地决定追上小学弟后就甩了他，别说三个月，她怕叶穗连一个月都坚持不了。

许容与学弟怕是个"炮灰"哦。

叶穗翻个白眼，瞪了一下几个开玩笑的女生。但她没有真的生气，也跟着笑起来。

宿舍里嘻嘻哈哈的时候，叶穗放在镜子边的手机振动了一下。

叶穗："哎，难道是许容与发来的？小学弟现在这么上道？"

她自然无比地拿起自己的手机看信息，但是看完半天没说话。

旁边围观的几个人凑过来:"许学弟到了,约你出去?"

叶穗心情复杂:"不是哦。是我前男友来我们学校打篮球,晚上跟他哥们儿来看我们院的演出,问我能不能带他们进去。"

几个女生一愣,然后不同程度地:"啊!你前男友!是那个许奕吧?"

"你们分手了他还找你?"

"讲真哦穗穗,你前男友里,许奕大帅哥的质量真的是很高的了。你看他分手了还找你,说不定就是对你念念不忘,来求复合的。"

叶穗把手机往包里一塞,回道:"那可惜了,好马不吃回头草。都分手了,我不会和前任纠缠不清的。"

许奕,就是那个和叶穗在"嘉年华"分手的前任。

许奕是华大法学院的学生,在全国高校排名中,华大的分数离东大有不小距离。虽则如此,华大学生的相貌却比偏理工科的东大要高一大截。许奕更是其中翘楚,是那种典型的校草型男生,阳光温暖,和谁都能打成一片。

当初叶穗和他在一起,便是他来东大做活动认识的。两人一度关系很好,在叶穗的历任前男友中,许奕是她交往时间最长的。

后来分手,许奕认为是她在"嘉年华"里和其他男生暧昧不清,叶穗认为是两人之间没感觉了。

许奕特别果断地当着她的面删了她的联系方式,之后一去不回头。叶穗以为他真不回头了,没想到两个月过去,他又没事人一般地把她加了回来,让她帮个忙。

叶穗从楼上跑下去的时候,拍了拍脸。

前男友最容易坏事,要警惕啊。不过人都来了,还是客气一下吧。

叶穗给同学打电话,问能不能带几个外校生去看表演。负责晚会的是戏剧社的同学,叶穗晚上又有表演,那边当然拍胸脯保证会给叶穗的朋友安排好位置,到时候直接过去找负责人就行了。

负责人:"要给你安排前排座位吗?还是和你的位置安排在一起……"

叶穗笑眯眯地回答:"不用了,我们也不是很熟。你就随便安排个位置,让他们不用站着就行了。谢谢帮忙哦,回头请你吃火锅啊。"

挂了电话,叶穗又问许奕现在在哪个校门。

许容与在校门口和师兄们分开,一个人推着超大号的行李箱。他走进校园一段距离后,裤兜里手机响了。

许奕在那边说:"容与你真的不要我接?那行吧,你先回宿舍休整一下,我去你们宿舍楼下等你。我拿到了你们晚会的票,那边负责人跟我联系了,我晚上和你一起去看演出。"

许容与:"什么演出?"

许奕:"……你们建院的迎新晚会啊。你不会都不知道吧?"

许容与沉默。他隐约想起这回事,叶穗也跟他提过。但他对此没兴趣,就没有多问。

沉默便是回答。许奕同情自己这个弟弟的无知:"太不合群了,还好有哥哥罩着你。"

许容与心想,他并不需要,一个没什么意义的晚会而已,如果不是许奕坚持要去凑热闹,他根本不会去。收回手机,许容与抬头,本是漫不经心地放眼一望,却让他目光一缩。他修长的手指搭在行李箱拉杆上,定在原地,看到一个女生迎着风,快步向这边跑来。

女生唇红齿白,眉目如画,随着不断靠近,她的面容越来越清晰。

他发现她特意化了妆,唇瓣色泽妍丽,如花瓣一般,红艳艳的。

许容与愣了,铁石般无动于衷的心脏,在这时,有一部分略微融化——女为悦己者容。她为了迎接他,还特意化了妆?他都没告诉她自己具体什么时候回来……

叶穗,这么关注他?她真的这么喜欢他?

许容与很费解,同时,心里又有点……怪怪的。

叶穗也看到他了。男生相貌清秀,斯文瘦削,还有那薄情寡义般的疏离气质……站在校园的雕像下面,没人会看不到。

叶穗眼皮猛地跳了下——准男友不会和前男友要见面了吧?那准男友和前男友一交流,这么难追的准男友,不就又要飞了吗?

心里这么想,叶穗面上却不表现出来。许容与看到的,便是她快乐无比地跑过来。

"许学弟,你回来了啊?"

日后叶穗会发现许容与是多么敏锐的人。

例如此时她不过说了一句话,许容与面上的神色就淡了。

听话听音,许容与冷漠地说道:"在等谁?"

叶穗闭了嘴,心想:我说什么了?我不就是关心而热情地问候你一句吗?

许容与盯着她:"学姐特意化了妆,涂了口红,来校门口显然不是等我,那是等谁?"

他语气凉凉的,被他锋锐似刃的目光瞥了一眼,叶穗竟觉得心虚,一时忘了他哪来的立场,用这种语气和她说话。

被准男友冷冰冰地质问,叶穗迷惘了一下,才扑哧一笑:"学弟啊。"

许容与:"嗯?"

叶穗伸手,去揉男生的头发。许容与目光一冷,往后退,躲开她这种宠爱般的动作。叶穗耸肩,本来就知道许容与难搞,她也不在意,感叹:"学弟走了这么多天,一回来就挤对我。说话这个语气,真让人怀念……果然是我熟悉的难说话的许学弟啊。学姐都快被你虐出习惯了。"

许容与茫然:"我说话难听?"

"没有自知之明哦,许容与!"叶穗撒娇一样,眼睛瞪大,似嗔似怨,麻麻的,身侧的手若有若无地碰触他。

两人的手不小心碰了下,睫毛下的目光跳跃,背着光,两人的瞳孔轻轻缩了下。

他们之间似乎很容易出现这种微妙时刻,使人费解。而微妙的停顿后，许容与身后有一辆校车缓缓驶进了学校。校车在门口的停车场停下，车门打开，一个高大帅气的男生率先跳下了车。那帅气的跳车动作……

许容与侧身，和叶穗一起看去。

叶穗忽然反应过来，慌乱地希望许容与离开："哎，许学弟不好意思，我一个朋友来我们学校，我去接一下他，你看你……"

许容与正在发怔，所以，她是为了他哥哥特意化了妆？

"我有事，先走了。"

许奕跳下车，眯着眼，扫视熟悉又陌生的东大。

他一下子看到了前女友，前女友太漂亮了。

许奕露出笑，挥着胳膊大声打招呼："叶穗，这边，我在这边！"

他看到叶穗旁边那个擦肩而过快步离开的男生："咦……"

身后跳下车的哥们儿手臂搭在他肩上："老许，咋了？"

许奕恍惚道："我怎么觉得看到我弟弟了……我应该看错了吧。"

许奕和叶穗之间说了什么，发生了什么，许容与并没有兴趣。因为过来找他时，许奕心情看起来不错，没有提任何事。许容与以为叶穗这篇彻底翻过了。

但他错了。

许奕是热爱集体活动的人，他自来熟，无论去哪里，身边总是围着一群朋友。因此看到许容与独来独往，许奕非常难以置信。尽管弟弟再三表示他要读书，他对晚会没有兴趣，许奕还是把弟弟拖去了晚会现场。

许容与和哥哥的朋友们见面，朋友们跟他打招呼："容与，你就是老许的弟弟吧？老许总说你，可自豪了，说你成绩特别好。"

许容与斟酌了一下："……谢谢？"

朋友们愣了一下，然后爆笑："老许，你弟弟怎么和你一点都不像啊哈哈哈……"

他还没笑完就被许奕按着头揍了一拳："胡说八道！哪里不像了？我亲弟弟！嘴给我放干净点。"

但兄弟二人确实是完全不一样的。

如果许奕不说，即便他们在同一个学校读书，也没人会想到两人是兄弟。毕竟许奕和许容与二人，从行事风格、气质爱好，到生活的方方面面，都是不同的。例如现在，许容与被哥哥拉着来看自己学院的迎新晚会。他没有和同班同学坐一起，而是和许奕以及许奕的哥们儿坐。

许奕看起来比许容与更期待他们学院的晚会，从头到尾都非常捧场。

学院自己搞的晚会，不是专业人士，甚至因为表演的人员都是平时比较不会说话的工科男生，节目从歌舞到小品，都透着一股尴尬。

然而许奕不管台上表演什么，都热情鼓掌："好！表演得棒！再来一个！"

他旁边的许容与全程面无表情。

许奕："你怎么不热情一点？"

许容与："跟你一样热情得站起来鼓掌，恨不得上台去献花？你不觉得你表现得这么过火像是在讽刺人家？"

许奕讪讪坐下，然后反应过来，在许容与肩上拍了一下："什么讽刺？我这是鼓励！容与啊……"

突然爆发的欢呼声和放大的音乐淹没了许奕要教训弟弟的话，许奕帅气的面孔上还残留着一丝笑意，他手臂搭在弟弟肩上，和许容与的目光一起随着人群，向台上看去。

他们看到了闪光灯不断闪烁，舞台上，站着一个女生。

她在舞台上一亮相，下面男生就疯了一般，往舞台中心挤，各种喊声杂乱无比。女生心不在焉，带着不经意的笑，向台下捧场的同学们挥手。而音乐一响起，她就开始激烈舞蹈。

是让人热血沸腾的街舞。

她完全发挥身体的优势，将福利赠送给观众。她热烈地跳跃扭动，节奏和韵律像是刻在骨血中一样。说不上多么专业，但那种肆意潇洒，张扬随意，和专业无关，足以让这个年龄的男生们激动。音乐节奏越强，她跳的幅度越大。

背景音乐是一首放肆狂烈的歌，再配上叶穗这样的美人，是这样性感而张扬，她的一颦一笑，如烈酒一样，点燃了场中的气氛。所有人盯着她，纤细的腰肢，笔直的长腿，还有明丽的面孔，那向台下望过来的眼神……

跳！跳！跳！不停地跳！

永不停歇，永无止境！好似人生最快活的，就是此时，只有此人。

喧哗沸腾的音乐和人群中，许容与眼中星光轻轻闪烁，瞳眸微微缩起。

许奕手臂紧搂着许容与，在许容与耳边说话。许容与感受到耳边的热风，才侧过脸看向旁边的男生。所有人都在为台上的女生激动，只有许容与的眼睛幽幽凉凉，非常冷静。

许容与道："你说什么？"

许奕有时候真觉得弟弟是冷血动物。

音乐声太大，许奕不得不贴着弟弟的耳朵，大声吼："我说！台上那个美女，就是我前女友！叶穗！"

许容与不知道该说什么好，说他早就知道了？半晌，许容与才回应道："……哦。"

弟弟的反应这么平淡，让许奕失望了一下。但许奕不介意，他一边笑盯着台上的女生看，一边眼睛发亮地和弟弟说："容与，你嫂子漂亮吧？"

许容与："不是分手了吗？"

许奕："我反悔了。之前的事我仔细想了想，其实是误会，我打算重新追你嫂子，怎么样？"

他们兄弟二人在台下嘀咕，台上的叶穗目光也向他们看来。毕竟兄弟二人虽然风格完全不同，但面孔都十分招人。两大帅哥坐在一起勾肩搭背，哪怕是台上的叶穗，也注意到了。叶穗动作一僵，差点没跟上音乐的节奏。

叶穗大脑空白——许奕和许容与怎么坐一起？许奕那个傻的，还热情地跟她挥手，许容与则是一脸冷漠的样子。

前男友和还没追到手的准男友，怎么会在一起？她有点心慌。

而台下，面对哥哥要重新追回叶穗的宣言，许容与心脏猛地一跳，大脑空白了一秒。然后他仍然平平淡淡地说道："……那你加油。"

叶穗的街舞让迎新晚会多了很多看头，她下场后，台下的男生们情绪还没有平静，对接下来的一个小品报以极大的热情。演员上场时，被台下的掌声弄得很蒙，受宠若惊地觉得建院的学生们真是热情。原来工科男也有如此细腻而丰富的感情。

许容与被吵得头疼，心里又烦躁，跟许奕说了一声，就出去吹风了。

所有的喧闹集中在礼堂，走廊里没几个人。开了窗，许容与立在窗口，稀稀疏疏的星光，从窗外散入，浮在少年干净的面孔上。瞬间的宁静，让他沉默着，心思飘了些，脑海中不合时宜地想到了一个倩影。

但那影子才刚勾勒出，许容与就立马掐断了思绪……他在礼堂外的走廊站了一会儿，听到里面吵闹声还是那么大，他拿着手机，给哥哥发了条信息，说里面太吵，他不回去了，打算直接回宿舍。

发完信息，许容与转身，猝不及防，看到叶穗站在他身后。

她还穿着刚才在舞台上的衬衫热裤，眼尾嫣红，妆重得和鬼一样。

许容与擦肩就走。

叶穗抓了抓头发，莫名其妙。谁惹他了？

"穗儿，聚餐去不去……"

叶穗扭头，对后面从后台出来的几个人交代了一声，快步去追许容与了。许容与走得快，人都下到了一楼，叶穗才追上。从后拽住男生的手腕，叶穗忍着心里的火，想着还没追到他，忍！她忍怒问他："许学弟，见到我怎么也不打声招呼？这么没礼貌，这像是未来男朋友的样子吗？"

她握着他的手腕。

许容与侧着身，蹙着眉，甩了两下，没甩开她的手。

许容与只好回身，面对她。叶穗脸上才要露出微得意的表情，就听许容与说："不是未来男朋友。我和你，不可能交往的。"

叶穗眸子颤一下，嘴上却笑道："又来了。你又要找理由拒绝我了？你也太没意思了吧？"

许容与盯着她，幽静的眼睛与她对视，不躲不藏，相触的手腕好似发烫一样。

叶穗渐觉得不对劲，她有些怯意，松开他的手腕，向后退了一步。许容与却向前一步，抓住了她的手腕，不让她逃走。他逼近她，玉一般的面孔与雪一般的面容近乎相贴，呼吸间，视线若有若无地纠缠。

他眼角的泪痣，再一次明晃晃地照镜子一般与她相对。

叶穗手心出汗，心都要被勾到那滴泪痣里去。

许容与轻声："你还没认出我吗，叶学姐？"

叶穗心神被他逼近的面容所惑。长而卷的睫毛，湿润的眼睛……她心跳咚咚咚的，感觉到自己脸一定红了。

叶穗茫然询问："什么？"

许容与："我不能和你交往，因为，我叫许容与，而你的前男友，叫许奕。"

他俯身看她，因为楼上音乐声太大，他贴着她的耳，轻轻说话时，如亲吻她耳尖一般："叶穗，我是许奕的弟弟。"

他的唇一张一合，她一下子捂住了自己通红的耳朵。他知道他在无意识地诱惑她吗？

弟弟走了，许奕也觉得没意思。他和兄弟们说一声，几个人也出了礼堂。许奕边下楼，边给叶穗发信息，约她出来聊一聊。走到一楼扶梯口时，许奕向下一望，疑心自己看错了："哎，我是不是假酒喝多了？我怎么看到容与和叶穗在一起？他们干什么呢？"

许奕看到许容与和叶穗贴着墙,头几乎挨在一起。

许奕身后的兄弟们眼神一下子微妙起来。

但许奕显然心大,没觉得这有什么关系。他还特别张扬地准备伸手打招呼。

楼下的许容与,却在哥哥开口嘀咕时,就认出了哥哥。叶穗还和他拉着手,她似乎有点回不过神,迷惘地盯着他。许奕的大嗓门还没喊出时,许容与一咬牙,一把握紧叶穗的手,拉着她向走廊里跑去。

他满脑子都是不能让哥哥看到他们!

许奕:"容与!叶穗!你们跑什么啊!"

他本能地追出去,身后的弟兄们心情复杂地跟着追出。

前面迎来一波人流,冲开了许奕和兄弟们。而拐个弯,趁着人多,许容与拉着叶穗,推开男厕所的门,躲进了一个隔间中,将门从内抵住。

叶穗心想:第一次进男厕所,居然是这种时候。

第三章
有求于她

他们藏身的地方是一个堆满杂物的厕内隔间,只断断续续听到外面滴答的水声,却保证不会被许奕撞见。

许容与微微松了口气。

他并不想和叶穗发生什么引起哥哥误会,但他现在和叶穗这样……等他解决完这事,哥哥就不会知道了。

放下心的许容与,感觉到有人在靠近自己。他微低头,和与他肩并肩、手牵手的叶学姐四目相对。她半眯着眼,眼若琉璃,让许容与不禁怔住。两人相握的手心汗涔涔一片。

叶穗自己却没注意到,她在回想许容与拽她进厕所之前发生的事。她慢半拍地明白了许容与之前和她说的话。

叶穗挤近他身体一步,紧盯着少年清俊的面孔,仔细观察。她难以置信,小声说:"你说什么?你和许奕是兄弟?许奕是你哥哥?亲哥哥?"

狭窄的空间,女生的呼吸几乎喷在他面上,许容与眼眸片刻放空,有几分不自在,可他没有表现出来。他一动没动,垂下眼皮望着她。他以一种怪异的、轻柔的语气,和她说话:"是,我是许奕的弟弟,你现在还要和我在一起吗?"

他审视着她,看她是否是哥哥口中水性杨花的女人。

也许叶穗自己都没想明白,她大脑是空白的。但在这空白时段,她的无情表达得淋漓尽致。叶穗机械般地向后一退,冷漠地说道:"不。"

许容与眸色沉下。

叶穗非常无情:"我不和前男友发生任何纠葛,不用前男友的任何东西,包括他的弟弟。"

许容与冷冷看着她。

两人在狭暗的空间对视。

许容与冷声道:"用什么?我是附属的东西,让你随取随用随手丢弃?"

叶穗莫名其妙地看他一眼,往后退一步,两人之间距离拉开时,她才发现许容与一直握着她的手。握着她手腕的手冷白瘦削,指骨用力得发白。

她痛得不行:"你要干什么?"

许容与目中浮起怒意和恼色,抿起的唇有些发白。他唇颤了下,眸色湿润。叶穗探究地盯着他,差点以为他要哭。

就见他像是碰到瘟神一样,立马松开握她的手,向后贴墙而站。

许容与淡淡地说道:"你先走,别让人误会我和你在一起过。"

他说话还是那个调调,"误会"两个字让人听得不舒服。叶穗手按在门柄上,不准备忍受他了:"确实应该我先走。但是许容与,让我先走,你该不会准备躲在厕所里偷偷哭我抛弃了你吧?"

许容与想要反唇相讥,忽然,听到男厕外面的门被推开,几个男生进来了。叶穗眼见就要推门出去,许容与一惊,一下子拽住她手腕,将人往回拽。叶穗没跟上他的反应,被拽得一下子跌进他怀里,撞到了下巴。叶穗撞得生疼,心里有一阵火气:"许容与……"

她要抬高声调和他吵,但才开个头,嘴就被许容与一把捂住。

叶穗呼吸被阻,鼻子也被他汗湿的手捂住,脸一下子憋得通红。她毫不客气,抬手就去推他制住自己的手臂。许容与反手压制住她,没把她当回事,倾听着外面的动静。他心一惊,因为听到了小便池那边的声音。

流水哗哗。

被钳制在许容与怀里的叶穗也听到了,她平时看起来那么潇洒,这时候和许容与四目相对,耳尖也红了。这么窄的空间,要躲两个人,两人的呼吸几乎缠在一起。黑暗中,叶穗目光亮晶晶的,刚才还恼怒,过一会儿,又带了几分戏谑般的笑意。许容与男生捂她嘴的手,好像都不是那么讨厌了。

叶穗的呼吸喷在手上,湿润无比。她的长睫毛贴着手心,刷子一般勾动。她像林间小动物般乖巧可爱,被他托在手心中,她眨一眨眼,目光略带嗔怪地瞪他……

许容与忽然觉得有些热。

他手骤然放开,不去捂她的嘴了。他手向下搭,无处安放,往身侧移下,手指就碰上了女孩细腻的肌肤……她的腿,笔直地挨着他。

许容与一下子想起她穿的是极短的热裤。

他猛地向后退,大半个身子撞到后方堆在一起的杂物。叶穗瞪大眼,看到杂物摇摇欲坠,要掉下来砸到许容与,她连忙上前一步,帮他稳住身体。这么扑过去,便又像投怀送抱一般,长腿与他的手碰上。

许容与脸爆红,伸手捂住了鼻子,另一只手将她向外推,眼神很冷。

叶穗发现了大秘密一般,压低声音,声调上扬:"许学弟……"

暧昧让人无所适从,但只开个头,隔间中纠缠的男女就双双静下来,怔住。因为他们两个听到了外面的说话声。

上完了厕所,拉好裤链,哥们儿之一开口:"老许,你不给你弟发个消息啊?刚还看见他呢,这一下就没影了。你弟不会背着你干什么吧?"

许奕犹豫一下:"容与能背着我干什么?他本来就心思重,不喜欢被人烦。我要是时时刻刻盯着他,是不是像看着犯人似的?"

朋友之一："话不能这么说啊。刚才不是看到你弟和你前女友在一起吗？说明你弟起码认识你前女友吧？你要是想追回你前女友，找你弟这个中间人正合适啊。"

许奕被说服了："……哦？"他没说好也没说不好，至少隔间中藏身的叶穗就没听出前男友的意图。

但是和她躲在一起的许容与脸色大变，当即伸手进兜里去找自己的手机。他动作幅度骤然变大，叶穗吓了一跳，以为他要推门出去。这次换她抓住他的手，猛烈摇头，示意不能出去。

许容与自然反对她的制止。

两人像打架一样，你要上手，我制住；你向左，我往右。

许容与头大无比，一边应付叶穗，一边在手机亮起时，一个指头戳过去挂断。但因为紧张，再加上身后的杂物到底没撑住，一股脑地砸了下来，许容与趔趄一下，手中的手机飞了出去。

叶穗搭在他手臂上，探手去追他的手机。

手机啪嗒一声，从门下的缝隙中摔了出去。只慢一秒，厕所内的杂物轰然倒下，砸向下面的男女——

砰！

许奕和他的几个哥们儿面面相觑，先看到一个银黑色手机从一个隔间门下摔了出来。紧接着，隔间内噼里啪啦，隔间门被猛烈一撞，摔出一对男女，倒在了地上。

许容与和叶穗几乎是半抱着，女生被男生护在怀中，因为摔出来的姿势没有事先演习过，几分尴尬间，叶穗的脸撞在许容与身上。

男女都闷哼一声。

许奕和他的朋友们齐齐沉默了。

不得不说，男女躲在厕所里再双双摔出来的姿势，其实是有些暧昧的。

朋友们都没敢说话，还是许奕惊讶无比："容与，叶穗……你们怎么在这里？不是，你们干什么呢？"

许容与和叶穗也沉默了。

许容与坐在地上，见到哥哥的瞬间，就一把推开和他纠缠不清的叶穗。他沉默半天，给了个非常简单的理由："我在……上厕所。"

许奕看向他的前女友。

叶穗心里骂许容与不讲义气，就这么抛弃了她。她揉着摔痛了的手腕，沉着脸，侧过头向身后的某人看，在别人都看不到的时候，她眼睛里甩刀子，狠狠剜了他一眼。许容与眸色湿润，神情镇定，不动声色地躲开叶穗眼里飞来的刀子。

叶穗揉着自己的手腕站起来，回头面对前男友。面对许奕和朋友们的目光，叶穗沉吟一下，深吸口气，勇敢地说道："我上厕所，走错厕所了。"

这次就是许奕的嘴角都忍不住抽了抽。要是信了许容与和前女友这番鬼话，他就不是心大，是智商有问题了……但是许奕仍然没计较，而是问："你和容与认识啊？刚才看到你俩在一起，我还以为我眼花了。"

许容与怕叶穗说错，抢在她开口前回答哥哥："刚认识没多久，其实不熟，没说过几句话。以后也不打算多说话。"

叶穗忍不住又向许容与飞刀子了，许容与面不改色。

然而许奕责怪道："容与你怎么能这么和你学姐说话？同校同系的交情，还是要多联络啊。叶穗，我弟弟不会说话，你别见怪啊。"

两人哑口无言。

面对前男友，叶穗撩一下长发，应对得游刃有余："我认识许容与啊。不过我也是今天才知道，许容与原来是你弟弟。"

许奕尴尬地笑了下，弟弟刚入学的时候，他还在和叶穗置气，当然不想让叶穗帮他关照弟弟。这其实没什么……但是面对前女友，许奕还是觉得自己胸怀不够宽广。

叶穗扯扯嘴角，没兴趣涉足他们兄弟间的浑水。她随意地将衬衫整理一下，摆了摆手，慵懒地说道："走了啊。"

抬起的手腕被从后拽住。她回头对上许奕英俊的眉眼，和许奕身后许容与那冷清的眼神。

呵。叶穗嗤笑："拦我干什么？许奕，难道你还想跟我告白？"

她不过随口一说，不过见许奕那副"你怎么知道我想这么做"的表情，叶穗一愣："不是吧，你还真的要跟我告白？"

当着你弟弟的面跟我再续前缘？你不看时机的吗？

爱晚亭畔，梧桐叶细。明月澄亮，远处有隐约的山峦残影，笼着乌云。近处，夜风吹来，树影萧瑟。那流动的光泽，那一阵阵忽高忽低的啸声，如银色的海潮起伏。夏末未败的花，还开得郁郁葱葱，芬芳宜人。

许容与没什么表情，和哥哥的几个同学一起站在爱晚亭外。面容清秀的男生神情淡漠，那几个高大的男生面面相觑。许奕的几个兄弟已经很尴尬了，许容与倒没有受影响。他余光中映着爱晚亭，夜风将亭中男女的对话断断续续地带来，即使他并不想知道。

晚会结束得晚，又是国庆前夕，爱晚亭附近逗留的学生并不多。叶穗被许奕拉来小亭中，颇是无奈地叹口气。

她的前男友，情商时高时低。例如他明明看到前女友和弟弟在一起，他不多问，选择相信他们两个。但他的想法又时而天马行空，都这样的情况了，他的思路仍然笔直，要拉她来告白。

叶穗委婉表示两人之间没有复合的可能。

许奕："你听完我的话再说吧。"

于是叶穗跟他站到了这里，吹着四面冷风，原本粉白的面孔被冻得通红。她了无生气，只想速战速决："有话快说，我快冻死了。"

许奕盯着亭中低头跺脚的女生看，略微出了会儿神。

他的前女友叶穗，是出名的美人，同时出名的，还有她的没心没肺。在他认识她前，听说她几个月就会换个男友。分手理由千奇百怪，有时是男方的错，有时是她觉得没意思了。她对爱情充满了热情，但这份热情退得也很快。

许奕俯眼望着她半晌："穗穗，我们分手后，你过得还好吗？"

叶穗笑一下："挺好的。你呢？"

许奕:"不太好。"

叶穗:"……哦。"

她眼角余光忽然看到亭外站着的少年,许容与在梧桐树下,侧脸上月光浮动,英气的眉,清明的眼。他看来一眼,目光寥寥,像站在她梦境外般遥远。这样的疏离,让叶穗心空了一下,又生气他的无所谓。叶穗走着神,嘴上说的话就随便了:"感觉不好的话就多睡睡觉,写写作业,或者跟朋友们胡吃海喝一顿。天下美人多的是,兄弟,没必要这样。"

许奕:"……兄弟?"

叶穗回过神:"呃……"

许奕眉目英俊,紧盯着她,一下看出她的漫不经心。许奕脸色变了下,他垂下眼,认真地问她:"叶穗,你没有心吗?我们才分手多久,我就成你兄弟了?

"暑假的事我想过了。你喜欢打工就打工,你说得对,我不了解你对金钱的需求,还在因为你和男生多说几句话而吃醋。你觉得累,觉得我幼稚。但是反过来,难道不能理解成我在乎你吗?是我错了,不该和你吵架,但是你也不应该轻易说出分手啊。我今天晚上在你们院的演出上看到你,我看到你,意识到我愤愤不平,是因为还在喜欢你。"

"我像个祥林嫂一样到处抱怨……穗穗,我想说,"男生说到这里,不好意思地脸红了一下,"如果你还没有交新男友的话,我们复合怎么样?这次,我会改正错误,努力去理解你的世界。"

叶穗发怔,她看他几分羞涩的模样,忽然想到自己半年前喜欢的,就是他身上这样阳光的、无忧的大男孩气质。自小家庭幸福,受到良好教育,没有遇到过太大挫折,他像太阳一样发着光,吸引她这样躲在幽暗中的怪物。

可她和许奕终究是不一样的。

相处越久,她越能感觉到,她为一点钱算来算去的时候,他不知道"只是旅个游而已"为什么女友要拒绝。她因为音乐吧赚钱多去打工的时候,许奕在因为音乐吧的男生都盯着她看而吃醋。她被学业压得喘不过气的时候……他一个法学院的学生,自己的功课还马马虎虎,根本没法帮她。

对许奕的感情越来越淡,以至完全不再有感觉,并非一点先兆都没有的。然而那些先兆,许奕根本注意不到——他过得这么幸福,有亲人有朋友有女友,他哪里会注意到女友的厌烦呢?

想到这里,叶穗微笑一下:"你是很好的人,但是……"

许奕气急败坏地打断她:"又要给我发好人卡了?为什么不试着复合?你又没有交新的……对了,你没交新男朋友吧?"

他骤然紧张起来,觉得她分手才两个月就交新男友未免过分,但是叶穗这种女生,从来不缺男人追……

叶穗愣了一下,想到自己本来有追许容与的意思,但是……她视线溜了一下,忽然和亭外的许容与对视一眼。

叶穗顿时呵了一声,扭过脸,面对许奕,道:"没有交新男友,但是……"

许奕:"那就好了——"

"你听我说——"叶穗白他一眼,就是一个白眼,都分外娇嗔。而叶穗深吸口气,忍着让她浑身哆嗦的寒气,大大方方地走到许奕面前。她沉思后温柔地说道:"许奕,你这么帅,从小到大追你的女生很多,你不缺女生的喜欢,所以我拒绝了你,你才对我念念不忘。"

"因为我不爱你,所以我在你心里变得完美。但你以后会认识更多女生,你会发现我不算什么。"

叶穗踮脚,像模像样地拍了拍他肩膀,笑眯眯:"而我叶穗,就想在你心里做个完美女人。所以,我拒绝和你复合。"

许奕拉她:"穗穗——"

叶穗这次飞快地躲开他的手,跳开三步远。她掩口打个哈欠,慵懒地挥了挥手,抱住自己肩膀跳了两下:"这次真走了啊。别追我了。"

她步伐轻松地跳下台阶,迎面对上许容与清寒的目光。

许容与身后的几个朋友看到,叶穗狠狠给了许容与一个白眼,才和他们擦肩而过。几人面面相觑中,叶美人已经走远了。几个朋友看看从凉亭上追下来却停住步子、一脸怅然若失的许奕,再看看从始至终很淡漠的许容与。

许容与看他哥哥失魂落魄的样子,等了十秒钟,说:"那我回宿舍了?"

许奕:"容与,没必要,真没必要。哥哥虽然又一次被拒绝,但是我没这么小心眼,不会看到你就觉得丢脸……"

许容与听完后,说:"我回宿舍是写作业,我们马上要考试了。"

许奕的朋友们:……不是,哥哥刚失恋,他就不会安慰下吗?

这是一个没有感情的"杀手"吧?

但是没有感情的杀手许容与和哥哥他们分开后,走在寂静的校园小路上,给叶穗发了一条信息:"我们不要再联系了。"

叶穗回了他一个"一脚踹飞"的小人抓狂的表情图。

许容与唇抿了下,似笑的弧度。紧接着,他删了叶穗的一切联系方式。

而叶穗为了避嫌,接下来几天,老老实实地"二点一线",在教室和宿舍间往返。怕偶遇许容与或来东大打篮球的许奕,叶穗连食堂都没敢去。她的原则是不和前男友的任何事物扯上关系,避免任何藕断丝连的可能。

秋意凋零,叶穗托着腮发呆。她垮着肩坐在窗边,一点精神都没有。但伤春悲秋才刚开始,宿舍门就被推开,文瑶和李晓茹两个人回来了。外面下了雨,两个女生进来后发梢上还沾着雨,她们看到叶穗就招呼:"穗儿,你真的在和许学弟谈恋爱啊!"

叶穗:"啊?"

说着话,她浑身没骨头似的,屁股还挨着椅子,就拖着椅子往前挪,慢吞吞地挪到文瑶和李晓茹那里。李晓茹在翻手机,找东西给叶穗看。文瑶就在旁边解释："我们学校搞了个网络文化节，有一个学姐拍的照片获奖了。你看看，这不是你吗——"

叶穗凑过去。

是一张抓拍。

逼仄的巷道，昏暗的灯光，街头的水洼。仅容一人通过的深巷中，男女贴身对望。月色淡淡地照在水上，水中的光又落在两人的面上。男生低头、女生抬头的瞬间，眼中情深可辨。

照片的署名是：大四汉语言文学甲班，舒若河。

叶穗捂脸："把我拍得太好看了吧？"

两个女生绝倒，就听叶穗扔在床上的手机铃声响起。叶穗爬上床又跳下，来电是"许容与"。她接了电话，不等那边开口，就质问："谁说的再也不要联系了？偷偷摸摸和我打电话，你哥哥知道吗？"

许容与："……你出来一下。"

叶穗："不出去。学弟，我们再也不要联系了。我是个遵守诺言的人。"

"嘟"一下，她挂断了电话。

许容与再给她打过来，叶穗再次拒听。她既不接电话，又不把电话拉黑，乐此不疲地拒绝接听起码十次，像在耍弄对方一样。而许容与居然也持之以恒地给她打电话。

对面的文瑶和李晓茹都看呆了。

本来不太相信叶穗会和一个学弟……但现在看，确实有情况啊。

五舍楼下，海棠花树半枯，干瘪的枝头冷冷清清，只有北风呼啸。傍晚吃饭时间，不少男生都来到楼下给女生送晚饭，也有小情侣甜甜蜜蜜地蹲在五舍门口的狗窝边，伸出指头和怯生生的奶狗玩耍。

叶穗接到一个电话，以为是自己的外卖到了。她披头散发、拢着冲锋衣急匆匆下楼，猫着腰躲开楼下秀恩爱的情侣们。站在一楼大堂，叶穗有些迷茫地眯着眼，仔细从人群中寻找哪位是自己的外卖小哥……

"学姐。"男生在宿舍门外喊了她一声。

叶穗看到身形修长的许容与站在五舍楼外,手里提着一个塑料袋。许容与站在这里已经引起了女生们的注意,叶穗挑下眉,慢吞吞地挪过去。许容与将手中的塑料袋递给她,叶穗意外,并不伸手去接。他声线依然清淡,语气不太热情地说道:"一天没见学姐下楼,估计没吃饭,我买了四食堂的鱼香肉丝,还有西饼屋的奶茶。学姐垫垫吧,不喜欢的话告诉我,我再去买。"

叶穗心说我叫了外卖,哪里用得着你?而且你这语气平淡得……不像是男生殷勤地给女生送饭,倒像是班委来布置课堂作业,看着怪没趣的。

但是许容与话里的信息量……叶穗问道:"你不会在楼下等了我一天吧?我今天一天没有课,就没有下楼啊。你怎么知道我这会儿会下楼?"

叶穗心中一动,有些暖流涌上心头,并有些不好意思。她故意不接许容与电话,逗许容与玩,还以为许容与会生气,没想到他还给她送吃的。叶穗抓了抓因为睡了一天而乱糟糟的长发,伸手去接他的袋子。

许容与沉默了一下,大约是觉得她想多了,他说:"我没有等你一天,我还有课要上。我只是让一个没课的女同学帮忙看着你。叶学姐在五舍还是蛮有名的。"

叶穗面无表情地抬起眼。

与少年清寒的面容相对片刻,叶穗诚心建议:"许学弟,以后你谈恋爱追女生的话,千万不要这么诚实。本来人家姑娘都打算跟你走了,听完你的大实话,就不想走了。"

许容与眼皮轻轻地颤了一下,琉璃般的眸子盯着她,华光若水游过。人来人往的宿舍门口,男生慢吞吞:"所以,学姐打算跟我走了?"

他的目光与她对视的时刻,瞬间低下的声音,还有话里的"跟我走",都惹人遐想。

然而叶穗见过世面,且知道他的目的是什么。

她镇定地伸出食指摇了摇,笑盈盈地说:"不哦,学姐没这么好打发。"

许容与眉峰动了下,却没说话。

叶穗向前一倾身,凑到他脸前。他向后猛退开一大步,惊疑地抬目。叶穗小声:"我不理你,怎么不说话?生气了哦,许容与?打算怎么办呢?"

许容与控制着和她之间的距离,看她一眼:"气什么?你这次不理我,我下次再来找你就好了。你想吃什么,明天我给你带饭。"

叶穗眼珠溜一下,说了自己明天早上的食谱。她故意为难人,点了一堆要排好长队的美食。许容与还是平平静静的,他点了个头,就转身下台阶,走了。

等他身影混入人群,看不清晰了,叶穗还靠在门口,眯着眼想他刚才"学姐打算跟我走了"的问话。那样的冷清,却又勾人……她脸蓦地红一下,笑了一声,但紧接着叶穗就拍拍脸颊让自己清醒。这个小男生不能碰,毕竟是前男友的弟弟啊。

怅然若失时,电话铃声再次响起,这次真的是外卖送到了。

叶穗下楼一趟,提了两人份的晚饭回来,让人百思不得其解。

许容与连续送了几天的饭,叶穗只吃,不理。

到第四天,早上是建筑设计的课,本来想逃课,但老师之前留的作业要点名交,叶穗只好艰难地爬起来,和蒋文文一起打着哈欠坐到了教室里。蒋文文坐在旁边啃包子,叶穗趴在桌上闭着眼补觉。忽然,桌上被轻轻一磕。

蒋文文在旁边吞口唾沫,紧张又纠结地扯了扯叶穗的袖子:"穗穗,穗穗,别睡了快起来。有人……有人给你送早饭来了!"

之前蒋文文和叶穗上课选的不是同一个老师,以至于过了好几天,她才第一次见到给叶穗送饭的许容与。在许容与披着一身寒气进教室后,班里打闹的同学都惊了。同学们目光直直的,看着这个相貌出色的男生走到了他们班的大美女叶穗座位边,将早饭放到叶穗桌上。

刚从室外进来,少年睫毛上沾着水汽,说话间,呼吸也带着白气:"你要的十二楼门前的大饼夹鸡蛋。"

叶穗趴在桌上,脸贴着手臂,她歪过头,睁开一只眼看站在她座位前的少年。她笑得慵懒又狡黠,声音带甜,像糖丝一般黏着牙:"许学弟真是执着。我这么折磨你,不生气吧?"

许容与:"不生气。"

说完,他就坐在了她左边的空座位上,从书包翻出了一本《建筑设计(二)》摊开,纸笔全都准备妥当。叶穗这一下真的惊了,坐了起来:"许容与,你干什么?这好像是我的课,不是你的课吧?你用不着牺牲这么大吧?"

许容与低着头看书,漫不经心:"这叫什么牺牲?反正中午还要给你买午饭,正好上完课顺路,省得我来回跑。"

叶穗无语片刻,诚挚称赞:"你真好学。"

他简直不是人。他们东大是有名的课多学业重,建筑学又是重中之重。哪个学校上了大学还有小考的传统呢?东大有。通常建筑学的大一新生,看到那么多的课都心如死灰,每天过得像高三一样辛苦。

而许容与何其变态。大一的课不够他上的,还跑来上他们大三的课。

和这种人坐在一起,叶穗没心情补觉了。她鼓了鼓腮帮子,拿过许容与买给她的早饭,和右边坐着的蒋文文一起分着吃。蒋文文小心地看一眼叶穗左边的那位低头看书的清朗少年,觉得叶穗和许容与之间气氛怪怪的。她忍了忍,没敢说话。

过了一会儿老师来上课,看到教室几乎坐满学生,满意地点点头,也没点名,直接开始上课。课刚开始讲一会儿,叶穗转着笔,盯着书上的字越盯越茫然时,她收到了来自右侧的一张小字条。她向右侧头,蒋文文向她暗示般地眨眨眼。

叶穗打开字条。

字条上蒋文文问她：许容与怎么来上我们的课？他还给你买早饭，不会真的转了性，来追你了吧？

叶穗叹口气，在蒋文文的字下面写字回话："不是。是我和他的一张照片被一个学姐投给了学校的'网络文化节'，照片有点暧昧，不知道他是自己不喜欢，怕同学们误会，还是怕他哥看到，他就想要那位拍照的学姐把照片撤了。那位学姐倒是好说话，答应撤掉照片，但是她要求我和许容与一起过去，大家交个朋友。许容与就天天来献殷勤，希望我和他一起去找学姐，把照片撤下来。"

字条传过去，蒋文文更不解了："哪个学姐？听起来你好像不认识吧？为什么要见你和许容与，还要做朋友？这什么鬼话？学姐是看上许容与，还是看上你了？"

收到字条，叶穗捂着嘴偷乐，郑重其事地回小字条："看上我了吧？不然许容与都去找过人家一次了，人家没答应撤照片呢。天生丽质就是没办法。"

蒋文文又道："不过许容与真是怪物，跑来上我们大三的课，你看他上课的态度，我打赌比班上大半同学都认真。"

叶穗不禁扭头，向自己的左侧看去。阳光透过窗格子，浮在男生的发上。金色阳光跳跃，他的眉眼染上一层黄色光晕，细微的茸毛被照得一清二楚。他眼睛专注地盯着台上的老师，手指修长，握着一支笔。渐次流动的阳光在教室里变换位置，一重重的光影下，少年何等动人……

叶穗托着腮帮。

讲台上老师笑眯眯的："那个女生，对，就是那个光明正大歪着脑袋看你同桌的女生，这个问题你站起来回答一下。"

叶穗仍然托着腮帮，眼睛含笑地望着许容与。

老师在讲台上说："看来同桌长得太帅了，这位同学的魂都不在了。她右边的同桌，试试看能不能叫魂啊？"

叶穗手臂被重重一拧。

蒋文文:"穗儿!"

叶穗被蒋文文拧得打了一个激灵,听到了老师最后的话。全班同学的目光投射过来,叶穗本能地站起来,但是涨红了脸。她眨着美丽的眼睛和讲台上的老师对望。

老师喝口水:"同学,回答一下问题呗。"

叶穗心想:什么问题?

她向右边的蒋文文求助。蒋文文爱莫能助,低着头,因为她也不知道问题是什么。

叶穗只好看向左边的许容与,小声:"容与,许容与……"

许容与递过来手机,屏幕上面一行字:和我一起去撤回照片。

老师虎视眈眈,叶同学屈辱地点头。

许容与目中染了笑,将他的课本递过来,在书上划一行字……谁知道讲台上的老师眼尖得很:"这位男同学,不要帮你女朋友作弊啊。"

被满堂同学注目的许容与僵住了。

许容与的读书生涯中,恐怕没有遇到比现在更尴尬的时候了。叶穗在课堂上被点的次数多了,刚开始不好意思,后来就没脸没皮地觑许容与,看到一抹红色,从耳朵一径蔓延到眼角。淡定自若的许容与,在全班同学凝视下,在书上划字的手紧了紧,握笔也不是,放笔也不是。

许容与站起来,尽管脸已经红了,却还是尽量镇定地回答老师:"她不是我的女朋友,她只是……"

讲台上四十多岁的女老师摆了摆手:"这位男同学,课堂是我讲课、你们吸收新知识的地方,不是你来谈情说爱跟大家解释你和你旁边的女同学感情变迁的地方。请你克制一下。"

满堂哄笑。

满教室只有叶穗和蒋文文两个女生,其他都是男生。全班男生哄堂大笑,看这个陌生学弟在他们课上怎么得罪老师。就连被提问的叶穗,她舌尖抵着牙床忍笑半天,最后都忍不住跟着笑出声。

笑容娇美性感,还带点儿女孩子的羞涩。

讲课的老师都被叶穗笑得心情舒畅,再问了一遍叶穗知不知道这个问题。叶穗诚实地回答:"不知道。老师对不起,我错了。"

老师:"坐下吧,接下来好好听讲知道吗?旁边的那位男同学,别光顾着自己听课,也辅导辅导你女朋友。"

许容与心想:老师不让他解释他和叶穗不是那种关系,怕耽误上课,自己打趣起来倒不怕耽误。

然而许容与还有说话的机会吗?他没有。

偏偏老师接着讲课前,想起了什么,翻起点名册:"你们两个叫什么?下堂课我还点你们两个回答问题。"

叶穗如实地报了自己的名字,看老师在花名册上圈了个圈。她郁郁地坐下后,旁边的许容与却沉默半天,说不出自己的名字。老师疑惑地抬头看来,许容与吞吞吐吐:"我叫许容与,不是这个班的。我大一,是来蹭课的。"

老师:"……你能听得懂?"

老师开始拿许容与举例子教育全班同学:"看看人家,为了陪女朋友上课,专门来蹭你们的专业课。你们自己呢?"

有男生大着胆子吼了一嗓子:"老师,我们没有女朋友让我们蹭课!我们没有动力!"

全员哄笑声中,蒋文文坐在边上,身为叶穗的好友,她低着头手掐自己的大腿,忍笑忍得分外辛苦。叶穗趴在桌上,脸埋在双臂间笑,她妩媚的眼睛弯若曲溪,流水自若,向旁边的许容与身上溜。许容与手撑着额头,全身僵硬如同雕塑,头自始至终没抬起。

玩笑一样的插曲过去,老师终于开始重新上课,不再浪费课堂时间。但是从她下课后特意看许容与的那一眼,许容与就知道等这位老师回到建院办公楼后,大概整个学院的老师都要知道有个叫许容与的同学为了追他们大三的美女叶穗,跑来听建院的专业课,还听得比叶穗本人认真。

学习好有什么错？他又不是叶穗的男朋友，不关注叶穗上课的情况，她走神关他什么事？

为什么他沦为了笑柄？

许容与收拾着自己的书本，冷淡的反应，明显在拒绝下课后想过来八卦的学长。他忍不住想，他为什么要来找叶穗？想撤掉照片，去缠那位文学院的学姐，不是也可以吗？那位学姐起码不会让他像现在这么尴尬吧。

许容与的胳膊被戳了下，他侧头，旁边还趴在桌上的叶穗，眼睛轻眨一下，递给他一张字条。比起叶穗乱七八糟的性格，叶穗的字迹还蛮大气凌厉的，让许容与意外了一把。她给他写字条，内容是：许学弟，午饭还有吗？

因为这几天都是许容与排队去给她买午饭，发生了这样的事，叶穗不确定自己每天那免于排队的幸福还在不在。

许容与看那侧趴在桌上、脸面向他的学姐。光洒落在她身上，簌簌的，像亲吻一般轻柔。她明明是眼波动人的美人，此时又安静地歪头看他，眼睛湿润，神色恬静。她小心翼翼地望着他，满含期待，又满是忐忑，乖巧软糯，像小白兔一般。

睫毛如羽，四目相对。

许容与一声不吭，将最后一本书放进书包里，背着包就走了。

等他走出教室，叶穗顿时不装了，转向右边的蒋文文："完了，美人计都没用了。许容与生气了，不给我和你带饭了。"

叶穗疑惑："男生居然不喜欢软软的可爱的小女生？"说完又沾沾自喜，"莫非许学弟更喜欢我这样风情万种的大美人？"

蒋文文拍拍她的肩，心情复杂道："你们两个到底怎么回事？"

在蒋文文低头收拾课本时，叶穗摸了摸自己滚烫的耳珠子，咬住唇小小笑了一下。心事若有若无，不为外人道。叶穗等着蒋文文收拾好东西后一起去吃午饭，没想到手机振动了一下。

她打开手机，居然是许容与发来的信息。文字冰冷，就好像他平时面对她的态度一样："记得一起去撤照片的事。中午想吃什么？"

叶穗笑了起来。

她晃着贴满了星星的手机，对蒋文文开心道："我们不用去食堂排队了。许容与给我们带饭，文文你想吃什么？"

蒋文文愣一下，慢吞吞地报上菜单。她仍觉得叶穗和许容与之间不正常，两人一起出教室，叶穗一直低头在给许容与发消息，那边还时而回一句。叶穗发信息发得太认真，等电梯的时候，差点一脚踩空，后面的蒋文文连忙把她拽回来。

蒋文文："穗儿，你对许学弟，是认真的啊？"

叶穗怔了一下，明白蒋文文在说什么后，她失笑道："怎么可能呢？许容与是为了不被他哥发现秘密啊。他哥是我前男友哎，许容与怕死我了，我也不喜欢他这种不冷不热的性格。"叶穗若有所思，"他又不是我的理想型。我也不是他的理想型。你等着看吧，撤回照片后，他肯定就对我避之唯恐不及了。"

许容与是一个过于冷静的人。

叶穗不觉得自己会喜欢这个小学弟。

但是想到许容与现在对自己的一切好，在撤回照片后就会消失无影，被人利用的感觉不好受，她心里又有些不舒服。这种消极的情绪，在傍晚下课后许容与来找她时，达到了顶点。

许容与："我跟舒学姐联系过了，舒学姐在外面实习，八点就回来了。我们去东校门口见舒学姐一面，这件事就能结束了。"

舒学姐大名舒若河，是文学院汉语言文学的大四学生，如今快毕业了，正在外面实习。正是她拍了那张照片获得了学校的奖，让校论坛上有了许容与和叶穗的"CP楼"。俊男美女很养眼，校论坛的那栋楼盖了三四百层。许容与看到一次，头痛一次。而他即使能让学姐删了照片，也不能让"CP楼"消失……只能自我安慰幸好哥哥不是他们学校的，许奕看不到他们校论坛里的内容。

叶穗："哼。"

和她一起并肩走在黄昏路灯下，低头看手机的许容与抬眼瞥她：

"不满什么？"

叶穗虚伪无比地夸他："我就喜欢学弟你这种办事想得清楚明白的人，为了今天，你准备很久了吧？"

许容与本想反唇相讥，但怕叶穗一个不高兴不跟他走了，所以他忍了下去，没开口。

两人走过一食堂，叶穗盯着食堂门口："我饿了，要吃晚饭。"

许容与早有准备，从书包里翻出一袋面包给她："垫垫。"

叶穗白他一眼，不情不愿地接过面包。因为时间还早，两人是徒步去学校的东校门口。走了一个多小时才走到，离约好的八点仅差五分钟。秋风萧瑟，落叶枯卷，校门口又是风口，叶穗冷得瑟瑟发抖。

等了一会儿，舒学姐还没到，叶穗催促许容与问问。许容与聊了半天后说："堵车，学姐让我们再等一会儿。"

叶穗受不了了。她和许容与徒步这么久，晚上还越来越冷。

她缩着肩，转头就走："不行了，太冷了，我先走了。你等着舒学姐吧，等她到了再来宿舍找我……"

许容与不给她走，拽住她手腕："叶学姐！"

叶穗："我不是不帮你，我真的快冻死啦……"

面前的男生一言不发，脱掉自己的夹克，一兜头，披在了身材高挑双腿修长的叶穗肩上。他的衣服罩住她，衣服上男生的气息笼罩着她。叶穗怔住，鼻尖冻得通红，眼睛湿漉漉地抬起看他。

男生的衣服披在肩上，属于他的气息环绕。他的睫毛垂落，如鸟羽覆霜，眼眸漆黑幽深。叶穗眸光如清水潺潺："通常男生这时候，都会说些'爱你''关心你'之类的话。许容与，你呢？"

许容与的眼睛轻微地动了下，他沉默半响，说："上次我哥和你告白，你也冷得不行，他没给你披衣服。所以，你能不能多穿点？"

一头凉水泼下，叶穗咬牙："你非要提他吗？你故意的吧？"

咔嚓。

闪光灯一照，许容与和叶穗齐齐扭头，看到校门口站着一个拿手机拍照的女生。女生非常不好意思地说道:"没忍住,对不起,你们看起来太般配了……"

这个套路……叶穗没明白,许容与轻声:"舒学姐?"

许容与之前是见过舒若河的。大四学姐舒若河,是畅销网络写手,在他们学校的文学圈也算有名。隔行如隔山,许容与和叶穗这样的建筑系学生不太了解他们文学圈的事,但是在见舒学姐前,许容与做过功课。

眼下的舒若河,看起来只是个普通大学生。被许容与和叶穗发现拍照后,她摸了摸鼻子,赧然地收了自己的手机。秋夜风凉,舒若河刚从校外回来,穿格子大衣,披厚围巾,包裹得严严实实,和穿着清凉的叶穗形成鲜明对比。

舒若河对他们友好地笑,她个子不高,单眼皮,鼻端有小雀斑,不能算美人,顶多算清秀。但舒若河身上有让人非常舒服的气质。

叶穗打招呼:"学姐,你刚实习回来吗?这么晚呀。"

舒若河:"对啊,我要写实习报告,东大抓得太严,虽然我毕业后不打算上班,可还是要实习。你们两个等很久了吧?"

许容与淡然地向舒若河一颔首:"舒学姐好。"

舒若河正要友好回答他,许容与的下一句话就是:"学姐刚才拍的照片,不会也要上传网络吧?"

叶穗腹诽:原来这人对谁说话都一个调调啊。

舒若河:"……哈哈,学弟开玩笑。我知道这个不太好,不会上传的。你放心,我就偷偷收藏。对了,你们两个要不要?"

许容与:"不要。"

叶穗:"要啊!"

许容与立刻扭头,语调加重:"叶穗!"

他眼里满是"请注意你的言行"的警告意味,但是叶穗向他翻了个娇俏的白眼。虽然站在许容与身边,身上穿着他的夹克,但叶穗的心并不向着许容与。她鞋子在地上划拉一下,踢了许容与一脚:

"叫学姐！我要几张照片而已，我自己喜欢看，你以什么立场管我呀许容与？"

许容与小腿被踢，看了她一眼。似想说什么，但略有顾忌，他忍了下去。

舒若河眼看小男女扭扭捏捏地打情骂俏，便又轻笑："我就说了，你们两个感情真好。"

叶穗眉毛扬一下，望一眼旁边的少年。她向许容与眨眼，笑容钩子一般。她跳到舒若河身边，请求舒若河把照片传给她，舒若河当即答应。

两个女生瞬间打成一片，许容与沉吟了一下，委婉地说道："听说舒学姐是写爱情小说的，观察力这么差，写的书应该……不太真实吧？"

叶穗一下子捂脸——天啊，许容与这说话的风格……他真的能拿回他要的照片吗？

舒若河愣了下，却没有生气。她甚至意外地看着许容与，如遇知己一般："我是观察力不太好，写的东西都是胡编乱造的。看到一波浪，能写成海市蜃楼。其实我什么都没见过。许学弟说得对，你的观察力比我强多了。"

叶穗：……这也可以？

舒若河下定决心地说："我也有心改变我这个不够真实的缺点，写出更好的故事来。所以才想用照片引你们两个出来，我是有事想请二位帮忙。"

舒若河请他们两个去学校对面的奶茶店喝奶茶。叶穗要了一杯奶茶，许容与敬谢不敏，只要了一杯白开水。舒若河以为自己安排的店不好，忐忑问许容与的口味，叶穗呵一声，双腿晃着，觑一眼许容与："舒学姐你别管他啦。他就是个怪人，自我管理强得没人能理解啦。"

许容与瞥她："你是我老婆？"

叶穗："许容与，说什么呢！"

她伸手，夸张地大力推了许容与一把。他被她推得上身晃了下。许容与看过来，叶穗就望着他笑："猜也猜得到啊。去音乐吧写作业的人能是一般人吗？"

许容与睫毛轻微地颤了一下，肉眼难见。叶穗轻轻松松地说出他们第一次见面时的乌龙，让许容与心湖如投石子，波光湛湛，不甚平静。他手握着自己的杯子，眼睛垂下，排下一重密密阴影。听到刺啦刺啦的刺耳声音，许容与看去，见叶穗在折腾吸管上套着的塑料纸。

她纤长白皙的手指做了美甲，指甲盖上星星点点，还贴了钻。刚做好美甲的手不太适应长度和力度，撕不开塑料纸。毕竟十指如笋漂亮无比，是让人宠爱的。叶穗半天喝不到自己的奶茶，蹙眉盯着塑料纸，干脆低下头，用牙去咬……

她的牙还没碰到塑料纸，吸管就被旁边的一只修长的手取走了。

叶穗侧头，许容与一言不发，仍然是清清冷冷的面容。他帮她撕了吸管上的塑料纸，还替她插到了奶茶盖上，把奶茶推到她面前。叶穗目若星光，慢慢噙笑。她张口要说话，许容与说："别耽误舒学姐说话。"

叶穗呵他一脸："……你这一副准备和我吵架的样子，才是耽误舒学姐的时间吧？"

许容与看向舒若河："不好意思学姐。你看，我和叶学姐关系并不是很好，也许我们没什么能帮到学姐的。"

舒若河笑了两声，她咬着吸管，其实在对面看得津津有味。在许容与这么说之前，她觉得两人在打情骂俏。许容与说了之后，舒若河还是觉得他们在打情骂俏。

舒若河却没有多说。

方法不对，她很干脆地承认并道歉，直接答应他们会撤掉照片。舒若河想请两人帮忙的另有其事："我太喜欢你们两个在照片里的风格了，似暧昧非暧昧，似有情非有情。我想以你们两个为原型去创作新的故事，这期间可能会询问一些问题……当然，我会给学弟学妹报酬的。"

许容与:"不行……"

叶穗身子前倾:"学姐给多少报酬啊?"

舒若河说了一个数字。

叶穗当即笑容灿烂,兴致勃勃道:"好啊,我愿意给学姐当故事原型,提供灵感。能够和学姐共同创作一个故事,我非常荣幸。我还从来没当过小说女主呢,学姐有什么问题,都可以问我。"

许容与冷淡地说道:"我不同意。"

和舒学姐相谈甚欢的叶穗抽空回头看了他一眼。她思索一下后,漫不经心地说:"你不同意有什么关系?学姐你就当他是我生命中男人之一,一个过客就行了。"

许容与没理她:"真不好意思,舒学姐。叶学姐和我哥哥好。"

叶穗强调:"不是好,是好过。我是他哥哥的前女友,我们早就分手了。我现在是自由身,学姐怎么创作我怎么配合。"

许容与喝了一口水:"和前男友的弟弟一起当创作原型,不太好吧?"

叶穗狠狠瞪许容与。舒若河愿意支付的酬金不少,只是要他们提供些个人信息,在她看来无伤大雅,许容与拒绝什么?他不缺钱,她缺啊。果然是许奕的弟弟,和他哥一样……

叶穗口不择言:"你就和你哥一样泡在蜜罐子里,不知人间疾苦。自己不赚钱,还要拦着别人。"

许容与抬眼,静静望了她片刻。他身上的气息在刹那间发生微妙的变化,但这一瞬间太短,坐在这里的两个女生都没意识到这代表了什么,只知道半晌后,许容与语气有些生硬:"你就这么喜欢提我哥?"

叶穗:"谁先提的啊?"

舒若河左看看,右看看,试着调解:"这个,其实哥哥的前女友和弟弟谈恋爱,这个桥段在小说里也蛮受欢迎的……"

许容与愣住了,叶穗当即莞尔,瞥了他一眼:"你还有什么理由拒绝啊,许容与?"

许容与起身,斯文无比:"你出来一下。"

许容与和叶穗站在奶茶店外玻璃窗前,能看到窗内的舒学姐。和叶穗面对面,许容与言简意赅:"我不同意这个创作。我不希望有人不停把我和你凑在一起,我希望我们把关系保持在第一次见面之前。"

叶穗笑一下,她懒洋洋的,眸光在路灯下显得迷离:"为什么?舒学姐的创作会对你有影响吗?她答应以我们做原型,但会注意分寸和尺度,并且不会告诉大家原型是谁。你和我的正常生活根本不会受到影响。许容与你这么抗拒,你……"

她仍维持着那个慵懒站姿,只是眼尾上挑:"这么不敢和我在一起,你是不是心怀鬼胎,问心有愧?"

许容与脸色微微一变。

他一言不发,转身推门进店。

舒若河才喝了两口奶茶,就见那两个说出去商量的男女一前一后回来了。她诧异无比,许容与的态度改变得未免太快。

他说:"叶学姐说服了我。创作是学姐你的自由,只要不抹黑,不超越界限便可。但我还是声明我不赞同这个行为,并且也不打算配合。这件事和我的关系,到此为止。"

舒若河:"呃……"

其实能这样,已经很好了。

舒若河疑惑地看向叶穗,想知道她是怎么说服许容与的。却见叶穗还穿着男生的夹克,手放在衣兜里,侧着脸看窗外;许容与则是冷着脸看奶茶店员工在忙碌。两人就是不看对方——谁问心有愧,也未可知。

舒若河若有所思。

连日下雨，校中枸杞子呈珊瑚色，如瀑布般垂挂而下，煞是好看。因为这枸杞红，东大成了"网红热点"。

许容与作图累了抬头，透过窗帘看向教室外的艳红枸杞子——红灿灿的，像是她的面容，带笑的脸……

突然，设计室的门被撞开。来人是许奕。许奕看到五张平板桌前，只有一张有人。许容与怔然地坐在工作桌前，手上还握着一支针管笔。桌上杂七杂八地摊着许多东西，包括绘图板，绘图纸，各种尺规工具……

许容与眼睫轻扬，眼眸漆黑，他惊讶许奕的到来，人也很平静，透出几分疏离的感觉。

许奕大大咧咧地进了设计室："容与，你同学都去吃午饭了，你怎么还在这里？多亏我还记得你，给你打包了午饭。"

他伸手要把一个塑料盒放到桌上，但许容与的工作桌上堆满了杂物。许奕迟疑一下，伸长胳膊，把塑料盒放到了隔壁桌。

许奕啧啧地说道："依我看，你得找个女朋友照顾你。这天天废寝忘食的……哪有大一新生像你这么忙？你又在忙你们老师布置的作业？作业怎么布置得这么多？"

许容与精神不太好，眼眶微红，眼神空洞。他放下手中活，五指弯曲揉了揉酸痛的脖颈："不是作业。我们院有个研究生学长在导师指导下参加全国高校建筑模型大赛，老师安排我给学长当助理。"

许奕有点不知道说什么好，他弟弟才大一，就展示出了某种"工作狂"的潜力。而其实更早的时候，就能看出来……他劝道："你别太拼了，爸妈要是知道你整天不休息，也得心疼。"

许容与客气地笑了一下。

许奕皱眉，刚要多说两句，许容与就转了话题："你要离开我们学校了？"

许奕顿了顿，眉目飞扬："对啊，篮球赛已经结束了，我们赢了你们。厉害吧？哥哥今天下午要返校了。"

许容与怔一下，放下笔："那我送你……"

许奕摆了摆手,语气很随意:"都在一个市里,又不是见不到面,送什么送?我是来拜托你一件事的。就我那前女友叶穗啊,对,就你认识的那个学姐,你帮哥多留意留意她,关注关注她呗。我打算把她追回来!"

许容与小声说:"你还没忘了她啊?"

恍如隔世。

那天和舒学姐分开后,许容与冷血绝情,达到目的后就不再给叶穗送饭。他都快忘了这个人了,许奕冷不丁把这个人从许容与记忆中提了出来。

许奕敲一下弟弟的肩:"忘什么忘?我这两天没行动,只是因为我在忙着比赛,又怕她拒绝我。现在比赛结束了,我肯定要想办法重新追回她啊。好歹是我弟弟,你能不能和我有点默契?"

许容与随口说:"又不是亲弟弟。"

许奕低头盯着许容与淡然而苍白的容颜,一时间心情复杂。许多话涌到喉头,最终却不知道怎么说。许容与的心思太重又太淡定,一般人真不适应……

许奕低声斥道:"别乱说。你这样说,爸妈听了多伤心。"

许容与认错态度非常好:"对不起。"

许奕心累:"不是让你说对不起,你真是……算了,还是回到我前女友那个话题上吧。"

许容与:"还是对不起。我不能帮你时时关注叶学姐。你看到了,我现在于上工作太多,我很忙,没时间。我们还快要考试了,我得复习功课。你还是自己操心你和你前女友的事吧。"

许奕大吃一惊:"你怎么这么绝情?不行,你必须帮我!我本来还想请你帮我送情书呢!"

许容与一脸漠然:"不送。"

许奕盯着他半天,兴致一扫:"算了算了,这个以后再说。我是跟你说,国庆一起回家吗?你这暑假就跑出去实习,爸妈倒是夸了你一通,可都已经两三个月没见到你了啊。妈昨天还打电话跟我问起你呢。许容与你这出来上个学,怎么跟丢了似的?妈可是很不高兴呢。"

许容与本来想拒绝回家,他接了学长的这个助理工作,就是为了国庆放假期间能理所当然地待在学校里不回家。但是许奕这么一说,传达出妈妈不高兴的意思来……许容与迟疑一下,点了一下头:"我和你一起回家。但是我们假期短,过两天才能回。"

许奕这才笑了。

他笑起来阳光无比,伸手揉乱弟弟的头发。

许奕和许容与商量了国庆回家的事情,许容与非常好说话,全凭哥哥做主。许奕当场买了后天回家的高铁票,分享给弟弟,许容与也没有异议。兄弟二人又说了些闲话,设计室的同学们慢慢回来,许奕被同学打电话催,他也该走了。临走前,许奕在门口口型夸张地重复:"容与,记得关心我的前女友!记得啊!"

许容与心说记得什么?他可什么都没答应。

许奕走后,许容与掏出手机。沉思片刻,他慢吞吞地给署名为"倪薇妈妈"的头像发去信息:"妈妈,后天我和哥哥一起回家。"

一会儿,倪薇女士的信息回了过来:"回家的路上看着你哥,别让他跑丢了。"

许容与:"好。"

许容与等了等,确定倪薇女士不再给他发信息了,他嘴角扯了扯,把手机收回兜里。少年心性强大,沉静淡漠,并不在意这段插曲,他继续伏下身,完成自己的草稿图……

"穗儿,我们走了啊——"

作为全国数一数二的一流院校,东大有延期放假的惯例。其他学校放假,东大学生在学校。东大学子的口号是——学习,学习,我们热爱学习!

东大的国庆七天假后,就会开始这学年的第一次小考。

为了备考,很多学生选择国庆期间不回家,留在学校学习。而叶穗他们宿舍显然不是这样，文瑶和李晓茹都先后回家，叶穗笑眯眯地和她们挥手道别。最后剩下一个蒋文文，蒋文文也在收拾行李。推着箱子出宿舍门前，蒋文文一步三回头："那我也走了啊。你一个人留宿舍，真的没事吧？"

叶穗书桌前堆满纸笔，她唉声叹气："回来要考试啊！我当然要抓紧时间复习了……能有什么事啊？"

蒋文文："你真的不回家啊？你都多久不回家了，阿姨真的放心你？"

叶穗轻笑着："放心啊。我们家特别民主，我妈支持我独立自由。这么开明的家长哪里找？你快走吧你，我还等着你回家后整理复习材料给我呢，不然我小考不及格，又得去老师办公室了。"

最后整个四人间宿舍，只剩下叶穗一个人。叶穗倒不受影响，不觉得寂寞难熬，她我行我素，习惯了独来独往。

叶穗洗了个澡后，看了会儿书，看得快睡着了，仍看得半懂不懂，近乎抓狂。她拿着手机就要找蒋文文讲解习题，但是想到这会儿蒋文文肯定在车里挤着，又怅然地放下手机。做不出题，叶穗便拿着手机钱包钥匙出门，去学校的超市逛了一圈。

叶穗从超市出来的时候，提着一大袋零食。她眯着眼走在绿荫下，看学生们提着行李箱行色匆匆。满校园匆匆忙忙，只有她一人清闲。叶穗哼着歌在学校里晃的时候，她手机铃声响了。

来电显示是"叶一梦"。

叶穗接了电话，问了好后，直接说："国庆假期太短，我这次还是不回家……"

她妈妈在电话那头言简意赅："我要结婚了。"

叶穗嗤了一声，嘲讽道："知道了，谢谢你还想得起来通知我一声啊。你是要我回家吗？"

叶一梦语气略显尴尬地说道："……你不用回家，因为我搬家了。还有，你叔叔不知道你是我女儿。"

叶穗笑了："厉害，我出去上个学，连家在哪里都不知道了。

还有我那个新叔叔哦,是不知道我是你女儿呢,还是不知道你有个女儿呢?"

叶一梦女士声音里带着天生的风情万种般的沙哑:"这个不用你管。我是跟你说,我要结婚,手头有点紧,动了你爸的五万块钱。回头你补上啊。"

"……我才二十!"叶穗勃然大怒,站在绿荫下,气得全身发抖,"那是我的学费!我爸留给我的学费!你是不是又去赌了,把钱赌没了?你结婚是不是为了填补你的漏洞?你能不能有点底线?能不能别动你女儿的东西!"

叶一梦也生气了:"我生你养你,用你点钱,你跟我吼什么?"

叶穗冷冰冰地说道:"你把钱放回去,不然我立刻坐车回家,你别想好好结婚了。咱们母女就坐在家门口,后半生你看着我我看着你,有我在你别想找到男人接手你……"

叶一梦声音骤变,声调变尖:"叶穗!"

她的优雅没了,一连串的脏字骂出来:"你这个扫把星,专门克老娘。你怎么不出门被车撞死,老娘还能得到一笔保险金……"

第四章
距离拉近

叶一梦因为一点钱，跟女儿撕破了脸："用你一点钱而已，你整天跟防贼一样防着我。那点钱，难道不是我老公留下来的？只准你用不能我用？你……"

叶穗性格激烈，爱和恨都比常人要剧烈很多。她妈妈不提她爸的时候，她还能勉强冷静。一提她死去的爸爸，叶穗眼眶骤然湿润，崩溃的情绪向上翻涌，她话都说得费劲："不要提我爸！你提起他，你觉不觉得丢人？你有那么多前夫，你提我爸干什么！"

叶一梦女士也疯了一般尖叫："我让他丢脸？你就不让他丢脸了？你自己就让他为你骄傲了？我懒得管你，你就以为你是什么好货色？叶穗我告诉你，我的今天，就是你的明天。你爸瞎了眼，才落到我和你手上！"

叶穗眼中的泪无法控制，滴答滴答向下滚落。她桃腮湿漉，长发贴在脸上。她紧抿着唇，拼命吸气让自己不要哭出来。但她妈妈和她是一样的人，性格强烈感情用力，爱一个人的时候好像一辈子只爱他，恨一个人的时候会用世上最恶毒的语言去攻击他。以前她爸活着的时候还能为她们母女二人调解，她爸去世后，叶一梦和叶穗整天便如仇人一般……

她爸真的好可怜啊。那么儒雅的一个绅士，摊上她们这对疯子。活着时整天看她们吵，死后也不得安宁，妻子和女儿都算计着他的那点钱……

叶穗手掐着自己的大腿，努力忍泪。她大声吼："总之你把钱给我放回去！我要是查到钱还没有回去，我就去大闹你的婚礼，让你结不成婚！"

不等手机那头叶一梦说出更难听的话，叶穗就掐断了电话，并且直接将她的号码拖入黑名单，避免叶一梦再打来电话骂她。叶穗站在树荫下哭得浑身发抖，也气得浑身发抖。她脑子乱哄哄的，一下子想到她爸，一下子想到她妈对她的诅咒——诅咒她日后像她妈一样。

徒有美貌，不得所爱。

而她确实没有继承到她爸爸的温和，却继承到她妈妈神经病一样的脾气。她成长期最重要的几年，性格养成最关键的几年，全是叶一梦对她的荼毒……叶一梦结婚结得那么频繁，她有什么理由拿爸爸来说事！

仿佛有天大的委屈奔涌而来，叶穗眼前蒙眬，一气之下，她抓着塑料袋的手用力将塑料袋和手机一起砸了出去，当发泄情绪——

一砸之下，听到声音不对。

叶穗扭头，看到许容与一脸血。

从灌木拐角走来的少年，额发眼睛全是血。总是一脸平静的许容与现在脸很黑，他额头先被手机砸了一下，紧接着，塑料袋里的几瓶酒对准了他，又兜头砸过来——

许容与面无表情地看着对面两眼泪水的学姐。

叶穗都傻了。

额上一道口子，半边脸淌着血。许容与这么满脸血看她的样子，像是什么杀人犯……砸伤了人，她心一揪，顾不上哭了，慌张地跑过去："你……你没事吧？你怎么在这儿——"

许容与摸一下自己额头上的血，语气不好地回她："我好端端地在路上走,突然被一个精神病扔东西砸中。怪我是个正常人,躲得不快,没有预料到精神病的行事作风。"

叶穗抬眼,飞快地看他一眼。

她的眼睫上沾着水,一双眼也湿润乌黑,像是蒙蒙雾气笼罩清湖。漂亮的脸颊因为哭泣全是泪,湿发也贴着脸。她望来一眼,伤心欲绝的表情,梨花照水一般楚楚动人……

许容与眼睫轻微颤一下。

叶穗哽咽:"许容与,你怎么这个时候说话还这么难听呢?"

十一放假,校医院没人,叶穗和许容与赶去校外门口的医院。一路小跑,叶穗再顾不上自己那点儿伤心事,她用借来的毛巾捂住许容与的额头,看他脸上的血不断向下滴。少年一开始还生龙活虎地跟她黑脸,后来脸色就越来越苍白……

这期间许容与兜里的手机响了好几次,两人都没管。

总算到校外医院急诊部,大夫看到学生这个样子也吓了一跳,连忙招呼人过去检查缝针。叶穗去小窗口交了钱,再隔着窗,看大夫和几个护士围着许容与。她不敢走进去,听到大夫说:"小伙子,你这伤口弄得不浅啊?怎么弄的啊?"

许容与道:"摔了一跤。"

大夫:"摔一跤能摔成这样?啧啧。不过你倒是冷静,我看你那个女朋友脸都要哭花了。放心吧,我尽量把线缝得漂亮点,不让你这张脸毁了容。小伙子长这么帅,毁容就可惜了……"

许容与漫不经心地答:"嗯。"

他实在不是一个陪聊的料,病房中渐渐没人说话了。

叶穗没有进去,她失魂落魄地向外走,坐在走廊的长椅上,感觉到后背贴着肌肤的湿汗。她弯下腰,脸埋在双掌中,心脏怦怦狂跳,此时无比庆幸。幸好他没事,不然她就成了杀人犯。她生平第一次目睹这么多的血,眼前发黑,坐下来,才觉得小腿肚都在抽筋。

她怔怔地坐着,忽有一瞬间,觉得自己人生失败无比。她茫然地想许容与出现在那里,是不是听到了她和她妈妈吵架?她在学校里营造的形象,在那时候毁于一旦了吧?

多么难堪。

哪怕是个不认识的人听到,都比许容与好啊。许容与他和他哥一样,他们那种出身好家境好学习好的人,在他们面前暴露自己的缺陷,让她的可怜可悲好像放大了无数倍……

脚步声到了她面前停下。

叶穗抬头,看到许容与已经包扎好额头的伤口,站在她面前看着她。她不安地站起来,站在他面前,像是小学生犯了错一般。二人对望片刻,叶穗咬了下唇,轻声说:"医药费我掏了,大夫开了几个药,一会儿我去取。我对不起你,这几天我会照顾你……"

许容与心想不用你照顾,我要回家了。但是一想到以现在的形象回家,路上遇到他哥,许奕必然大惊小怪,以为弟弟在学校被欺负要来帮他出头;回家碰上爸爸妈妈,又得找借口跟爸爸妈妈解释……

许容与皱了下眉,觉得好麻烦。

他那个不耐的眼神,看在叶穗眼里,让她一阵心悸,面色因羞愧而变得滚烫。可是咬咬牙,叶穗还是要说下去:"你让我做什么我都会做,只要能补偿你……我只求你一件事,你听到的那个电话,能不能不要说出去?给我……给我……一点尊严。"

许容与看向她。

叶穗卑微地立在他面前,垂着头,身体轻微发抖。和平时那个笑意盈盈的女生完全不同,平时叶穗表情生动,要么瞪他,要么反驳。她和他对抗……而她现在像是死水一样安静。刚才看他的那一眼,星辰黯淡。

许容与平静地说道:"你的什么事?我就听见你在和谁吵架,然后你气得挂了电话。你在吵什么,我没听到。我不知道你要我保守什么秘密。"

叶穗骤然抬起了眼,盯着他,她的眼中泪光潋滟,却有光芒。

她专注而诧异地看他，全心全意，像在看爱人一般。然后她眼中又聚起了更多的泪，湖水波荡……

许容与冷冰冰地问："又哭什么？"

叶穗声音微弱："没……"

许容与看她的表情，意识到自己的语气。他停顿一下，语气变得温和，有点像逗她一般："是不是马上又小考了，以你的成绩肯定要挂科，你终于开始害怕了？"

叶穗喃喃："对哦，我还有小考等着。过不了怎么办，难道又要重修……"

许容与无语。这也能被说中？

许容与明明受了伤，可他竟然没有回宿舍，而是和叶穗一起去了自习室。叶穗几次欲言又止，想劝他回宿舍睡觉。但许容与是如此热爱学习，坐在自习室拿起她的课本，看得入神，压根忘了自己受伤的事。

许容与作为一个大一新生，叶穗显然不指望他能辅导自己功课。但是许容与坐在边上看她做题，忽然道："这个题怎么做不出来？你基础就没打牢？这是高中几何的常识吧？你怎么考上东大的？"

叶穗有点尴尬："我高考时，家里出了点事，我是考前突击，运气好才上了东大。本来我的成绩是上不了的。"

许容与沉默了一下，拿过她的纸笔，给她写了一个公式，往她面前一推。他不言不语，公式一写人就不开口，叶穗左看右看，其实没看懂。但叶穗悄悄看了许容与一眼，他脸色苍白精神憔悴……叶穗忙道："我懂了！知道怎么做了。你回去休息吧。"

许容与："休息重要还是学习重要？"

叶穗茫然地咬着笔："休息重要……吧？"

许容与不想多说，敲她桌子："做你的题吧。"

叶穗忧心忡忡，只好伏下身绞尽脑汁地看书做题。许容与在旁边盯着她，也不说话，她并不知道许容与订了今天的车票，本来出去买点东西，回宿舍后就会收拾东西离校。

现在时间显然来不及了。

自习期间，叶穗被许容与看着，不得不安安稳稳坐在那里翻书。中间许容与出去了一趟，终于接了他哥打来的电话。

许奕："你挂了我十通电话了！你是不是出什么事了？"

许容与站在教室外，靠着墙。他有点头晕，便闭上了眼："学校有点事，我改签了。"

他又和哥哥说了几句话，语气和平时无二，许奕才放下心地挂了电话。许容与又靠墙站着歇了一会儿，睁开眼准备回教室。一扭头，看到叶穗站在他后面。

叶穗轻声："改签做什么？是不是……和我有关？"

走廊门口，男生和女生对望。女生有些愧愧的，神情不安。叶穗的黑眼珠一动不动，望着许容与时神色非常抱歉。她的长相太有优势，她可怜兮兮地看着人时，谁会忍心恶言相向呢？

许容与忍心。

他额头都包扎了，面容还是平时那矜贵清高的样子。他没什么表情地走到叶穗肩膀前，忽然伸手在愧疚得不得了的叶穗肩上重重一拍。他这一拍突如其来，叶穗直接被他拍蒙了，惊吓得抬眼看他。

许容与："为了你改签？脸皮不要这么厚。走了，进去学习。"

叶穗咬咬牙，老实说，她对许容与的一腔愧疚心，在他一次次冷嘲热讽后，真的越来越淡了……难怪许容与平时都独来独往，没有朋友。说话这么不动听，谁受得了做他的朋友啊？

叶穗跟在许容与后面进了教室，看许容与非常自然地坐在她的座位边，拿起她书桌上的一本书就开始翻看。叶穗坐在他旁边，不住地回头看他。少年面容姣好，只有额头上的纱布……叶穗目色一暗，还是忍不住问："你原来是要回家啊？那你要不回去吧？你爸妈见了你受伤，肯定特别担心，我实在对不起你……"

许容与低头看书，书挡住了他的脸："我家的事不用你操心，看你的书去吧。"

他其实没那么想回家。

能拖一会儿，算一会儿。

他家啊……

许容与有些发怔，他坐在灯光下的墙角里，一半光明，一半阴暗。

叶穗忍了忍，仍然和颜悦色："不是为了我的话，你为什么坐在这里陪我看书？我真的不用你陪啦……"

许容与心想都是要挂科的人了，哪里来这么大的自信觉得自己不用陪？

他唇轻微地扬了下，但有书本挡着，叶穗看不到。叶穗还在苦口婆心地劝他回家，不用在这里陪自己浪费时间。

许容与被她烦得厉害。他把书向下一挪，露出脸来。许容与慢悠悠地说道："我陪你做功课，我配吗？"

许容与抬手揉额角，手伸到一半才想起额头受伤了，他手顿了下，在叶美人明亮的眼眸凝视下，伸指，向她额头一戳。叶穗被戳得一下子捂着额头后退，敢怒不敢言，心中劝自己说是自己弄伤了学弟，不要跟学弟一般见识……

许容与含着若有若无的笑意，问她："叶穗，你是不是弄错了什么事？我一个大一新生，怎么辅导你大三的功课？我坐在这里，只是为了免费地看你们大三的专业书啊。毕竟平时借书，挺麻烦的。"

叶穗："……叫学姐。"

许容与不以为然："学无长幼，达者为先。你觉得你配得上'达者'吗？"

叶穗："喂，你说话也太难听了吧！"

先说她多管闲事，然后嘲笑她成绩差，最后开始攻击她的能力了。她是对建筑不太感兴趣，但她又不是什么事都做得这么差好吧？叶穗伸出五根手指和他数："我只是专业课差，但我也都勉强过了，只重修过一次啊。而且我选修课上得多啊，老师都很喜欢我好吧？我上过街舞课、唱歌课、插花课、影视鉴赏课、贵族培训课、周易课、测谎课……"

许容与淡然说道:"都是去混学分的吧?"

叶穗脸红地强调:"……我是真的学得很不错的!"

许容与扯嘴角。

叶穗完全转身,手抓住他的肩,凑过去。许容与意外地向后退了退,他靠着椅子,肩膀被凑过来的叶穗抓住。她和他脸贴着脸,靠得非常近。叶穗目光专注地,用眼神说服他自己的用心。但是她忽然靠过来,许容与一动不动,却开始走神了。

她的皮肤真好……

眼睛有点像杏仁眼……

唇一张一合的,嫣红艳丽……

认真地与他辩论的样子,蛮可爱的。

叶穗怀疑地看着他:"你脸红什么?我说的你听明白了?我真的除了专业课,学得都很不错。"

许容与轻声:"知道了。离我远一点,去看你的书,好吗?"

叶穗怔住。

四目相对,呼吸缠绕。窗上的光一半照着斑斓夜景,一半照着教室内这对女压着男的学生。男生神色淡淡,耳根却红了。叶穗发愣,忽然有些害羞,有些得意地笑。她歪头,目有了然意,却再一次地轻笑着小声问:"你脸红什么?"

许容与手上的书拍过去,力道很重,一点也没放水。叶穗"嗷"了一声,被他砸开,捂住自己被砸得发红的手,不敢相信真的有男生对她这么无情。许容与冷着脸,好似有点不高兴,他转过了脸看向窗外。叶穗不知道自己哪里得罪了他,不敢多惹他,只好回头继续写自己的功课。

而望着窗出神的许容与,心想她刚才那个了然的自得的笑,心里更加不高兴。

她好像很熟悉男生的各种脸红啊。

当然熟悉了,据他哥哥许奕说,叶穗这个女人,前男友众多,恋爱经验丰富无比。

她那种自然的诱惑，无处不在的娇俏可爱，性感妩媚……许容与再次伸指敲一下桌子，把叶穗吓一跳："好好做题，不要发呆。"

叶穗无语。

这人是魔鬼吧？连她看着题目发呆都能看出来？教导主任转世的吧？

但是从另一个角度看，叶穗活过来了。

一开始生气她妈妈的行为，之后不安于自己对许容与的伤害。当她坐在教室里，和许容与一边斗嘴一边学习时，她身上流失的那些精神和活力，重新回来了。她的面容重新鲜妍，眉眼重新生动，愁眉苦脸地做题时，让旁边的许容与唇角翘了好几次。

叶穗遇到不会的题，就忍不住想问别人。

许容与："我读大一，你想什么呢？"

叶穗："……哎为什么不是张硕陪我做功课呢？张硕就会很耐心地给我讲题啊。怎么是你……"

许容与神色微妙一顿："张硕是谁？"

叶小姐对他一眨眼："我们班的学委啊，学习特别好，问什么他都知道。"

许容与冷眼看她："把书拿来，我看看。"

叶穗立刻地把书递过去。她也不指望许容与真的能看懂大三的题，但总要试试嘛。当许容与给她解出来的时候，叶穗真的惊喜满满。她忍不住盯着许容与的侧脸，心想自己这是碰上了一个学神吗？

说好的前男友的弟弟最好不要距离过近呢？

可是……这个弟弟学习好啊！她对这种学神，都有一种崇拜的心情……

叶穗心里念头百转时，听低头给她解题的男生忽然冒出来一句："激将法，下不为例。"

叶穗："啊？"

他抬目,撩她一眼,眸光清如星,星光百转。

叶穗瞬间明白他指的是她用张硕这个人激他的事。原来他一下子就看出来了。这个学神弟弟真的是……

叶穗红了脸:"啊。"

许容与其实不是一个好的讲课老师,他也不给叶穗讲题。大部分时候他都是安静地坐在旁边,拿着叶穗厚厚的专业书看。叶穗也觉得自己一个大三学生问大一学生功课很丢脸,只好绞尽脑汁地自己想答案。但也许是许容与太安静,造成的压力又太大,叶穗这一个晚上自习的效果,比她平时自己一个人时效果好得多。

不知道为什么,许容与在旁边坐着,她每次走神都能被他发现,只好回过神。

这一晚十分充实。

可学习又是真的辛苦。学着学着,叶穗就困了,头一磕,趴在桌上睡着了。没有人喊她起来。不知道睡过去了多久,忽然一阵打铃声响起,将叶穗惊醒。叶穗趴在桌上,看看时间,已经晚上十点了,教室要关门了。她揉着眼睛收拾桌上书本时,忽然想起什么,扭头往旁边看,发现自己旁边已经没人了。

桌上放着一张纸,纸上字迹隽美风流:我回家了。

叶穗握着这张字条,心中不知为何浮起怅然之情。她抿抿唇,将字条收起,再去收拾自己的书本时,打开一本书,忽然发现原本只有她上课流下的口水的书上,多了许多不属于她的红色笔圈起的重点。她愣了一下,连忙去翻其他书。好多其他书都多了这些红色笔圈住的重点……她仔细翻看这些重点时,又看到了许容与在她封皮上写的几个字:重点背熟,及格不难。

叶穗站在教室中,看着自己的书,盯着男生的字,这一刻,忽有一种星河坠落玉盘倾倒银瓶乍破的感觉。她心脏怦怦乱跳,手指颤抖,急促无比地给许容与发信息。她在对话框中反复修改自己的措辞,最后温柔地发出去一条:"你到哪里了?回到家了吗?你家在哪里啊?额头的伤还有感觉吗?记得吃药啊。今天的事谢谢你哦,容与。"

叶穗眼睛亮晶晶，唇角带着笑，她自信地发出一条关心学弟的信息，让自己表现得既关心他，又不过界，她连暧昧的表情图都没敢用，就怕引起误会。谁知道她一条信息发出去后，脸上的笑一下子凝住了。

"许容与开启了朋友验证，你还不是他（她）的朋友。请先发送朋友验证请求，对方验证通过后，才能聊天。"

叶穗气得面容扭曲。许容与居然把她删除了！

他什么时候删除的啊？

他就是这么对待把他砸伤害他去缝针的坏人的吗？

夜里十点，叶穗在东大自习室被气得崩溃时，许容与推着行李箱，走在夜色中。入秋后，夜晚越来越冷，但东大不过就在隔壁市，这么近的距离，并不算什么。

在外三个月后，许容与再一次回到自己家了。

当晚回到家，家里只有阿姨和管家熬夜等着他，说其他人都睡了。管家伯伯在许容与敲门时，就热情地帮他把行李箱提到了台阶上。见到许容与的面，管家大吃一惊："二少爷，你脸怎么了？被谁打了吗？这可怎么办？快点告诉太太和先生吧。"

许容与早就知道自己回来后要被关注脸。本来不想回来，但是已经和家里说好了……他叹口气："摔了一跤。其他人呢？"

管家客气地说道："大少爷等你等得太久，被太太骂去睡了。太太和先生也睡了。太太和先生睡前，吩咐给二少爷留消夜，二少爷你看你想吃什么？"

许容与意兴阑珊，随便应付了几句，收拾洗漱后，也去睡了。

许容与额头上的纱布，不可能没人知道，瞒也瞒不过去。第二天早上，许容与下楼吃饭时，便被人围观了。楼下餐桌上原本进行着安静的西式早餐，妆容精致仪姿端庄的女主人公倪薇坐在餐桌前，和长子许奕用饭。用餐期间两人没有发出一点声音，餐桌礼仪完美无比。但许容与从楼上下来,坐在餐桌前的许奕一下子就站起来了,震惊无比:"容与,你毁容了?妈,你看容与!"

倪薇眉梢轻蹙,先斥许奕:"吃饭时不要大喊大叫,注意你的言行。"

她拿餐巾纸擦了擦手,才回头,向那下楼的清隽少年看去。许久不见许容与,倪薇端详一二,在许容与淡淡问"早上好"后,他才点点头,问:"脸上的伤怎么回事?"

许容与:"摔了一跤。"

倪薇想了下:"把你手机拿来给我看一下。"

许奕不满:"妈,你为什么要查容与的手机啊?你这是不尊重我们的隐私!"

倪薇淡淡地说道:"把你的手机也拿来我看看。"

这期间家政阿姨和保姆悄无声息地收拾家里,许容与坐在餐桌前,没在意倪薇的强势,直接把手机递了出去。他手机已经删除了叶穗的信息,蛛丝马迹清理得干干净净。倪薇拿过他的手机,扫了一遍后,抬头,有些探究地盯着用早餐的许容与。

倪薇微微笑一下,将手机还回去:"容与还是不爱和人交际啊。不过没关系,容与成绩优秀。你爸爸问过你们学校老师,你们老师都夸你。"

才上了一个月的学,许志国就和东大建筑系的教授老师们打过了招呼,让人关照许容与。许容与扯嘴角,不想继续这个话题。他"嗯"了一声,问:"爸爸不在家?"

倪薇:"你爸出国访问了,这次你们回来,恐怕见不到你爸。"

许奕大大咧咧地说:"那有什么,等爸回来了再见呗。反正妈你在家嘛。对了妈,你工作不忙啊?国庆时在家陪我们?"

倪薇:"儿子回家过节,父母起码要有一个在家。"

她看到许容与吃饭漫不经心,便问:"不合胃口?"

许容与摇了摇头。

许家的别墅在三环以内,许志国经常出国访问,倪薇在商场上是出名的女强人，由此可以想象许家的地位。在许家，一切都完美无缺，恰到好处。包括许志国和倪薇对子女的教育，都是国内知名的教育专家拟定的方案。许奕神经粗大，不太能感觉到这样的完美，吃完饭就和倪薇说自己要出门找朋友玩。

许容与在楼上，听到倪薇吩咐人去看许奕跟谁玩时，扯了下嘴角。

一会儿家里管家回复倪薇："大少爷去找他高中的那帮同学玩。那几个人，大学都不怎么样……"

倪薇皱了皱眉："许奕要是能像容与那么省心就好了。什么样的人，交什么样的朋友，许奕怎么永远不懂？我看他大学毕业后，还是送他出国吧。"

楼下说话声音越来越低，直到听不见。许容与将书翻开后，出了一会儿神，眉目温和下去。他想着：不知道叶穗有没有看到他画的重点。

下午，许容与捧着书坐在窗下藤椅上。日光摇晃，细碎地落在他乌黑的发顶上，一层层的纱帘飞来又荡去，如浪潮一般。

许容与看了一会儿书，头有些疼，便拿起手机刷一会儿。

他登录校论坛，置顶的一个帖子加精飘红，刷了十几页。许容与本就无聊，并没多想，随便打开了这个帖子，看到帖子内容，怔了一怔。帖子标题是——二女相争，男子为谁下跪？

副标题是：建院与建工院，二院院花相争，孰美？

看到标题，许容与就大概猜到又是两个学院哗众取宠的相争了。外行人不懂，以为建筑学和建筑工程学差不多。然而实际上两个学科分属不同院系。建筑学是东大的王牌专业，数一数二的厉害。建筑工程学院当年是从建筑学院分出去的学院。两个学院所学专业不同，但因为外行人分不清，喜欢比较，这两个学院又因为有历史渊源，自己也喜欢比来比去。

这么个帖子能飘红这么久，许容与猜，肯定是两个学院的同学又吵起来了。

他往下看帖子内容，意料之中，他们建院被牵扯进来的院花，自然是叶穗。这个帖子说了一则八卦，讲上半年建院院花叶穗，和建工院院花，两人一起看上校学生会的主席，同时追求。半年过去了，建工院院花成了学生会主席的女朋友，两人同进同出，恩爱无比，在大四毕业前夕，男方单膝跪地向女方求婚。而建院院花叶穗，黯然下场。

配的图不光有一个长相清秀的女生和一个男生的合影，还不知道什么时候偷拍了一张叶穗茫然发呆的照片，用来解说叶穗的"黯然神伤"。

这个帖子的指向意味极浓，话里话外地吹捧建工院的院花如何像人间仙子，出尘脱俗；建院的院花又如何俗气，男女关系混乱。这个帖子，明显是现在的学生会主席的女朋友，胜了的建工院院花那拨人发的。本意是想让校友跟着夸建工院院花，但是人多了，就有不同意见，何况建院学生怎么可能看着自己院的院花被说得那么难听？当然敲键盘作战了。

"建工院又来挑事了，你们求婚就求婚吧，我们叶女神招你惹你了？拉上我们叶女神给你们当垫脚石，我们女神知道你们是谁不？"

"建院就别跳了，还女神呢，呕。叶穗那矫揉造作的，不知道交往过多少前任，我们哪里高攀得起？"

许容与直接无视双方的争吵，他心不在焉地将帖子向下滑。他的指尖停在一张图片上，停顿一下，将图片划拉放大。这是一张同学们用来比拼双方颜值的抓拍照，照片中的叶穗长腿细腰，上身吊带下身短裙，整个人趴在栏杆上。阳光刺眼，她眯着眼，上扬的眼尾风情立现。而她睫毛纤纤若飞，眼睛灿亮无比，正看着一个方向，笑容张扬肆意，生气动人。

她这么漂亮，将操场旁的同学，都比成了路人。整个照片，只有她一个人在发光。

许容与视线停顿在这张照片上，停了许久，他终于想起自己为什么觉得这张照片眼熟了。当时他还在军训,叶穗和她的舍友一起来看他们汇演。当时她就趴在栏杆上向他招手,俏皮无比……原来是那时候抓拍的啊。

许容与接着往下看,视线一凝。

他的照片怎么也被贴了上来?

有建院同学为验证建院院花不会去追求学生会主席,愤愤不平地把许容与军训时的一张照贴了出来:"睁大你们的眼睛看看!我们建院都知道,叶美人之前在追我们今年的大一新生。看看这颜值,再对比对比你们!我们院花会放着这么帅的男生不要,去追你们学生会主席?"

许容与赶紧往下滑,跳过这段,手指再一次停在另一位同学发的叶穗的照片上。许容与揉着额角,一阵头疼。他知道叶穗好看,但他不知道叶穗在他们学校这么有名,随时都有抓拍照流出……

"容与,在看什么?"身后中年女声温婉,却让许容与后背一僵。

他不动声色地抬头,看到不知何时,倪薇女士端着一杯牛奶站在了他身后。许容与没有动,并没有欲盖弥彰地关上手机屏幕,而是平静地说:"看校论坛。"

倪薇坐下,喝一口牛奶,视线再一次落在他手机屏幕上的女孩照片上。倪薇笑容浅浅,唇有笑意而眼没有:"怎么,是你喜欢的女生?"她若有所思,"容与都到会喜欢女生的年龄了……"

许容与否认:"没有,我只是在看论坛。她只是……"

倪薇摇了摇头,轻描淡写地否定掉许容与的欲盖弥彰,轻笑道:"容与你可不喜欢看这种八卦啊。"

许容与皱眉,想继续反驳,门被一撞,高高大大的男生晃进来了。许奕刚打完篮球回来,一身热汗,滴滴答答。他走过弟弟身边,往边上一坐,探头瞧了一眼:"哎,这不是我前女友吗?容与,你终于舍得关心一下哥哥的感情史了?"

倪薇看着大儿子随意跷着腿坐下的姿势,回头嘱咐人去烧水,让许奕洗澡。又问:"你的前女友?许奕你怎么没告诉妈妈呢?"

许奕随口:"分手了还跟你说什么?美女,你别把儿子当贼一样看着好不好?"

他站起,长腿一跨,坐到了倪薇身边,伸手殷勤地给倪薇揉肩。许奕一边揉肩,一边说笑话逗倪薇笑。倪薇无奈地瞪他一眼,把喝了一半的牛奶放下,转身走了,不再纠结那个女生的问题。

倪薇走后,许奕重新落座,把母亲没喝完的牛奶一口干了,才漫不经心地问:"容与,你也太不小心了,怎么让妈看到了?要不是我回来得正好,妈不是又要去调查人家的祖宗十八代了?"

许容与:"轻易化解危机,厉害。"

许奕摆手,然后看他一眼,目光中暗藏几分迟疑和探究:"不过你看叶穗的照片干什么?"

许容与:"校论坛上在争哪个院花最厉害,建院和建工院又打起来了。"

他这么说时,尽量语气平淡,把八卦说得无趣,不包含自己的情绪。他手心捏了汗,怕许奕忽然兴致上来,要看这则八卦。他不怕让许奕看到主楼那些无聊的话,他怕许奕看到他的照片,又牵扯到叶穗身上。好在许奕打篮球累了,也不想看八卦,就摇了摇头,同时与有荣焉:"这有什么好比的?肯定是我家穗穗最漂亮了。"他伸长腿踢弟弟,斜着眼,"喂,帮我送情书呗。总要给我一个机会吧?"

许容与起身走了。

但这事显然没有这么容易结束。

当晚,许容与在书房画一张结构图时,倪薇敲了敲门进来。倪薇坐在边上,看了一会儿许容与绘图。倪薇若有所思地盯着他干净的侧脸,他专注冷清,笔下平稳,一点不为她看透一切般的目光所动。

许容与和许奕性格完全不同,远比许奕沉得住气。

正是这种沉得住气,使许容与虽然看上去什么都听家里的安排,可他不冷不热,倪薇总觉得很难控制他,猜不透他在想什么。他不是那种会激烈反抗家庭的孩子,他从没像许奕那样和人大吵大闹过,甚至许志国和倪薇从未见过许容与的叛逆期……他好像一直这么优秀,并且会继续优秀下去。

倪薇轻叹口气。

许容与终于放下了手中铅笔:"什么事?"

倪薇将一张打印出来的照片放到了他桌上的草稿纸上。照片上是一个陌生女孩,白皙清秀,但许容与没见过。

"妈妈今天才意识到你长大了。这是你明伯伯家的千金明瑜水,和你同一届,现在就在你们东大旁边的师大读书。我和你爸爸的意思,是你和明瑜水见一面,好好处处。如果合适的话,毕业能结婚最好。如果不合适的话也没关系,妈妈会挑别的女孩继续给你看。"

许容与:"我才大一。"

倪薇:"明家不嫌你年纪小。谁不喜欢读书好的孩子呢?哪怕是我们这样的家庭。正好你们学校在同一个地方,你和明瑜水见见面吧。容与,你是懂事的孩子,别像你哥一样,故意搞砸,好吗?"

许容与垂眼,盯着桌上的照片。

倪薇在旁边观察他的态度。

她的目光如锥,盯着他的一举一动,借以判断他每个表情背后的想法。许奕可以用激烈的反抗来对抗,许容与却没有这种资格。

半晌,许容与接过照片,淡淡地回:"好。"

倪薇满意了,她离开书房前,本来想表达一下亲情,但最后手在半空中顿半天,只是生疏无比地摸了摸儿子的头,轻声:"容与,你是这么优秀的孩子,爸妈为你而自豪。"

第二天,许奕不知道从哪里听到了消息,早饭后便来偷偷问许容与:"她也安排你相亲了?妈也太可怕了吧,是准备法定年龄一到就让我们结婚吧?"

许容与没吭声。

许奕目光复杂,拍了拍弟弟的肩:"可怜啊……"

许容与头不抬:"把你的手挪开。你刚吃完饭没洗手吧?"

许奕安慰的话没说完被一口憋住,他在想什么?他刚才居然同情许容与不敢反抗妈妈?他同情许容与这种变态,他配吗?

许奕讪讪地拿脏手摸了摸头:"你观察力怎么这么强?要不是知道你从小这样,我还以为你专门盯着我的一举一动呢。"

许容与在家里待了五天,最后一天打算和许奕一同返校。返校那天没有见到倪薇,跨国公司有一单生意出了问题,倪薇早上去公司办公。家里大人不在,许容与不在意,但早饭后没多久,本来说好和他一起坐车的许奕接到电话,匆匆走了。许奕说不用等他,非常愧疚地让弟弟一个人回校,自己有个约会。

妈妈和哥哥都不在家,丝毫不影响许容与的心情。

他在家学习了一早上,中午时吃过饭,和管家、家里打扫卫生的阿姨告别后,推着行李箱就离家了。等他坐在高铁上,手掂一下自己的书包,摸着有些不对劲,他打开书包,才看到书包里被塞了四五封信。

他拿起来看两眼——叶穗亲启。

许容与扬眉,终于明白许奕为什么匆匆忙忙地躲出去了,原来是偷偷把情书扔给他,让他给叶穗送情书啊。

许容与叹口气。他能拿许奕怎么办呢?

返校后,果然迎来了一波小考。小考后,才重新上课。小考对许容与来说一点问题都没有,偶尔想起来,也就是想到叶穗可能会觉得难……但是许容与拿起自己手机看了看,默然。

当时回家前为了不被倪薇多问,他把叶穗的信息删得干干净净。现在不光是没有她的微信号,连她的手机号都删没了。

而东大这么大,大一学生和大三学生本来就没有多少交集。如果不是刻意地去找一个人,便真的不会遇到那个人。

回校后,许奕才敢给弟弟发消息,问有没有帮他送情书。

但许容与觉得，可能真没法帮送情书了。他和叶穗断了联系，说不定再也不会见到了。

许容与是在上课前收到哥哥的信息的，回完信息后，他低头揉着眉心，心里说不出什么滋味。教室里轻微地传来一阵感叹声，周围骤然安静了，许容与也没有抬头多看一眼。

而一个人站到了他旁边，伸手戳了戳他的肩。

许容与以为这位同学要坐里面的座位，他站起来让出座，这位同学却不动。许容与抬目，目光一凝，因为抱着书站在他面前对他盈盈笑着的同学，正是他以为以后永远见不到了的叶穗。

叶穗笑眯眯和他打招呼："早上好啊，许学弟。"

许容与："你来干什么？"

叶穗开口："我弄伤了你额头，心里不安啊。考完试我就决定过来帮你，你好好休息，我帮你做笔记什么的，保证误不了你的课。"

许容与发怔地看她，眼里写满百思不得其解。

叶穗看他这架势，连忙挤开他往里坐。旁边的一众同学偷偷盯着他们。叶穗挤开许容与："让一让、让一让啊……"

许容与被她挤开，莫名其妙地跟着坐下。看叶穗郑重其事地翻开他的书，一副要帮他做笔记的架势。但是叶穗才打开他的书，准备夸夸其谈，就愣住了。

叶穗："许容与，怎么你的书比你的脸还干净，一个字都没写过？"

许容与瞥她："我从不做笔记。"

叶穗想要反驳，那你给我画的重点是怎么画的……但是话到口边，她一怔，意识到他是特意为她画的。他本身可能真的不做任何笔记。

两人目光悄悄地对上。

许容与揶揄一般，凑近她耳边，轻声："现在还要给我做笔记吗？"

笔记当然还是要做的，来都来了。

虽然看上去许容与好像不需要……但如果这时候灰溜溜地逃走，那多丢脸。何况，自己是过来补偿照顾小学弟的啊，做笔记，就当夯实自己的基础了。

叶穗抿唇一笑，顺一下耳边的发，低头摊开自己大一时用的课本，甩了甩自来水笔，郑重其事地准备做笔记。此时一个同学拿着本子来问许容与题目，许容与帮同学解题，没理会叶穗。叶穗翻书做笔记，半天不知道该写什么，良久，她非常认真地写了这门课的标题——"建筑阴影与透视"，再写下许容与的名字。

大概觉得有点空，她又在"建筑阴影与透视"的字边上开始画花、画星星，点缀得漂漂亮亮。离上课还有段时间，画完花还有空，叶穗干脆画起了卡通小人。学建筑的，绘画功底都不会差。叶穗画的小人更是生动活泼、灵气满满。

等许容与帮同学解完题，回头一看叶穗在做什么，许同学的表情一下子就复杂了，欲言又止。

叶穗抬起头来，对他扬起笑容："好看吧？"

许容与看到她扬起的笑容，娇娇的，有一瞬间恍惚。他没好意思说难听的，就拿书挡住脸，含糊地回答："挺好的。"

叶穗倒是愣了一下，没想到他没挤对她。她笑得更开心、更扬扬得意："我画的是你啊，你看这个板着小脸拿着教鞭的小人，惟妙惟肖，是不是特别像你呀，哈哈。"

叶穗特别容易快乐，容易被自己逗笑。明明没怎样的事，她笑得这么快乐，眼睛嘴巴都弯起来，见牙不见眼。她这样漂亮而无忧，旁人只是看她一眼，便沉浸在她的明媚中，跟着一同觉得快乐。

但是许容与没有。

她现在笑得这么容易，许容与却记起她砸他的那天，和手机那头的人对话，气得浑身发抖满眼热泪的模样。许容与判断，这是一个生命热烈、感情激烈的姑娘。快乐的时候全天下她最快乐，难过的时候全天下她最痛苦。

这种人啊……

许容与冷不丁问:"你认识杨可新?"

杨可新,是现任的校学生会主席,即许容与看的那个热帖,二女争一男中的男主人公。

叶穗一愣:"谁是杨可新?"

她抬头,和看透一切的许容与眼对眼。许容与面无表情,叶穗装了一会儿茫然,才恍然大悟:"哦,他啊,见过几次面。"

许容与"呵"了一声,他敏锐的观察力让他洞悉她的遮掩。这像是只见过几次面的样子吗?某人的人际关系,一派混乱。

叶穗原本低下了头,继续在本子上涂画。她猜许容与是看到论坛上那个热帖,才问她的。在叶穗看来,那个帖子就是学生会主席那未来老婆发的,踩她上位呗。叶穗看到帖子,还是舍友回校后告诉她的。当天她就气势汹汹地去建工院找过那位院花,可惜对方得到风声后,躲出去了。叶穗又在紧张地准备小考,这件事就没有后续了。

但是现在许容与问起……叶穗手指卷着自己耳畔垂下的一绺发,人仍低着头写写画画,嘴上漫不经心:"许容与,知道曾艺敏吧?就是那个建工院的院花。她造谣,把我扯进去贬低我,在网上找水军黑我。你不可以和她做朋友哦。你要是和她做朋友,你就是我的敌人。"

许容与皱了下眉,对此嗤之以鼻:"你真的是我学姐,不是比我还小几岁的学妹?幼稚不幼稚?还在玩小孩子过家家的游戏?你是世界的中心,和你玩就不能和别人玩?你的敌人,就是所有人的敌人?不能像个成年人一样,不要干涉彼此的交际圈吗?"

叶穗抬头,在桌下重重踢他一脚。许容与吃痛,而叶穗凑近,非常严肃地说道:"不能。我的朋友不能和我讨厌的人做朋友。"

许容与垂目,眼底波光流动,瞥她一眼。他轻声:"怎么,我算你的朋友?"

叶穗反问:"不算吗?"

他们毕竟认识了这么久,而且一笑泯千仇。

他又帮她补习功课，又帮她保守秘密，还不计较她砸伤他额头可能导致他毁容的事。

　　这样应该就是朋友了吧？

　　许容与停顿半天，与她认真的眼睛对视。他别过脸，瞳孔缩一下，喃喃道："我从来没有朋友。"

　　叶穗气坏了："喂——"

　　她气急败坏，要和这个没有感情的人理论清楚。别过脸看向窗外的少年，看到了玻璃窗上映着叶穗瞬间生气、张牙舞爪扑来的样子。他心里很奇怪，他们难道是朋友吗？叶穗和自己是朋友的关系？眼角余光看到人影一晃，他快速地抬手将她按下，提醒："老师来了。"

　　踏着铃声，老师夹着教案进了教室。叶穗被许容与一手压下去，脸磕在桌上，但余光看到老师进来，她屏着呼吸，没敢反抗。和许容与这种学霸不同，叶穗见到任何老师本能都会慌张。一有老师过来，她就会乖乖地装模作样，把头往下低、再低，希望老师注意不到自己。

　　但是老师扫一眼教室，笑了："哟，叶穗，又来了啊。"

　　叶穗硬着头皮抬头，与老师目光对上，居然是蔡老师。之前她来找许容与，正好刚刚下课，教课老师还没离开，调侃了她两句。这位老师，便是蔡老师。万万没想到自己今天又撞到蔡老师手里了……

　　叶穗笑盈盈的，非常礼貌："老师，我来听你的课巩固大一基础知识啊。你讲的课深入浅出，我最喜欢听了。"

　　蔡老师笑："那许容与跑去听大三的课，是为了学习未来要学的知识？"

　　叶穗微怔，不解这话题怎么转到许容与身上了。她眼珠不由自主地溜向旁边容颜清隽、额上贴着纱布的男生。

　　许容与心里哀号一声，其实上次去听叶穗的课，被老师在课堂上调侃，他就做好了自己的八卦传遍建院老师群的心理准备。何况，蔡老师被他爸爸关照过要关注他，恐怕这会儿，蔡老师也觉得他在和叶穗谈恋爱。

不然蔡老师为何目光含笑、若有所思地看着他呢？

这个时候永远指望不上叶穗和他打配合。

许容与心里叹口气，他慢慢地站起来，对老师说："老师，我去听大三的课，是因为大一的知识我自己看得差不多了，我想研究一下，到时候向学校申请提前毕业。"

叶穗在旁边睁大眼睛，教室中原本在欢乐看八卦的同学们发出一阵"哇"声，震惊地看向许容与。东大教学严格，又是一流名校，很少有能在学校的高压下提前毕业的学子。人和人的差距这么大，他们还在为高数发愁的时候，有人已经在考虑提前毕业的事了……

蔡老师也是一愣，然后说道："好，下课后你再来我办公室一趟，这个问题，我们具体讨论一下。"

蔡老师再看一眼叶穗，笑道："叶同学，好好读书啊。别到时候你男朋友毕业了，你还毕业不了啊。"

许容与张口："老师，她……"

蔡老师摆手："行了，耽误时间够长了，我们开始上课吧。"

他不是她男朋友！只是她的……朋友。

老师之间讲八卦能不能委婉一点！能不能不要每次都不给他解释的机会？

叶穗心情真是复杂。

上完课，她的笔记还没整理好，许容与就和蔡老师先走了。他也不需要她的笔记。叶穗在周围学弟们探究的目光下，慢吞吞地收拾书本。蒋文文这时发来一条信息，问她中午吃什么。

叶穗发信息："文文，我感觉我和许容与之间的差距好大……压力太大了。"

蒋文文过了一会儿回信息，字里行间透着迷茫和迟疑：他不就是你前男友的弟弟吗？你不是砸伤他脑袋怕把人砸出毛病，所以去照顾人家了吗？压力有什么大的？

叶穗一想，也对。

就是学姐和学弟的普通关系而已，学弟就算是可怕的学神级人物，和她这个学姐有什么关系呢？

穗穗，不要压力大！

给自己做一番心理建设，叶穗自如了许多。她在教室等半天，同学们三三两两地走了，下一堂课的学生开始陆陆续续进教室。叶穗收拾好书本，本来想发个信息问许容与，但是拿起手机就想到许容与之前删除她的事。

叶穗当即呵呵一声，收好手机。

凭什么是她主动联系他啊？他随便抛弃她和老师走了。肯来照顾他就是她最大的善意了。

许容与从蔡老师办公室出来，又去了自己班导的办公室。在建筑学院的办公室中，他和老师们讨论了自己对学业的看法和追求。东大几乎每两年都会出现一个这样的学生，课堂上的教学难以满足他，他需要吸取更多的知识，老师们都会将各种资源倾向这种学生。

许容与询问了提前毕业的事项，班导问："毕业后，你自己的规划是什么？"

许容与："还是继续学习。建筑学本科仅是基础，想要走得远，继续深造是不可避免的。"

班导问："还是选东大？"

许容与："东大是国内建筑学最好的大学之一了。不出国的话，我肯定还是选东大的。"

班导便道："好，大话不必说。你这次小考能考第一，也只能证明基础扎实。我要再看看你大一所有课的成绩，到时再帮你向学校申请修满学分提前毕业的事。你现在不是还在给一个学长做助手，准备参加那个全国高校的建筑模型大赛吗？怎么样，有困难吗？如果你课堂知识已经学会了，这些活动多参加参加，对你确实是有好处的。"

几门课的老师都在，许容与趁机向老师们问了些自己遇到的难题。老师都喜欢成绩好的学生,尤其许容与还是许志国拜托他们照顾的,当然是倾囊相助。这样算下来,许容与离开老师们办公室的时候,已经三个小时过去了。

到中午了。

出了办公室,许容与想起一个人,心里一顿,想到自己把人抛弃了三个小时……许容与发短信:"在哪儿?"

他等了五分钟,从电梯出了教学楼,信息仍然如泥牛入海,无人回应。

许容与低声下气,再发了一条短信:"有个东西要给你。"

仍然没人理他。

他再发第三条:"请你吃午饭好不好?你挑地方。"

这次,叶穗的信息怒气冲冲地回了过来:"三个小时!请吃午饭能不能有点诚意?大中午了,我都吃完饭了,你才说要请我吃饭。我也是很忙的,不是只有你忙!"

许容与:"你在忙什么?"

叶穗:"不用你管。"

许容与了然,显然是并不忙,找不出借口,但是并不肯轻易原谅他的意思了。许容与没戳穿她的计量,而是慢吞吞地给她回信息:"那明天中午请学姐吃饭吧。你挑地方,我真的有东西要给你。"

他说话带着低声下气的意味,温温和和的,求饶的意思很明显。一口一个"学姐",叫得叶穗心花怒放。叶穗坐在宿舍里,和许容与聊天,一开始沉着脸,后来就眉飞色舞,指尖好像在飞一般。

对铺的文瑶和男友聊完天后,拉开帘子,看到叶穗的模样,便好奇:"穗儿,你在和许学弟聊天呢?"

叶穗关注于自己的手机,回答得漫不经心:"啊。"

文瑶:"真的想追他当你男朋友啊?"

叶穗:"不是啊,朋友嘛。"

文瑶和同在宿舍的李晓茹对视一眼,诧异无比。这一次,叶穗在感情空窗期,竟然否认在和男生谈恋爱,而说只是朋友?许容与该不会是第二个杨浩吧？杨浩是马拉松协会会长，和叶穗称兄道弟，她们认识叶穗这么多年，杨浩是唯一一个没有追过叶穗还和叶穗关系好的男生。这位许容与学弟，该不会也打算走杨浩这个路线吧？

文瑶心里一直怪怪的，她看着对面趴在床上的叶穗，脱口而出："穗儿，下周我和我男朋友想宿舍聚个餐，搞个联谊什么的。我们都不认识许学弟哎，不如你叫他一起过来，大家认识认识啊。"

叶穗顿了一下。

文瑶因为自己男朋友曾经追过叶穗的事，心里对叶穗一直有些不太明显的敌意。叶穗不想掺和文瑶那些事，但是文瑶始终把叶穗当成心里一根刺。叫许容与来参加什么宿舍聚会，也是为了试探叶穗和她的男友吧？

看谁心里有鬼，或者敲个警钟。

无聊啊。

叶穗腹诽一番，面上抛个媚眼过去："那我可说不好。许容与又不是我男朋友，我可说不动人家，不过再看吧。"

第二天，许容与难得上道一次，早早约了叶穗吃午饭。两人在校外吃了一顿丰盛的午饭。吃饱喝足，叶穗看着旁边的许容与，觉得他眉清目秀了很多。许容与邀请她去他宿舍，他有封信要给她。

这么说时，许容与神色淡淡的，看不出喜怒，和刚才吃饭时的平和完全不同。

叶穗奇怪地看他一眼。给她的信？给她的信怎么在他那里？不会是……

叶穗脸慢慢红了，觉得不自在，心里猛敲警钟，慌张得简直想逃。但她咬紧牙关，硬着头皮在楼下登记后，还是跟着许容与进了男生宿舍。许容与表情淡淡，漫不经心地从抽屉里掏出一封信给她。

这是他哥哥要他转交的情书。

他应付任务一样地交出去，希望交完信这两人就不要烦他了。

谁想到许容与把信递出去，叶穗面上瞬间露出抗拒之色，人往后一退。许容与没多想,将信往前多递一寸,她又再次地向后退一步。这一次,许容与怔住了,抬头看她,看到她脸上纠结的表情。

叶穗低着头,紧盯着男生修长的手指间的那封信,信封上是大大的"叶穗亲启"几个字。

叶穗心里哀叹。最糟糕的事情出现了!

她说:"许容与,你怎么这样拎不清呢?"

许容与心里一虚,指尖顿住,反省自己确实不该一直和叶穗纠缠不清,确实拎不清……但是他转瞬又镇定,想着自己也没做什么出界的事吧?

叶穗抬眼看他,眸中含雾:"你哥哥是我的前男友,我从来不在分手后,再和前男友纠缠不清啊。"

许容与:"我非常理解你的心情。但是你和他说,跟我说没用。"

叶穗眼睛眨一眨,语重心长地劝他:"怎么就和你没关系呢?这信不是你要给我的吗?许容与,你可能年纪小,不懂这其中的厉害。和前男友身边的人纠缠不清,就是和前男友没完没了。一段感情就永远结束不了。我知道我很优秀,这么漂亮,这么魅力四射,你为我心动,学姐也非常感谢。但是你不能做这样的事啊。我们可以做朋友,但是不能谈感情啊。你这是背叛我和你哥哥啊。我也很喜欢你,可我就没打算和你谈感情啊。

"容与,抱歉,学姐要拒绝你。可能你们小男生追女生,一开始都喜欢欺负那个女生。我早就该想到了……但我没想到你真的会这么幼稚。希望你能够成熟一点,不要再暗恋学姐了。你再继续暗恋下去,我以后就不能再见你了。"

许容与感觉到一丝不对劲,他慢吞吞地问:"你以为这封信是我给你的情书?你以为我在对你示爱?你以为我在暗恋你?"

叶穗用怜爱的目光看他。

许容与心累,又觉得好笑,还有点生气。她这是接过多少情书,才会形成这种条件反射啊?许容与不想多说,他懒散地扬了扬下巴:"你自己看信吧。"

叶穗将信将疑地接过信,拆开信纸,开头便是:

亲爱的穗穗:夜深人静的时候,我常常想到你……我喜欢你……

叶穗如拿到烫手山芋一般,想把信甩出去。她满脸惊恐,尖叫道:"这不就是求爱信,不就是情书吗?你还说你不是暗恋我!许容与……"

许容与只比她更恼怒,没好气地说道:"你看署名是谁!交往这么久,你连人的字迹都认不出来吗!"

叶穗顺着他的话往署名区看,这一下,龙飞凤舞的"许奕"两个字映入她眼底。叶穗握着信纸的手指一下子僵住了,她大脑轰地一下空白,想自己方才都在许容与面前说了什么?

她居然劝他不要喜欢她?

在他面前自夸自己是如何优秀……

叶穗的脸,这一次,真的一点点涨红了。她拿起信纸捂住自己的脸,满脑子不是这封信写的什么、谁写的,而是她在许容与面前丢脸了。

许容与望她半天,看她耳根都红了,在恼之后,觉得好笑。她拿纸挡着脸,他看不到,他只凑在她耳边,意有所指:"怎么,你这么希望这封信是我写的?"

叶穗很镇定:"对不起,打扰了,我搞错了。许容与怎么会给我写情书?我不配。"

她拿下信纸,将脸露出来,郑重其事要宣讲一通话表明自己绝无其他意思。但是信纸向下一拉,许容与几乎就与她贴着脸,距离这么近地看着她。

两人怔然,眼睛看着眼睛,呼吸一下子都停了。

方才的嬉闹气氛退散,那插科打诨的暧昧却退不下。正对着的两滴泪痣照镜子一样,清透温情。两个人的呼吸慢慢地变得有点乱,有种压在心底的妄念,向上浮起,浮起……

许容与手指蜷起,松下复蜷起,目不转睛地看她。

他的眼睛越来越暗。

她的眼睛却越来越亮,像星星一样。

宿舍门忽然被推开,咋呼的男生们站在门口,说笑声一下子停住。

许容与和叶穗齐齐扭头看向门口。

许容与心累:"我们没有谈恋爱。"

叶穗:"他说得对!"

但是门口的男生们:"对不起,打扰了。"还体贴地为二人关上了门。

门外的舍友们对视一眼,拉了个聊天群。

沉默片刻,一个男生先开口:"受不了了!我先说,刚才许容与是不是要和叶学姐接吻啊?天啊!我们是不是撞破了我们老幺的好事啊?"

"真的像是打算接吻的架势啊……老幺太厉害了,搞定了我们最漂亮的学姐……"

"让他请吃饭!"

宿舍内的许容与和叶穗,不禁心想,如果所有人都觉得他们在谈恋爱,那他们到底是不是在谈恋爱呢?

第五章
情感交流

叶穗拿着情书回到自己宿舍的时候,精神有些恍惚。想起许容与,心口会猛跳一下,继而酥酥的,麻麻的。这不是什么好预兆,这是她充沛的感情要冲破胸肺,想要谈恋爱的预兆。叶穗摸着自己的心脏,失魂落魄地坐在下铺喝口水。她一口一口地喝水,脉搏仍狂跳,耳根仍发烫,嗓子眼还是干的。

镇定,镇定。这个小学弟可不是能碰的人啊,碰一下就会脱不开身啊。

叶穗喃喃自语:"我有这么明显的感觉,是不是因为我太久没谈恋爱了?我应该找个男朋友?"

蒋文文正坐在自己的床铺上趴在小桌上写作文,闻言,她伸手摸了摸叶穗的头,一脸怜爱与无奈并存的表情。

恰时文瑶推门进来,听到了她最后一句话。文瑶眼睛亮了一下,试探着问:"你要找男朋友?正好啊穗儿,我们下周聚餐的时候,我说服了我对象找他们班上优秀的男同学过来联谊。他们班一听到女生宿舍联谊,打了鸡血一样地报名呢。我看了资料,都是很厉害的男生,你要不要看一下啊?"

文瑶这么一说,叶穗生起了兴趣,和蒋文文一起凑到文瑶身边。

文瑶放下了书，把手机拿出来给她们两个看资料。男生的信息被做得图文并茂，资料上的照片对于直男审美来说拍得已经非常不错了。至少蒋文文就生了兴趣，指着一个男生问文瑶这个人怎么样。

叶穗却看得兴致索然："很一般嘛。"

蒋文文纳闷："哪里一般了？GPA 年级前五叫一般吗？发表 SCI 第一作者论文一篇叫一般吗？穗穗你对一般的要求也太高了吧？"

叶穗愣了一下。

她一个草包，凑过来看资料，第一眼光看到照片，还没看到男生们的信息，当然觉得一般啊。

蒋文文和她待在一起的时间多，回头看她一眼就知道她在想什么。蒋文文说："穗儿啊，我觉得你恋爱观很有问题。这可能就是你每次谈恋爱时间都不长的原因？你只注重皮相，不看内在。漂亮的皮相看得时间长了，没有内在美，当然会分手了。比如说你的许学弟，我不是说他没有内在美啊，我就是拿第一面举个例子——长得帅吧？可是他才大一啊，哪里比得上这些优秀的各有成绩的学长呢？我们女孩找男朋友，还是要找能照顾自己的啊。那么小的男生，不行吧？"

叶穗纳闷："可是皮相都不帅的话，我怎么有机会看到他的内心美呢？而且许容与是一般帅吗，那是非常帅啊。不光帅，还有气质。他……"

文瑶："所以你们在谈恋爱？"

叶穗再次愣了一下，肩膀轻微缩，语调低了："……没。"

文瑶笑了："那这些学弟，还是可以了解一下的，对不对？"

叶穗只能点头。蒋文文却眼尖，看到叶穗手里拿着一封信，好奇地用眼神询问。叶穗拿起信封左右看了看，更加郁闷了。她耸耸肩："这是许容与他哥给我的情书。就我那个前男友啊。"

事到如今，舍友们已经知道许容与是许奕的弟弟。

顿时，两个姑娘看着叶穗的眼神变得欲言又止。这关系也太复杂了吧？

叶穗爬上床看她的情书去了，文瑶在下边站一会儿，仰头看着叶穗随意的坐姿。她晃着长腿，这种漫不经心的美最勾人，即使是文瑶这个女生都这么觉得，那男生又怎么抵抗得住？文瑶想到自己男朋友看叶穗的眼神……她眼神暗了暗，再次劝道："穗儿，真的，交个新男友吧。哪怕是许容与呢？他除了是你前男友的弟弟，也没别的缺点啊。"

叶穗："嘘！"

她俏皮地对文瑶嘘了一声，示意文瑶不要说了。她眨一下眼，眼中的光便在琉璃下转动，流光溢彩。文瑶看得一呆，叶穗已经低下头去看许奕的情书了。她没有感情地看完一遍，从自己的通讯录中找到许奕，恶狠狠地发去一条信息："不要让你弟给我送情书了！写得这么假，是抄的，不是你自己写的吧？"

许奕很快拨了语音通话过来，语气很激动："容与真的给你送情书了？我就知道，容与心里还是在乎我这个哥哥的。"

叶穗默然。大约被嫌弃久了的哥哥，心里都没点数吧。

叶穗警告他："不要给我写情书了啊。我不打算和你复合，还那么麻烦容与。"

许奕不以为然，追女生嘛，尤其是叶穗这种性格反复的大美女，哪有对方拒绝一次就放弃的道理？这世上，像他和叶穗这样交流正常的前任太少。他和叶穗这样因为感情不够浓烈才分手，分手后不怨恨对方，反而能常交流。

例如现在，许奕直接给叶穗发了一张他西装革履的照片。

叶穗有些意外，这张照片将许奕照得笔挺精神，像是社会精英一样。但叶穗平时见到的许奕，更多是活力满满的大男孩形象。

许奕扬扬得意地问："我在辩论赛里的照片，蛮帅的吧？"

叶穗当然不能夸前男友，不然这不就是要复合的征兆？她嗤一声："脱了吧。这身不适合你。如果是你弟弟穿这么一身西服，比你要帅得多。"

没想到许奕没生气，竟然非常赞同她的话，话里话外都是与有荣焉："是啊，我家容与比我更适合这种西服。容与比较适合这种社会精英男的造型，而且实力也比我强。容与从小就是第一，学什么都是第一。"

叶穗立刻兴致勃勃地问："那么厉害？"

许奕："是啊，我认识他之前，他就是那么厉害，学校什么活动都难不倒他……"

叶穗莫名其妙："啊？你认识他之前？他不是你弟弟吗？什么叫'认识他之前'？你们家说法这么奇怪，管弟弟出生叫'认识'吗？"

许奕："……总之容与就是很出色。可惜后来他休学了两年，成绩就落下一截。不然现在说不定和你同级，说不定你还要叫他学长。"

看出许奕不想多说许容与的私事，叶穗没多打听，但想象了一下许容与和自己是同学、甚至比自己还要高一年级的样子，她嘴角抽抽："这个话题太伤人了吧？"

一对前任，竟然兴致勃勃围绕前任的弟弟在讨论，话里话外都是"我的弟弟真优秀"和"你的弟弟真帅"这种内容。两人竟然没有觉得这有什么不对，许奕乐于分享自己的弟弟，叶穗也想打听许容与的事。两人交流了一个小时关于许容与的内容，结束聊天时还有都些意犹未尽。

聊天结束后，许奕回想自己的聊天内容："我怎么觉得哪里不对……"

他好不容易和前女友搭上话，为什么要一直和前女友聊自己的弟弟？就因为弟弟帮他送情书吗？

但是许奕塞给许容与好几封情书，许容与确实是见到叶穗就随手扔给她一封情书。情书好似成了日常打招呼的习惯，失去了本来应有的意思。而叶穗原本说好要照顾被自己砸伤额头的许容与，但是她坚持了一周，课业实在太多，许容与也不像是感激她的样子，她就停止了这种自虐的行为。

许容与对此不置可否——想置也没太多条件，毕竟他至今没有把叶穗的微信号重新加回去。

叶穗也像是故意的，他不说，她就不加。

而且叶穗最近事蛮多的。除了建筑学本就多的课程，她还要忙自己参加的社团马拉松协会的事。当初被杨浩会长骗进社团后，社团上上下下的男生都把叶穗当女神，当吉祥物，平时的训练从不喊叶穗参与。因为会员们比较包容，叶穗才快乐地在马拉松协会一待就是三年。但是三年来，有一样活动是叶穗被要求参加的——每次东大参与的外校或社会上的马拉松比赛。

叶穗这个吉祥物，要充当后勤人员，还要负责代表男生们去交流。

谁让她这么拿得出手呢？

这一次的马拉松比赛，是北方众高校间举办的联赛，比赛时间是十一月上旬，地点在北京。杨浩早早通知了叶穗，让她准备几支亮眼的舞，到时候在比赛结束后的高校聚会中，好好替东大出一个风头。

杨浩信心满满："这一次是北方所有高校的联赛，校领导们都挺重视的，对我耳提面命一定要赢。这恐怕是今年冬天的唯一一场大赛了，机会不多，要珍惜。比赛的事交给我们，后方的事你要搞定。"

"你到时候要是上个什么电视，什么访谈，评个'最美马拉松运动员'，那我们东大多有面子？校领导不是更高兴吗？作为一个吉祥物，你要有你的贡献。"

叶穗："会长，你这么说的时候，考虑过今天刮大风，我正在寒风中瑟瑟发抖地和你打电话吗？你的吉祥物快要冻死了，你能不能长话短说？！"

那边咳嗽了一声，杨浩停止了自己的激励，含笑道："我这次申请了学校的补助，如果我们代表东大赢了，除了奖金，校领导还会资助我们一大笔钱。我也不拿这奖金当活动基金了，到时候就给你们平分了。"

奖金？

奖金!

叶穗一下子精神了:"会长你放心,我一定做好我的分内事,把你们照顾得妥妥当当。你们好好比赛就行了。对了,你们今天要训练吧?我帮你联系社团成员啊。"

叶穗不嫌冷了,立在寒风中的银杏树下,当即开始给社团成员挨个发消息,鼓励男生们出来训练。

"叶穗!"

叶穗心想,某人是永远不打算尊她一声"学姐"了是吧?她抬眼一看,果然看到了向这边走来的许容与。站在一食堂外,她手上握着手机,本是心不在焉地瞥一眼,却怔愣了一下。许容与竟然穿了一身西服。

许容与骨架没有完全长开,还带着少年的青涩。他也是和她打过招呼,就低头和自己手机那边的人聊天。他再漫不经心,也成为过往众人目光中的焦点。眉目清寂的男生如鹤一般,西服笔挺,身形修长。他像是感觉不到周围惊艳的目光,和叶穗打了个招呼,站到了她身边。他低下头发信息,侧脸迎着日光,英俊的眉骨轻微一晃,阳光影子在眉骨上一钩,展翅若飞。

他非常熟练地一边发着信息,一边将一封情书递给旁边的叶穗。

风动叶摇,银杏飒飒。女生目不转睛地盯着他的侧脸。

站在金黄银杏下的男女,美好得像一幅将将铺开的色彩浓郁的油画。

许容与将信封递出时,语调淡淡的:"给你的情书。"

叶穗愣了一下,才伸手接过情书。她说:"打个商量呗?你哥给了你多少情书,你一次性全给我吧。何必这么麻烦?"

许容与:"情书一下子全给你,不就失去它的意义了吗?"

叶穗疑问:"那它现在有什么意义吗?你哥的情书都是抄的啊,我早就知道了,而且我早就再三表示不会和你哥复合。这情书现在的意义是什么?让你每天和我见一面?"

一直在低着头发信息的许容与蓦然抬目,目光与她对上。

刹那间,叶穗心里一跳——你是不是为了每天和我见一面?

许容与目含警告:"你说什么?"

叶穗装傻:"我说什么了?"

对望半天,许容与放过她了,低下头继续专注发自己的信息。他淡淡地说道:"今天是意外,学校这么大,我怎么知道你在这里?我只是路过这里,正好看到你,顺便过来把情书拿给你,不然还得另外约时间。"

叶穗将信将疑。

她偏头看他,笑着问道:"不是专门找我啊?那你是过来干什么的?"

许容与停顿了一下,慢慢地说:"路过这里,出学校,相亲。"

这话似晴天霹雳,将叶穗大脑一下子劈空了。她呆呆看着仍在低头发信息的许容与,感觉到陌生和无所适从,还有那么一丝狼狈和尴尬。她茫然,炽烈的心好像在缩小,不断缩小,缩成了一缕烟,从她灵魂中荡悠悠飘走。

心空了一块。

叶穗抿抿唇,迷惘地眨眨眼,然后低下头,将目光凝在自己的手机屏幕上。屏幕显示她联系马拉松协会会员的通知还没有发完,但她目光涣散,已经发不下去了。叶穗故作不经意地问:"哦,这么小就相亲啊。你在联系你的相亲对象啊?"

许容与:"不是,在和我哥发消息。"

叶穗心情稍微好了一点。

她听见许容与说:"我一直没重新加你的微信号,联系不方便,正好你在这里,加一下吧。"

叶穗眉一扬:"哟,某人不屑学姐的独行侠人设要破了?终于跟我低头,知道主动加我了?我还以为学弟能坚持的时间更长些,让我失望了哦,许容与。"

许容与低着头,轻笑一声,难得开玩笑一般地说道:"对对对,向学姐低头,学姐最厉害。"

叶穗虚荣心得到满足,便转头,催促他展示二维码,要扫他的微信号。她和许容与本就站在一起,转头扫他微信时,挨得更近,脸几乎贴在他脸上,轻微甜香的呼吸吹在男生耳际。

许容与身子微僵,他往旁边挪一步,声音微微绷紧:"别离我这么近……"他含糊地找了个理由,"我怕痒。"

但他移开一步,叶穗就靠近一步。她眯着眼凑到他肩上,催促:"没办法,我有点近视,你多照顾下。低个头,哎,站那么直,我对不准二维码啊……"

许容与:"你怎么这么麻烦?"

叶穗:"你还要不要我扫二维码了?"

许容与把手机一收,面无表情:"不要了。"

这么个臭脾气。叶穗"啧"了一声,在他有点不高兴时,踮起脚,手搭在他肩上,硬是强迫他弯下腰个子低一点。她从他肩后眯着眼,眼尾上挑,努力地将手机对准他的手机。二维码终于扫上,叶穗目光一亮,扭头要说话,不想许容与正迁就地低头。

于是她的唇亲在了他脸上。

刹那间,她蒙了,久久不能回神。

叶穗睁大眼,呆呆地看着许容与脸上那个清晰的唇印。她早上出门时化了妆,涂了口红,口红的颜色鲜艳明媚,现在印在许容与脸上的痕迹特别显眼……而许容与面无表情地扭头向她看来。

死一样的沉寂,弥漫在二人之间。

叶穗干笑道:"我不是在勾引你……我不是有意的,我给你擦擦啊。"

她摸自己的口袋,半天连一张纸巾都没摸到。叶穗只好再次面对许容与那死亡一般的凝视,她赔了个笑容:"那什么,容与,你有纸吗?我好像没带。"

许容与冷冷:"出门不带纸巾,你还是个女的吗?"

叶穗挑眉:"学姐刚才还亲了你,你说我是不是女的?"

许容与一时无话，将一张湿巾递给她。叶穗拆开湿巾，抿唇望他一眼，发现他不看她，目视远方，眸光粼粼若水。叶穗心跳太快，不敢多看，她拿着湿巾擦许容与脸上的唇印，就不可避免直视他出众的相貌。这是对男生来说偏细致的肤色，分明清晰的轮廓，挺直的鼻子……

许容与忽地皱一下眉，握住她的手："别擦了。"

叶穗："可是……"

许容与深深看她一眼："我要相亲去了，时间来不及了。"

叶穗心不在焉："啊……祝你好运，抱得美人归啊。"

许容与望着她，喉头微动。她看到他吞唾液，看到他眸色幽黑，看到他握着她的手腕想说些什么。叶穗低头，目光看向他握着她的手腕。他仓促松开她的手，向后退开。他最终没有说出话，转过身，一言不发地走了。

等到他的背影都看不到了，叶穗又发了一会儿呆，然后和自己的前男友许奕联系。

"你弟要相亲？你知道吗？"

许奕也许在忙什么，叶穗过了半小时才收到许奕的信息："对啊，我妈要求的，容与也不愿意吧？但是我们家就是这样啊，我反抗了好久我妈才勉强尊重我一下，我可怜的弟弟那么乖，肯定不会反抗我妈。他都狠不下心故意搞砸这场相亲，真替他担忧啊。"

叶穗："故意搞砸了会怎样？"

许奕委婉道："吃穿用度，都是家里提供的吧。你说呢？"

但是许容与这场约会的效果仍然不太好。

他一身西装革履出现在约会地点，郑重得有点过头，让对面和他相亲的明瑜水莫名跟着一起紧张。明瑜水是旁边师大的大一新生，早就见过许容与的照片，在家里介绍两人认识时，她也带了七八分期待。

虽然明瑜水只是一个人来，但她手机群里的宿舍成员都在关心这次相亲。

可惜许容与让她们很失望。

先是严肃得过头，穿着西装来相亲，不知道这个男生怎么想的。紧接着和明瑜水讨论的话题，句句不离建筑学，听得明瑜水云里雾里。偏偏男生还非常礼貌，明瑜水不好意思打断。中途许容与去趟洗手间，他侧脸上极淡的痕迹，让明瑜水和手机群里的一众姑娘彻底失望。

等许容与从洗手间出来的时候，人家姑娘已经不告而别了。

AA制买了单，没有留只言片语。

过来通知的服务员有些同情地看这个男生，但眼睛一花，好像看到许容与唇角上翘，好似笑了一下。再细看，许容与又是一脸淡然的样子。他买了单，离开了餐厅。

晚上和妈妈倪薇通话，倪薇还客套无比地安慰了许容与一番，让他不要难过。

这场无聊的相亲，应该到此结束了。

许容与却还是不了解女生。

他以为彻底搞砸了的相亲，过了几天后又迎来了转机。当时他在设计室和学长一起拿木板搭模型，收到明瑜水的信息："我来东大玩，伯母说你在，你能出来陪我走一走吗？"

明瑜水直接在实验楼下等人，让许容与连准备的时间都没有。这一次，看到男生下楼，正常穿着，相貌俊秀，明瑜水眼睛亮了一下，脸一点点红了。她心想舍友说得对，这么好看的男生，还在东大最厉害的建筑系读书，还是需要多了解了解。

许容与带她在学校参观。

他神色淡淡，人在心不在，明瑜水全程害羞，完全没感觉到他的冷淡。她偷偷侧头看他，这种冷清文秀的男生很让她喜欢。

他们在树荫下散步，明瑜水以为两人会这么一直走下去，一串自行车的铃声响过后，他们侧头，看到路尽头跑来一个女生。女生才露个脸，看到他们两人后一怔，脚步一转就要转身。

许容与立刻喊："叶穗！"

叶穗回头，看她的许学弟，以从来没有过的热情呼唤她："你怎么还亲自过来找我？走吧。"

许容与转头对一脸茫然的明瑜水说："不好意思，我有事要忙，下次再陪你。"

快步走向同样茫然的叶穗，少年不由分说地握住她的手，揽住她的肩，逼着她继续往前走，将明瑜水抛在了身后。叶穗回头想看，许容与都不给她机会。

他们身后的明瑜水喊："喂……"

许容与握着叶穗的手腕用力，拖着不情愿的学姐，越走越快，最后干脆跑了起来。

穿过图书馆前那片海棠花，许容与和叶穗已经到了青年湖前。因为奔跑而喘息剧烈，许容与心有余悸地回头看了一眼，确定明瑜水没有追来。他再转回目光，落到靠在树上、卖萌般眨巴着眼睛看他的叶穗身上。

叶穗的目光饶有趣味。

许容与："对不起，打扰学姐了。我已经没事了。"说完他就放开她的手，手插兜里，打算独自离开。

叶穗"呵"了一声，就知道这人不是什么好人。她靠在树干上动也不动，打开嗓子就喊："你要是这么走了，我转头就去找那位美女，说你骗她，说你和我没有什么关系，我没事找你。你到底是单纯想甩开人家姑娘呢，还是你依然爱着人家姑娘，全看我的心情，想怎么说就怎么说。"

许容与的脚步钉在了地上，颇为无奈地回头，看了她一眼。叶穗眼睛滴水一样，眨呀眨，又可爱，又性感。

许容与头皮发麻，板着脸重新走了回来。

他冷冰冰："你想怎样？"

叶穗："跟学姐说说呗，学姐最喜欢听八卦了。那个美女是你女朋友吗?"

她说话时,身体倾向他,眼睛一眨不眨,眼中流转着媚意。

许容与眉峰轻微一动,声音里带了点儿似笑非笑:"不是。我妈逼我相亲,我不喜欢她。"

叶穗身子向后一靠,"哦"一声后,突然来了兴致:"那要不我帮你搞定你的小女朋友?就说我是你的女朋友。你放心哦,我有丰富的恋爱经验,保证能帮你的小女朋友找回正确位置。"

她将衬衫向下拉了拉,撩了个长发,眼波一转,托着腮帮,给他送去一个媚眼。

许容与深深望她一眼,又伸手,把她扯下去的衬衫拉回原来的位置。他不光把她的衬衫拉上去,还向上多拽了一寸,把女孩的修长脖颈包裹得严严实实。

这位美女要风度不要温度的作风,让人心累。许容与语重心长:"你能不能多穿点?"

叶穗撇嘴。

许容与停顿了一下才说:"不劳你费心,我会处理好那位美女。还有她只是相亲对象,不是我的小女朋友,请你注意用词。"

叶穗笑眯眯的,长腿向上一弓,伸脚踢了他一下,玩笑一样的动作,吸引他来听自己说话。许容与望过来,叶穗问:"你打算怎么拒绝人家啊?"

许容与:"我为什么要告诉你?"

叶穗:"那我现在就去告诉那位美女——"说着起身要走。

服了她了!败给她了!

许容与忍耐地抓住她手腕。在来湖边散步的同学惊诧的目光中,他把叶穗重新拖回来,按到了树上,冷冷地警她。

叶穗警告:"对我飞眼刀子,小心我去你那位美女面前乱说哦,许容与。"

许容与:"……我错了。"

他难得和颜悦色地解释了自己的事:"我只打算去发个信息,

说明我不想谈恋爱，希望她不要跟我妈说。就这么简单。"

叶穗："哦。"

她脑海中忽然浮起一个疯狂的念头，愣愣地看着许容与，半天没说话。

四目相对半天，许容与问："你要我现在就当着你面发信息？"

他并不在意这种事，以为她的愣神是非要看着他这么做。他拿起手机要发信息时，叶穗回神后摆手，阻止他的行为："别发了。你刚甩了人家小姑娘，就发信息拒绝得这么彻底，谁受得了啊？真是一点也不为女孩细腻的心思着想啊……"

许容与瞥了她一眼："那不发了？"

叶穗："嗯。"

怕许容与误会，她画蛇添足："过几天再发。"

许容与笑了一声："……我发不发和你有什么关系？你这么期待？"

叶穗眼神一飘，随意地说道："因为这算给你意见，帮你忙啊。我也有个事想让你帮忙哟。我们宿舍下周有个聚餐。我本来不打算带男生过去，但是舍友们小心思太多，有点烦。我想邀请你过来，陪我参加那个聚餐，让大家都闭嘴呗。"

许容与："不。"

叶穗："……你想想我刚才帮了你什么！"

许容与淡淡地说："性质是不一样的。"

"明瑜水和我不熟，相亲失败以后多半也没可能见我。但是同一个学校，我时时有可能碰上学姐学长们。你说是聚餐，那你担心什么舍友的小心思？我猜八成是联谊大会吧。那你把我叫过去是什么意思？想让我假扮男友，等着我未来成为你的男友，误导你的舍友？还是说……"

他弯下腰，漆黑的眼珠与面无表情的叶穗对视。刹那间，他们对彼此狼狈的心情若有所察。

叶穗轻笑："你想多了。我又不喜欢你。就是问一问，你不去

129

也没关系啊。"

她往前走,胸大腰细,许容与不想和她有肢体接触的话,就只能向后退。许容与看出她有点不高兴,伸手拉她:"叶穗……"

叶穗下意识地挥开他的手,转身就这么走了,懒得敷衍:"我还有事,你自己玩吧。"

秋风瑟瑟,徒留身后的许容与有些茫然地站着,完全不懂叶穗为什么突然不高兴。

叶穗当晚辗转反侧睡不着,打开小台灯。她窝在幽暗黄光下的被窝中,脸被照得莹莹似玉,多了几分温婉的韵味。她在黑暗中,打开床头的日记本书写——

"我在一瞬间洞察我的心事,在我内心深处,想要和他谈恋爱。他是和我不一样的人,谈恋爱一定有趣,充满激情。但我不能因为有趣,就去做坏事。舍友聚餐的事明明和他无关,我却鬼迷心窍地想起他。他那么聪明,我才起了念头,他就意识到了错误。他在试探我,那是不应该的。可是我又觉得高兴。

"青年湖很冷,他站在湖边说他不喜欢那个女生的时候,我会想他为什么要告诉我这个。明明知道不对,不应该,不要相信。什么叫情难自禁,什么叫情非得已呢?我一直在寻找爱情,我不知道我爱谁,不知道怎么面对他。可我就是很高兴,就是很高兴。"

叶穗决定避免和许容与多交际,她按住自己蠢蠢欲动的心思,想做个不越界的好姑娘。她忍了一星期不去碰手机,为了避免收到许容与的信息,她连手机都没敢开机。叶穗从来没有这么胆小的时候,但她真的怕自己太明目张胆。

但是她关机的一星期,许容与居然没主动找她,她每次下楼在宿舍楼前左看右看,从来没看到过许容与等她的身影,这又让她很生气,觉得他一点都不在乎她。

叶穗:"他怎么不来找我——"

和她一起走出二舍的蒋文文斜眼看她。

叶穗改口:"找我——送他哥的情书呢?他对他哥哥的情书这么不用心吗?连努力都不努力一把?"

蒋文文疑惑道:"不是你把手机关机的吗?联系不上你很正常吧?要不我看你还是开机吧,我们平时找你都费劲。你快别折腾了。"

但是真的……叶穗迟疑一下,摇了摇头。

如果开了机,许容与一条信息都没发过,一声问候都没有,那她多尴尬。

所以还是关着机吧。

月末她们宿舍聚餐的时候,文瑶真的把她的男友带来了。小男友还带了自己的朋友。几个男生来这种女生聚会,目标当然非常明确。李晓茹脸都气黑了,因为文瑶男友带来的这几个男生,看到叶穗便眼前一亮,全都来对叶穗献殷勤。

偏偏叶美人意兴阑珊,对几个男生兴趣不是很大。

她看着几个男生,再看到男生堆中最帅气的果然是文瑶的男朋友。她紧盯着文瑶男朋友多看了两秒,想到当初和许容与认识时的乌龙,嘴角不禁上扬。

文瑶一看,脸色微变。

文瑶的男友招呼大家用餐,看不下去几个大男生围着叶穗转,便解围道:"你们几个,不要围着叶学姐转了。叶学姐被你们转得头都晕了。学姐,我们点饮料,你要喝什么?"

本是很寻常的一句问话,但显而易见,文瑶脸上的笑都快挂不住了。

文瑶哀怨地看着她的男友。男友尴尬一笑,不敢多说,李晓茹又主动和那几个男生说话,可是男生们又只看叶穗,李晓茹的脸色也越来越不好。只有蒋文文把脸埋下,安静地吃饭,大气不敢出……叶穗揉着额头,不想理会他们的小心思,觉得好没意思。

实在太没意思了,她想了半天,还是开了机,打算随便玩把小游戏消磨消磨时间。

手机一开机,看到许容与的名字从通讯录上闪过,叶穗心一跳。他联系她了?

但是看完内容,叶穗脸就黑了。许容与一共联系了她三次,两次电话,一个微信。微信内容言简意赅:"我这两天做实验,希望你自己想通我是什么意思。"

叶穗:什么什么意思?鬼知道你什么意思啊?一周前我都不记得发生了什么,你让我想清楚什么啊?

不理他。

还是玩游戏吧。

全程男生们献殷勤,叶穗专注于自己的游戏。中间文瑶和她男友出去了一趟,回来时眼睛红红的。李晓茹出去了一趟,几个男生也出去几次。蒋文文努力地降低自己的存在感,叶穗沉浸在游戏的世界中难以自拔。

玩游戏正尽兴,手机突然一振,通知栏浮起一则信息。叶穗手一抖,这局直接死了。

她沉着脸打开通知栏,愣一下,发现是许容与发来的。

许容与:"出来一下,有话跟你说。"

叶穗扬眉,特别解气地回他:"不好意思,我在聚餐,不知道出去哪里。你自己玩吧。"

过了一会儿,许容与又发了一条过来:"……从你的包间出来,左转五十步,我就在走廊通道口等你。"

叶穗惊讶得无以复加。

那边许容与还怕她不同意,忍辱负重、低声下气地又多加一句:"我想参加你们那个聚餐,帮你在你舍友面前刷面子,还有机会吗?"

这是追她追到了这里啊?

她心中百花怒放,万物复苏,像是一整个春天从梦中苏醒。

包间中观察着叶穗的众人,看她忽然坐直,脸上扬起了笑。叶穗站起来，吓了他们一跳。而她笑盈盈地说道："你们玩儿啊，我去接个朋友。"

她迫不及待地推开了门，但手握住门把的时候，想了下，又换成一副慢悠悠的姿态，懒懒散散地走了出去。

时间回溯三小时。

许容与确实很久没见叶穗了。

他不是胡搅蛮缠的人，打过两拨电话后她不理会，他就没有多费心。因为他手里还有一个助理工作到了紧要关头，几乎整天和学长一起住在建筑造型实验室中，不可能为叶穗浪费太多时间。

周末早上，许容与和学长一起完成不知道第几版模型，学长拿着模型去找老师寻求意见，心情很好地给许容与放了假。许容与回到宿舍好好洗了个澡，睡了一觉，起来后他铺开二号画板拿起笔，随手开始勾画。

帮学长完成建筑模型的经历让他对这门学科有了更深入的了解，脑子里产生一些灵感，便想要画下来。

几个舍友懒洋洋地起床时，才发现几乎天天消失的许容与居然回来了。可惜这位神人，回到宿舍也是学习。少年清瘦的身影揉进阳光里，背脊一条线流畅起伏，侧脸沉静，神色专注。

他是个天生的学者，永不懈怠，永不停留，清醒而从容。满室宁静，只有铅笔落在纸上的沙沙声。

舍友之一探头探脑看了一阵，在许容与肩上一拍，心情复杂地说道："容与，人家考研的，都没有你这每天画的图多吧？虽然我们是要锻炼绘图能力，但是大二就有计算机绘图了，没必要现在练成这样吧？"

许容与随口宽慰他："别紧张，我自己随便画画，没要求你们跟着我一起。"

舍友哀号："不是，每天看你这样，我们也不好懈怠啊！哪能天天看你学习，我们在打游戏呢？大家都是一个学校一个专业的，你知道你一个人就激励得咱们寝室平均学习时间是其他宿舍的两倍吗？天天画图画得老子手都要废了！高考前我也没想过建筑作业这么多啊！"

另一舍友刚睡醒，迷迷糊糊中，一听"画图"，顿时紧张："怎么了怎么了？老师又布置新作业了？咱们作业不是已经写完了吗？"

许容与道："建筑作业哪有做完的时候，交给老师前，图都是需要不停修改的。"

舍友跟着"默然垂泪"："不光要改图，交图时还要打印1号彩图……我还没挣钱，为了学习都不知道花了多少钱了。"

舍友们抱团戚戚然。

东大建筑系在全国高校建筑专业中是顶尖的。这门东大的王牌专业，课比其他学院多，作业比其他学院多。学生们每天都活在水深火热中，根本没多少休息时间。就连叶穗那样的学渣，看着每天闲晃，实际都要抓紧时间赶作业。

更何况许容与呢？

但是天天学习，没有放松的时间，许容与受得了，舍友们受不了啊！

两位舍友起床洗漱后，回来看到许容与还在作图。他们两个给最后一位出门上自习的舍友打了电话后，一通商量，两个人一左一右站到了画板后方，手搭在许容与肩上，怂恿他："许大师，咱别学了，歇歇可以不？一起去KTV放松一下吧。你看这大学都两个月了，咱们宿舍还从来没聚过呢！"

许容与："不用了吧……"

舍友们："用的用的，走走走！"

两人拽着许容与出寝室，在学校的建筑图书馆分馆前和最后一位舍友会合。四人勾肩搭背，大摇大摆地晃出了学校。他们所在的是东大的老校区，几人没花多少工夫，就找到了一家口碑非常不错的KTV。包了个小包间，这里彻底成了这几个大男生宣泄压力的地方。

"把我的爱带给你……"

"许容与，来来来，跟哥合唱一首！"

"哥唱得怎么样？不瞒诸位，当年我可是我们高中的'情歌小王子'，不知有多少迷妹。哥年少不经事，听信了大人的话好好读书不早恋，以为上大学了天上就能掉下个仙女妹妹了。上了大学我才知道，东大一个偏理工的学校，我哪儿来的信心觉得它会有很多仙女妹妹！就说我们班，一个女生都没有！一个都没有！"抱着麦克风的舍友说到激动处，满脸热泪。

许容与受不了了："我去洗手间一趟。"

还在场上嗨的舍友幽幽看他一眼："容与就不一样了，容与刚入校就有叶学姐，当然体会不到我们的心酸。"

许容与没理这几个舍友的幽怨，一言不发，推门出去了。他是个不太能共情的人，很难体会到舍友们想谈恋爱的心情。在他心里，读书才是最重要的，其他都没用。

周末是 KTV 最热闹的时候，许容与洗完手，脚下的地板震动，鬼哭狼嚎的歌声八面环绕。许容与摇摇头，正要走时，正好学长给他发信息说起模型参赛的事。许容与站在走廊上给学长回了一会儿信息，手扶在洗手间门柄上时，听到洗手间门外男女的对话。

男生："叶学姐好像挺难打动的。我都不知道说什么了，她还在玩游戏。"

女生："叶穗嘛，就是难讨好啊。其实我觉得你就很优秀的。说实话哦，你别跟别人说，我不懂她整天在挑剔什么。交过那么多任男朋友，对这个不满意，对那个不喜欢。这不是逗人玩吗？就你们男生还在那儿前赴后继，追着她。我要是男的，看她有过那么多前任，我肯定不追她。"

男生尴尬地说道："叶学姐很漂亮啊。"

女生立刻更激动了："你们男生就是这么肤浅，漂亮有什么用？找女朋友不是为了结婚吗，结婚后不是要好好过日子吗？叶穗这种女的，是能娶回家放心过日子的吗？不怕她转头就给你戴绿帽子啊？"

男生："哎，别这么说叶学姐了。"

女生冷静了一下，似乎觉得自己的情绪太过，放软了语调："我是为瑶瑶和她男友抱不平啊。瑶瑶平时对叶穗多好啊，叶穗还和瑶瑶的男朋友眉来眼去。你没看刚才瑶瑶都想哭了吗？其实我也是为叶穗担心嘛。我知道她不是故意的，就是觉得她有个男朋友可能会好点，她却对你们都看不上。你们几个都这么优秀了，她还看不上，是要找什么样的啊？"

男生："我也没那么好……"

女生："你别谦虚了！叶穗能找到一个优秀的男生就不错了，今天在场的，哪个不比她以前那些只有脸的前男友出色啊？我们担心她，希望她心能够定下来。错过了你这样的，她再找不到更好的了……"

男生不好意思："真的吗？那学姐你说说叶学姐的爱好让我参考参考……"

两人互动良好时，男洗手间的门被推开，一个高瘦的、眉目清俊的男生走出来。在洗手间外走廊边聊天的男女被吓了一跳，男的只是看了一眼，没多想；李晓茹却盯着对方被暖光照亮的清俊眉眼，心里惊艳，觉得这人好像有些眼熟……她这样想的时候，许容与正好与她擦肩，还侧头看了他们一眼。

和女生说话的男生个子只有一米七出头，恐怕叶穗穿上高跟鞋，都要比他高，而且相貌普通，脸上坑坑洼洼全是痘坑。这样的男生，在李晓茹眼里是"优秀"，叶穗被认为"不知好歹"。

李晓茹被这样的男生看一眼，心里猛地一动。

许容与客气道："学姐，有句话想和你说。"

李晓茹有些手足无措，第一次被形象这么出众的男生搭讪，脸倏地红了。作为一个工科女生，舍友又是叶穗这种级别的，李晓茹基本没机会得到这种男生的青睐。头晕乎乎的，李晓茹心脏狂跳，一时间竟没有想起自己为什么会觉得这个男生眼熟。听对方叫自己"学姐"，她刻意地低头小声问："你要说什么？"

许容与："下次说人坏话的时候，希望学姐注意一下音量，又不是在做什么好事，摆出理直气壮的样子，就没必要了吧？"

李晓茹脸煞白，颤抖地说道："你在说什么？你什么意思？我和同学说话，关你什么事？"

旁边男生看气氛不对，便劝道："算了算了……"

李晓茹："算什么算？你没听他怎么说话的？你一个男生这么和女生说话，有没有礼貌……"

许容与慢慢地说道："应该挺有礼貌的吧？我又没有骂人。比起你在背后诋毁自己的舍友，我只是建议你声音小一点，多礼貌啊。"

李晓茹："你知道什么！我哪有说舍友坏话？我只是实话实说，这关你什么事？"

许容与莞尔，他只穿着一件宽松的圆领白衬衫，手闲闲地插在休闲裤口袋里。他漫不经心地望李晓茹一眼，眼中流光悠悠转动。

他长相这么出众，李晓茹恼羞成怒时，心跳都不自主地加快。

而就是这样的男生，居然当着她的面这么说："原来你在夸你舍友啊？那我误会了。"

李晓茹脸色稍缓。

许容与垂眼，轻声道："虽然这么说很自大，但我是我们市的理科状元，九年义务教育我只读了六年，高中时得过不少国家级大赛奖。当然本来可以保送，但我还是想考一下。因为现在才大一，我还没有太多论文奖项刷成绩。提以前的事怪没意思的，但以我的水平，不知道在学姐你眼里，我算不算草包？追女生有优势不？"

被他垂目凝视，他目光深情专注，女生哪里抵抗得了？

今天她们宿舍聚餐请来的男生，没有一个比得上他，一根头发丝都比不上。如果这样的男生追她……

李晓茹有些蒙，又有些下不来台，还有些得意。她捋一下耳畔短发，骄傲道："你？勉勉强强算优秀吧。但是我可没有那么好追。"

许容与唇角再翘一下。

他温和道："不追你。我哪会追一个在背后说舍友坏话还理直气壮跳得比谁都高的八卦女生呢。这位学姐不如给我一下你那位舍友的电话？我倒想追追她啊。"

李晓茹："你——"

旁边男生紧张道："算了算了，学姐我们快走吧……"

李晓茹顿时对这个男生非常鄙视，一个看上去明显比他们小的学弟嘴这么毒，欺负到面前了，他还想着和气生财。李晓茹气得变了脸色，第一次被一个自己觉得惊艳的男生劈头盖脸说这么一顿，羞愤难忍，眼圈都气红了。

如果叶穗在，会很同情地告诉自己这位舍友，不要和许容与比嘴毒，这人说话的调调就没好过。

但是李晓茹气得上头，她既没有认出许容与，又气愤自己被男生当面羞辱。她愤怒无比，直接把叶穗手机号报了出去，冷笑："对，我在你眼中这么差劲，你以为你就能约到叶穗吗？叶穗就是不好说话，她也不可能和一个刚见面的人约会，我没说错啊！你今天能约到叶穗，我叫你爸爸。"

许容与微微一笑："这可是你说的。"

他心里还有点犹豫，怕叶穗没有开机。在李晓茹报电话号码的时候，他试探地给叶穗发了两条信息，没想到她居然秒回。许容与了然，在叶穗推开小包厢的门时，他的电话直接拨了过去："叶学姐是吗？学姐可能不认识我……"

叶穗："许容与你没事吧？你居然叫我'叶学姐'？你这么礼貌的吗？别吓我啊。"

许容与不为所动，仍然继续开口："我是今年建筑系甲班大一新生。"

叶穗把手机从耳边移开，仔细看下，确实是许容与的号码没错啊。她疑问道："你抽什么风啊，我当然知道你是许容与啊。"

许容与："我非常仰慕学姐，想认识一下学姐。"

叶穗这时转个弯，看到了走廊尽头的许容与，旁边还有李晓茹和今天来聚餐的一个男生。

许容与侧头，看到了叶穗。李晓茹也看到了，脸色顿时难看起来。

　　许容与抬手打个招呼："我可以加入学姐你们的聚餐吗？"

　　叶穗："当然可以啊。我不是和你……"

　　话没说完，许容与目光与她一交错，她顿时若有所觉，闭了嘴。她想了下，走到许容与身边。许容与对她微微笑，挽起她的手。叶穗有点搞不清楚现在的情况，便没有躲。谁知道许容与转而面向眼中赤红的李晓茹："叫爸爸。"

　　李晓茹被欺负得要崩溃了。

　　她眼中布满红血丝，心中满是委屈，怎么叫得出来。

　　狭窄的走廊，偏日风的装潢，曲调跑了十八弯的歌声，走廊两边各站着一男一女。叶穗出个包间也穿得像煞有介事，李晓茹眼尖地发现，刚才在包间里叶穗一个人跷着长腿玩手机游戏时，她只随便套着一件针织衫，长发也扎着。结果现在出了门，站在许容与身边的叶穗，长发披肩、收腰风衣、小脚裤加细跟鞋，还涂了口红、化了眼妆。

　　叶穗的美貌度在光线暧昧的灯光下，效果乘以十，让李晓茹身边男生看得眼都直了——

　　这个心机的人，本来就漂亮，出个包间为什么还要化妆？

　　李晓茹看得更生气了。

　　而叶穗眨眨眼，看看李晓茹那边，再看看许容与，搞不清楚状况地轻笑，手招了招："几位，什么情况呀，有人解说一下吗？"

　　李晓茹心惊了一下，收起自己眼中的泪意。她不能和叶穗撕破脸，以今晚的情况，男生们肯定向着叶穗，没人支持自己。舍友里，蒋文文肯定向着叶穗，文瑶那么善良估计是两头帮劝，而叶穗本人，也不是好惹的。

　　有了主意后，李晓茹眼中泪光又闪了出来，她非常委屈地走向叶穗。

　　叶穗脸上带笑，人却往后面客气地退了一步，退得离许容与更近了。李晓茹只好停下步,非常难过地和叶穗抱怨:"就你身边那个人啊。学弟向我讨教怎么追你,我就说了下,谁知道你旁边那个人过来就说我'八婆'。他还非常不屑地说他能第一次见你就让你答应约会。我当然说你不是那么随便的人啦。他就说如果他能做到,我要叫他爸爸。"李晓茹抱怨,"穗儿,你怎么能答应他参加我们的聚会呢?我们又不认识他啊。"

她说完非常心虚,快速瞥了许容与一眼。

许容与面无表情,他好似完全不意外李晓茹的"倒打一耙"。他轻飘飘地看一眼李晓茹,不将她当回事,李晓茹旁边的男生都被这一眼看得分外脸红不安,李晓茹自然躲开目光,也不敢回看。

叶穗饶有兴致地问:"真的是这样吗?"

李晓茹急了:"穗儿你要相信我,我说的都是真的!"

"可是以我对这位学弟的了解,他不像是会多管闲事的人,更不可能要跟我约会啊。"叶穗眯眼,"李晓茹,你是不是说我什么坏话了,怕人家跟我告状?"

李晓茹想要开口说没有,叶穗却看向了她旁边的男生:"张军是吧?李晓茹她说我什么……"

李晓茹面孔涨红,不等叶穗把话说完,就咬紧牙关,从牙缝里挤出来一个词:"爸爸!"

许容与挑眉。

在张军震惊的目光下,叶穗非常肯定地说:"你果然说我坏话了吧。"

李晓茹脸涨红,窘迫难过,眼泪这会儿是真的被逼出来了。她一言不发,狠狠瞪一眼许容与,快步从几个人中间穿过,红着眼圈向包间跑去了。张军左右为难,想了想,还是去追李晓茹了。

走廊里就剩下许容与和叶穗两人。

二人对视,叶穗笑盈盈地说:"看来在我不知道的时候,许学弟替我出了头。不过你怎么知道我在哪个包间呢?"

"你那个学弟眼睛往那里瞥过好几次,我傻了才会不知道。不过你那个舍友不是省油的灯,你小心点。"

叶穗耸肩:"她就是八卦嘴碎,喜欢跟风,但其实自己没主见,胆子小得要命。不说到我跟前我都当不知道啦,管她呢。"

许容与不敢苟同她的行事风格,说了她一句:"你迟早被你这无所谓的脾气害死。"

叶穗立刻反击回去:"你迟早因为你这说话的调调被人打死。"

二人冷目对视,目光若有火星,在半空中交锋,针锋相对,寸土不让。半天过后,叶穗忽然莞尔一笑,她哎了一声:"容与啊……"

声调缠缠绕绕,婉转动情。

许容与站姿从头到尾不变,此时他垂下了眼,眼睫成帘,挡住眼底万般汹涌波澜。但当他被这姑娘喊一声"容与"时,他放在裤兜里的手不为人知地渗出了汗。

汗越来越多。

许容与冷冷地说道:"别矫情,别叫我容与。"

叶穗眼波流转,非常好说话:"那好吧,许容与,之前说过的话也算数,既然来了,过来帮我撑场子吧。我知道许学弟是非常厉害的人,希望你真的能帮我撑起场子,起码别让包间那些男生烦我了。我虽然前男友多,但真的不是谁想和我谈恋爱都可以的。希望学弟把这个要求,拔高再拔高。"

非常戏剧化的是,许容与和叶穗先去了许容与舍友那边的小包间。三个男生正站在沙发上,一起抱着麦克风鬼哭狼嚎。叶穗推开门的时候,几个大男孩被自己的歌感动得泪眼汪汪,结果一抬头,看到推门进来的叶穗。

三个男生一下子慌了,听叶穗问他们要不要和她们宿舍的聚会合并一下。

都是一个学校的,为什么不一起玩呢?

三个男生背着叶穗,跟叶穗身后那一身清冷气质的男生挤眉弄眼,兴奋地用眼神夸许容与:容与,干得好!

虽然追到学院最漂亮的学姐让人觉得不爽，但是他不光追到叶学姐，还没有忘记他那三个单身的舍友，为他们争取到了和女生联谊的福利。许容与真够仗义的！

许容与懒得理他们。

两个小包合并一个大包，单纯是为了省钱省精力。

毕竟要帮叶穗演戏，还要和舍友们交际，他和叶穗的八卦本来就传得真真假假，再多一些来往，也无妨。

而李晓茹还在自己的包间里黑着脸，那个叫张军的男生不知道怎么描述在外面和叶穗发生的不愉快。蒋文文不冷不热地安抚了两句，就没了下文。还是文瑶温柔，坐在李晓茹身边柔声细语地询问她发生了什么事，问她要不要帮忙。李晓茹非常感动，被文瑶劝得快掉眼泪时，包间门被推开，三个陌生的男生热情地进来了。

三个男生："学长学姐们好！我们宿舍也在这里打算通宵，叶学姐邀请我们过来的。"

蒋文文奇怪："你们是？叶穗人呢？"

三个男生连忙让开路："这里这里。"

包间里唱歌的、嗑瓜子的、吃水果的、玩转盘的、掉眼泪的男生女生们全都停了下来，向门口看去。

就像是电视剧里安排好的那样，主角登场总是金光闪闪。恰好一首歌结束，下一首歌还没开始，包间静谧无比。照在墙上如星光一般的灯光下，叶穗和许容与一前一后地走进来。

穿着风衣的纤瘦高挑的美女。

和穿银色双排扣黑色大衣的清冷男生。

二人一道抬目，看向屋中人。

女生玉质天成，男生尔雅卓群。

众人目光齐齐从上向下，看到叶穗挽着许容与的手臂。叶穗大方地跟屋中人介绍："大家好，隆重介绍一下，这位就是我藏了很久的、你们一直好奇的许学弟。学弟他们在隔壁唱歌，我就叫他来和我们一起玩了。"

屋中静谧,新一轮音乐声响起,但是没有一个人开口。

李晓茹傻眼。

文瑶疑惑。

文瑶的男友有些冷淡,其他男生警惕地看着这个帅气男生。

蒋文文失声叫道:"许容与!"

李晓茹脸色瞬间白了,她转向蒋文文:"你说什么?他就是许容与?那刚才在外面他说他不认识……"

李晓茹忽然闭嘴,许容与慢悠悠地看向她:"我说什么了,这位学姐?"

众人都看向李晓茹。她尴尬到脸色不停地变,好歹是真才实学考上东大的,到这会儿,她如何不知道自己在外面被许容与耍了?他明明认识叶穗,还装不认识,故意激她,让她喊"爸爸"。

但她还真的被唬住了。

李晓茹从未如此难堪,她坐立不安,把身子往后缩,想立刻逃离这里。她心有余悸地看着许容与,心情复杂。难怪觉得眼熟,原来她见过他。他就是叶穗的那个许容与。本来以为许容与不过是个学弟,但是没想到许容与是这样的人——难怪和叶穗这种女人认识了两个月,还没被叶穗甩掉,还能时不时地从叶穗口中听到这个人的名字。

李晓茹不开口了,叶穗笑眯眯地招呼大家:"大家愣着干什么,一起玩啊。容与好不容易来一趟,大家不要欺负他哦。"

但是许容与和叶穗到底是什么关系呢?

李晓茹私下信誓旦旦和文瑶发誓,说他们肯定是在谈恋爱。蒋文文却不确定,说两人顶多是暧昧。文瑶又很茫然,许容与的哥哥许奕不是叶穗的前男友吗?而其他男生,看到叶穗方才对他们那么冷淡,现在挽着许容与进来,不管出于什么原因,都不能放过许容与。

两拨人打算一起玩,他们找了服务员,直接退了小包,把包间升级成了大包。大包宽敞很多,还贴心地配了一个小型吧台。换了新房间后,男生们当即围着许容与,不怀好意地凑过来,想杀杀他的锐气:"许学弟能玩牌吗?"

许容与莞尔。

他的三个舍友还没来得及阻拦大家和这个算牌怪物玩游戏,就听许容与自谦地回答:"一般。"

叶穗笑盈盈地说:"我不玩,我在旁边给你们看牌。"

说是看牌,脱了大衣后,她直接坐在许容与身边,手托腮帮,看男生修长的手从牌桌上拿起一张牌。接着,五分钟后,她眨眼,轻轻张口:"哇!"

从玩牌,到转盘,到大冒险,到狼人杀……各种游戏,许容与一一上桌,对方被他杀得一一倒地,然后又坚强地爬起来:"我就不信邪了今天!许容与,再来!"

许容与思维缜密,从容淡定,哪怕一开始拿到烂牌,他大多数时候也能绝地反杀,少数时候靠着一手烂牌把人拖下水,将时间拉长得让人痛不欲生。他像个怪物一样,在三个舍友"我就说不能和他玩吧"的唏嘘眼神中,不断反杀。

众人纷纷害怕:"不能让他玩了,这么玩下去就没意思了。"

蒋文文推叶穗:"穗穗上!穗穗和许容与一组,我倒看看许容与和穗穗是不是真的所向披靡。"

叶穗:"哈哈哈。"

她运气不太好,人又懒,玩游戏只图开心自己,大部分时候,她并不能从游戏中体会到快乐。但是许容与那么厉害的样子,看得她心痒痒的,她欣然上桌。

牌桌游戏进行一半,她心急于许容与不怎么理她,便和许容与说悄悄话:"容与,我配合你哦。"

许容与耳尖一痒,侧了头,躲开她的唇,淡淡地说道:"……我们没那么熟,别叫我容与。"

叶穗挑眉,在桌下,轻轻踢了他一脚,嗔怪一样。

他别开目光。

蒋文文立刻大叫:"他输了!哈,许容与输了!我就知道穗穗是个猪队友,果然把许容与连累得输了!"

男生们兴奋地大笑:"哈哈哈,终于输了!"

叶穗干笑一声,往后退:"你看我干什么?就是输一局而已,你这人好胜心也太强了吧。"

许容与沉着脸没说话。

他要怎么说呢?

怪你过分美丽,让我走神吗?

这一晚,非常迷幻。很久以后,许容与会承认,后半夜那像梦游一样的故事,才是他感情无法控制的开始。

而此时,众人刚刚度过前半夜。

十二点一到,他们集体选择通宵,不回学校。一屋子人开始拼酒唱歌,后半夜刚刚打开序幕。

第六章
我不放心

一群学生兴致高昂，立志要通宵达旦。他们在包间唱歌、玩游戏，哪怕其中几人关系比较微妙，但玩起来了，这点不愉快并不能影响整体氛围。到后期，连李晓茹都敢坐在许容与对面，和许容与玩真心话游戏。

许容与从来没和这么多陌生男女一起疯过，闹腾许久，他又喝了些啤酒后头便有些晕，倒坐在了高脚凳上。

他隐约感觉一个漂亮女生过来搂住他手臂，她柔软的身体隔着针织衫擦过他的手肘，如雪般蓬松。许容与勉强地睁开眼，看到这个女生辛苦地把他往沙发上扶。

女生笑着："可怜哦，还是个乖孩子的容与，这么容易就倒了？"

许容与伸手，模模糊糊的，他好似握住她的手，好似将整个人埋到了她怀里。他不知道自己喉咙沙哑，有没有说出话来，有没有叫出她的名字。

因为她匆匆丢下他，转身回到人群中。她不知道他的难受，她都没理他。

她没理他，他埋在沙发中，突然感受到一股针刺般的难受，好似被抛弃一般。

浑身冰得刺骨难忍。

为什么不理他？

就像是那年冬天，妈妈领他第一次登门拜访许家。那时候的许容与远不像现在这么安静从容。那时的许容与和所有的初中小屁孩一样自视甚高，且他是真正的天才，曲高和寡，他都不屑于和妈妈牵着手。

妈妈一路沉默，带他坐公交，转地铁，离北京的繁华地段越来越近。她的脸贴在霜冻的玻璃窗上，之后很多年，许容与都清楚记得她那张沧桑、疲惫的面孔。他妈妈是美丽的，那年冬天，她的精神状况却非常差。

快到许家了，妈妈才回头，温柔地和他说："容与，到许伯伯家要有礼貌，向许伯伯倪阿姨问好。还有一个哥哥，不要和哥哥抢东西，要让着哥哥，知道吗？"

容与瞥了妈妈一眼，懒懒的，没吭气。他眼神里写着"别说废话了"。他妈妈眼中泛着泪花，摸摸他的发，心想什么样的家庭，才能容得下她这个自负骄傲的儿子。

容与在许家见到了许志国夫妻，他们的独子许奕因为上学没回家。容与坐在沙发上不耐烦地玩着魔方，听到许志国夫妻说起自己的儿子，头疼儿子的功课，妈妈就立刻殷勤地说道："容与功课好，可以让容与和许奕一起读书。"

容与抬眼，清晰地看到倪薇精致妆容下，那个客套而不屑、敷衍而不耐的笑："那真是太好了。"

那一刻，容与浑身冰凉，感受到了这位阿姨对妈妈的厌恶和轻蔑。他妈妈明显也感觉到了，有些局促地笑了笑，唇颤动两下，她尴尬地不停摸头发，却不知道说什么。

许志国戴着眼镜，坐在自己精明强势的妻子身边，和妻子不同，他一派斯文儒雅。大约是领导做久了，许志国说话时慢吞吞的，温和地说道："那让容与先住下来吧，当成自己家，别介意。"

那是容与第一次踏进许家大门。

之后就没离开过。

妈妈将他丢给了许家，只说家里事多，她照顾不来小孩，让许家帮照顾一段时间。但是两个月后，妈妈在家里开煤气自杀。妈妈的病历上，说她有严重的抑郁症。

那晚，许奕陪着这个弟弟说话，后半夜家里所有人都睡着了，小容与大概是渴了，他迷迷糊糊地爬下床出了卧室，想去厨房找水喝。他路过许志国和倪薇的卧室时，看到卧房门微掩，房中亮着灯。

许志国和倪薇还没有睡，两人在讨论什么。

小容与站在门口，听到倪薇语气激烈而强硬："收养他？以后他跟许奕一起分我们的家产？我一辈子打拼的财产不能全留给我儿子，还得分给那个狼崽子一半？许志国，你对得起我吗？"

许志国在安抚倪薇："哎，他妈妈都过世了……你以后别在孩子面前这么说。"

门轻微吱呀一声。

这对夫妻扭头，一起看到了站在卧室门口的小孩子。十岁出头的小男孩还没有发育，小萝卜头一样，他眼睛漆黑，肤色雪白，文秀漂亮得像瓷娃娃一般，他的长睫毛刷子一般轻颤，乌黑湿润的眼睛清亮地看着许志国和倪薇。

倪薇面皮一僵，没想到容与站在这里，听到了一切。她勉强让自己态度和缓下去，温柔地蹲到他面前："怎么还不睡？"

容与静静地看了她一眼，转身走了。

身后一片寂静。

次年，容与彻底抛弃曾经的家庭，他改了名，从容与变成了"许容与"。

他要面对的，不只是一个倪薇，而是许家这个大家族，无数个接受不了他的长辈。倪薇还会掩饰下她的情绪，更多的许家人，以为小孩子听不懂什么，直接在他面前讨论——

"为什么要收养这个孩子?"

"他爸妈死了跟我们有什么关系?"

"他是很可怜,但为什么不去孤儿院?可怜的孩子那么多,你们夫妻两个为什么要给自己找一个麻烦?"

那时许志国和倪薇已经统一战线,要收养这个孩子。容与垂着眼,被哥哥牵着手,漠然地跟在他们身后。许奕扮鬼脸逗这个新弟弟开心,他倒是很快乐,因为他确实想要个弟弟或妹妹,许奕压根没有大人那些烦恼。

容与扯嘴角,僵硬敷衍地装作被这个哥哥逗笑。实际他当时心里很鄙夷,很烦许奕——这个人,跟个二傻子似的。

笑?

笑什么?

以为谁都能像他一样笑得出来?

所以他不喜欢被人叫"容与"。那是他的本名,他本姓容,名与。

叫他"容与",好像和他多亲近一样。最后却还是会抛弃他,不理他,将他置于豺狼虎豹群中,艰难求生。

迷迷糊糊中,许容与睁开眼,只听到包间中的轻音乐,却不再听到有人扯着大嗓门唱歌。他头昏昏的,想坐直的时候发现,腰被一条腿压着,这个把腿搭在他腰上睡得打呼噜的学长,许容与一晚上都没记住他是谁。

他迷茫地看到包间里的学生们睡得东倒西歪,姿势各异。文瑶窝在她男友怀里睡得香甜,蒋文文趴在茶几上睡,李晓茹直接倒在地上蜷缩着身子睡。包间开着空调,其他男生呼呼大睡,呼噜声此起彼伏。

许容与看到一个纤瘦的背影。

叶穗没有睡。

她还坐在小吧台前,晃着二郎腿,给自己掛一杯白开水喝。她散着发坐在阴暗角落里,眯着眼享受这独处时光,长腿雪白。

叶穗喝完了水,环视包间一圈。许容与将手盖在脸上,从五指间的缝隙向外看。他看到叶穗跳下高脚凳,弯下腰挑挑拣拣,把她的风衣披上了身。她撩了一下长发,推开门向外走去。

像是做梦一样。

她出去后很久没回来,许容与担心她的安危,也艰难地将学长搭在自己身上的腿挪开,他穿上自己的大衣,头重脚轻地走了出去。整个世界在眼前旋转,都那么不真切,像是隔着一层玻璃观望到的。许容与没有在走廊间找到叶穗,他自己无意识地出了KTV,竟然看到叶穗靠着落地玻璃,站在KTV门外,点燃一根烟在抽。

丝丝缕缕白烟从她指间绕出,她的侧脸映在玻璃冰霜上,漠然无情,透着慵懒随意。

和平时喜欢笑喜欢玩的叶穗,差距还是蛮大的。

许容与想自己大概是在做梦,梦里的叶穗竟然在抽烟。

叶穗打了通电话,知道她妈妈把钱放回去后,就在今天结婚。凌晨时分,万籁俱寂,她远离那些或陌生或熟悉的同学,站在秋末寒凉的街头。再过几个小时,叶一梦就要有新的老公了。

大概生气叶穗不给钱,叶一梦结婚压根没打算再通知自己这个女儿一声。

爸爸过世了五六年,她就结了三次婚。这女人那么无情,却真的对男人有吸引力啊。可是叶一梦也不是故意这样,她不结婚,就活不下去。她需要男人养她,需要有人爱她——

那么叶穗也会这样吗?

叶穗嗤笑一声,回头,看到门内的许容与。二人目光对上,许容与推门出来了,站在她身边。叶穗停顿一下,将指间的烟递过去:"抽一口吗?"

许容与摇摇头:"我不抽烟。"

叶穗愣一下后,讪讪地熄灭了自己指间的烟。她爱怜地侧头看着他,伸手摸他的头:"我们容与真是乖孩子啊……"

许容与躲开她的手，往旁边站远点。他既不喜欢被女生摸头，也不喜欢被叫"容与"。叶穗挑衅的动作，让他心里厌恶无比。但他头脑昏沉，讥嘲的话到了口边，还没说出来，他的手，先被叶穗握住了。

许容与轻微一颤，抬起眼皮，望向她。

叶穗握住他的手，指尖扣在他手掌心。她笑盈盈地说道："来，容与，我带你去玩个刺激的。"

像是被蛊惑一样，他仿佛失去自己的意志。当她不容置疑地牵住他的手时，他真的跟她走了。许容与觉得他是没有灵魂的，是没有想法的，她轻轻诱惑他一下，他就和她走了。也许他本性里也向往这一切，但他循规蹈矩，他不能反抗家庭对他的要求，他只在被人诱惑时，才会向外踏一步。

叶穗对东大老校区这片非常熟悉。

她带他去了二十四小时营业的电玩城，在跳舞机前甩臂扭腰，蹦蹦跳跳，又和许容与一起趴在玻璃前，紧张地在推币机前喊"加油"，失败了就跺脚。两个人坐在模拟器中，戴上眼镜玩VR游戏，刺激又激烈。他们还赛车，还打保龄球。

叶穗带着许容与从电玩城的后门出去，在巷子里敲开了一家许容与从不知道的"DIY手工坊"的门。老板在和客人一起打牌，出来时带出一身烟味，背后客人的叫喊声充满市井气。叶穗扫了码后，老板不耐烦地挥挥手，她就把茫然的学弟拉了进去，教他玩手工。

做模型，做杯子。

叶穗一开始自言自语，回头就看到许容与用泥巴堆出了一座桥。构架非常完整的一座桥，正是叶穗现在才学到的课程。

叶穗愣一下，然后笑得前仰后合，夸他厉害。叶穗凑到他跟前，赞叹道："要不你帮我写作业吧？我们老师要求小组建一个体育场模型，我的部分还没完成。"

许容与傲然："看我高兴不高兴吧。"说完被叶穗瞪了一眼。

她疑惑地来摸他的脸，被他后退躲闪："喝了酒怎么脾气更大了呢？看来你真是从头到尾不可爱啊。"

出了手工坊，已经凌晨三四点。街巷宁静，白霜落地。叶穗和许容与站在马路上，冷得缩着肩发抖。许容与耷拉着眼皮，看叶穗迷茫四顾，她牵着他的手，却好似已经想不起来回去的路怎么走了。

许容与鄙夷地盯着她。

叶穗扭头看来，他当即移开目光。他的目光对上的，是一家不打烊的面馆中放着的电视机。面馆关着门，看不到营业的老板员工在哪里，电视机里韩国女团跳着舞。

音乐声听不到，但是分明看到电视上漂亮姑娘们肆意的舞蹈，扭动的腰肢，笔直的长腿，撩起的长发，魅惑的双眼。她们穿得清凉，身体的每一个动作，都在诠释"性感"。

叶穗站在他肩边，认真地顺着他的视线看了半天，惊奇无比地问他："你喜欢看这个？"她嗤笑，"男人啊，原来都一样。"

许容与被说得面孔涨红，尴尬地移开眼，想辩驳说不是这样的。叶穗的手却搭在他臂上，学着电视里的女团团员撩一下发，回头对他眨眼。她语气微妙："要不要目不转睛地盯着人家看啊？我的身材差到哪里去了吗？这样的舞，我也会跳啊。来，容与，搭把手。"

她手搭在他手臂上，将他当作一个木头、一个工具，用来借力。电视上的女团舞她看了一遍，就学会了七八分。她绕着男生舞动腰肢，疯狂而潇洒地踩着节奏激烈的舞步，一边跳，一边对他勾着唇笑。

她穿着高跟鞋不灵活，跳到最后一个舞步时又得意忘形，脚一崴向下摔。她"哎呀"一声惨叫。幸好腰间伸来一只手，把她捞了回去。她狼狈得身子一歪，控制不住惯性，被许容与抱入了怀里。

她的脸贴在了他胸口。

叶穗慢慢抬眼，与低下头的许容与静静对视。

呼出的白色水汽交织在寒冷的空气中。

他们在深夜的街头拥抱。

鼻尖与鼻尖的距离只有几寸，唇与唇的距离也只有几寸，心脏贴着心脏，距离很近。

他的大衣裹着她，她闻到他身上清新的气息，如冬阳。

他拥抱着肩膀纤瘦的女生，将她整个人抱在怀里，如拥抱芳草般。

两人静静拥抱，一言未发。

呼吸与呼吸缠绕，想要近一步，却又退一步。若远若近，若有若无，慢慢地，灵魂便轻飘飘地飞了起来。

打雷一样的心跳声，僵硬的手臂与炽烈的感情。那都不能放弃。

他整个晚上都浑浑噩噩的，像是做了一个梦。

怎么回到KTV的他不知道，之后还有没有说什么不清楚。许容与再一次躺到KTV包间里的沙发上时，满脑子都是叶穗带他偷偷溜出去，只有他们两个人，她带他做这个，带他玩那个，还围着他跳舞。

活泼灵动，风情肆意。

周末玩了通宵。幸好周一早上没课。许容与的舍友们回到宿舍睡了半天，睡醒时，拉着厚窗帘的寝室内非常阴暗。本以为许容与肯定去设计教室了，谁想到下了床，舍友喝个水，转身冷不丁看到许容与拢着大衣，坐在书桌角落里，默然无语。

舍友："嚯！一点儿声也不出，你吓我一跳。"

许容与没吭声。

下来喝水的舍友："大神，你也累了啊？没去学习？你休息怎么不睡觉呢？你一个人坐这里多久了？你不困啊？你在想什么呢？"

许容与心说他已经坐在这里一动不动三个小时了，他不困，他在想叶穗——

分明是不应该的，分明是抗拒的。但是那梦游一样的经历太美好，让他流连忘返。他变得大胆，疯狂，变得不像他自己。他看着她的脸，看着她的笑，他想一直这么看下去。

这个梦真好，不管它是真的假的，它真美。不管是谁在做这个梦，它都无与伦比。他的情感在抗拒它，可是他的情感也控制不住要靠近。他不知道他在做什么，他浑浑噩噩的，已经深陷其中。他应该觉得羞愧，觉得对不起。可是他又很高兴，他真的很高兴。

舍友在许容与面前挥挥手，打了个响指："容与，想什么呢？不会吧，通个宵把你通傻了？"

许容与终于回了神。

他开口说话，嗓子沙哑："帮我一个忙吧。"

舍友："你感冒了啊？"

许容与疲惫地摇摇头，拉开抽屉，取出几封信。这都是他哥哥写给叶穗的情书，一直放在他这里，他哥哥心大得让他无话可说。许容与揉着疼痛的额头，哑着声："这几封信都是给叶学姐的。你帮我一起送给她吧。学长的比赛到了最后一步，我准备跟着学长加工通宵，没时间送信了。"

舍友一震："什么意思？这是情书吗？许容与，你一下子给叶学姐这么多封情书，这什么怪操作？"

许容与闭上眼，不吭声了。

答应了许容与，当天下午，这位舍友等到叶穗下课，忐忑不安地把情书全都交给了她。

叶穗翻了个漂亮的白眼，冷笑一声，接过他的信。她快速扫了一眼，全是许奕的。

舍友不安道："学姐，那个容与他……"

叶穗："不用解释，他就是个胆小鬼，又退缩了呗。"

她心知肚明许容与因为什么不敢见她。她有点生气，又烦躁。将兜帽一戴，叶穗走了，她还要监督马拉松协会成员的训练，哪有时间关心许容与的情绪？

他要是再打算来个"我们以后不要见面了"，那就不要见面了呗。

过了几天，十一月上旬的高校马拉松比赛开始，叶穗跟着东大马拉松协会的成员们一起坐上高铁，前往北京参赛。学生们坐了半个车厢，叶穗选了个靠窗位置，一上车就从包里掏出眼罩，准备睡半个小时，直接睡到北京。协会会长杨浩拿着名单点名，鼓励大家振作起来,好好比赛。叶穗翻着自己的书包,把杨浩的声音当催眠曲。

她忽然听到杨浩声音高了许多,分外意外和惊喜:"孟老师,你怎么也在这趟车上啊?老师你去北京出差吗?"杨浩提高声音,"叶穗!你们孟老师在这里!"

叶穗打了一个激灵,慌张转身立正。杨浩说的"你们孟老师",让叶穗一下子想起给她上建筑设计课的孟老师。孟老师天天在课上盯着她让她回答问题,给她留下了强烈的心理阴影。叶穗硬着头皮看去,眼皮直抽,看到真的是他们建筑学院的孟老师。

而且不光孟老师在,孟老师身后还跟着一个不认识的男生和一个她认识的男生。

认识的那个男生,是许容与。

他眼皮轻轻一跳,分明也很意外在高铁上碰到叶穗。

孟老师已经笑呵呵地说了原因:"带两个学生去北京参加一个高校建筑模型的决赛,你们这是?"

杨浩连忙说自己也是去北京。他不愧是会长,当即招呼着跟人换座,帮孟老师几个人调个好座位。杨浩真是多事,想着自己这边唯一一个建筑学院的就是叶穗。他读错了叶穗给他的眼神暗示,回头宽慰地对叶穗一笑:放心,哥一定把最帅的男生分到你旁边坐。

许容与面无表情地被杨浩拉到了叶穗旁边的座位上。

大家都很满意:"互相照应嘛。"

许容与在叶穗身边站半天,没动。他问:"要我把你的包放上去吗?"

叶穗假笑一声:"谢谢哦。"

他放完包回来,又站在她面前,不动。

叶穗疑惑地坐在座位上,挑衅般地仰头看他。她态度非常不耐烦,满脸写着:又打扰我干什么?懂不懂尊重学姐?

许容与平静地说道:"请你站起来,我的座位在你里面。"

叶穗丢人地站起来,给他让座。

后方一排传来笑声,孟老师打趣道:"小年轻们坐一起,就是有情趣啊。"

杨浩配合地说道:"是啊是啊。"

旅途中无法下车,窗外是一片片金黄的麦田,或者是收割过后的荒地。男生和女生坐在靠近阳光的车窗边,车内音乐舒缓宁静,后方老师和学生小声地讨论着。渐渐地,女生困乏,头一点一点地向下垂,最后将头靠在男生的肩膀上。她这么睡过去,阳光落在她脸上,画面显得幸福而温馨。

电影里都是这么演的。

现实中,隔着一个人,叶穗盯着车窗外从眼前飞速掠过去的银杏。车窗上倒映出她旁边那个男生专心致志捧着一本书看的侧脸,她心里颇有些愤愤不平。这趟去北京的高铁不过半小时,她就是睡神,也不可能在半小时里睡得着,像电影中女生那样把头靠在许容与肩上。而且许容与一入座就变戏法一般地从书包里翻出一本书,在认真地看。

明明是左右座,他们两个却像是属于不同次元的。

叶穗满脑子浪漫温馨的电影爱情片段。

许容与满脑子"我要好好学习"。

许容与看书时,思考着书上一段话,他在思考时,心不在焉地从兜里摸出一块口香糖,放到了嘴里咀嚼。他忽然感觉到有人在埋怨地瞪他,许容与侧头,目光对上自己旁边座位的叶穗。

叶穗幽幽地说道:"口香糖好吃吗?"

许容与淡淡地说道:"我没有了,兜里就那么一块,你饿的话忍一忍,马上就到站了。"

毕竟半小时的路程,慢也慢不到哪里去。

叶穗被说得噎住:"我是要抢你东西吃的意思吗?我只是寻个理由说话吧?"

许容与放下书,低声说:"声音不要这么大。你想说什么?"

被嫌弃嗓门大的叶穗气死了:"现在不想说了。"

她戴上她的眼罩，往小桌板上一伏，整个人缩入自己的安全圈，不理许容与了。而许容与刚放下书，刚打断自己的思路，刚准备和她好好谈谈两人之间的问题，叶穗就抛弃他了。

许容与也不说话了。

叶穗想睡也睡不成，没过多久就到了站。学生们呼啦啦地下了车，刚到车站，协会这些学生还没和来北京参加建筑模型大赛的几个人分开。杨浩不愧是长袖善舞的协会会长，正积极地和孟老师一行人打好关系，很努力地劝说孟老师跟他们住一个酒店。

叶穗打着哈欠，无聊地跟在杨浩后面，会长走到哪里她这样的小喽啰跟到哪里。

叶穗眼尖地看到孟老师和杨浩推辞时，许容与和他旁边的学长说了句话，许容与就离开了他们这个团队，不知道去哪里了。

过了一会儿，杨浩还是遗憾地没有说服孟老师，孟老师以"订的酒店离比赛现场近"这个完美理由，推掉了杨浩的盛情相邀。孟老师一行人要走时，发现少了一个许容与。许容与的学长正要跟老师解释许容与去洗手间了，对面的叶穗就积极地和孟老师打小报告："老师，他趁你不注意溜了，肯定是嫌你话多，你快谴责他！"

孟老师好气又好笑地看一眼叶穗，转过来说她："叶穗啊，出来放松是放松，别忘了我布置的那个小组建筑模型的作业啊。下周上课我是要重点检查你的作业的。"

叶穗不服气："为什么呀老师？我最近很乖，好好上课好好写作业，没做坏事啊，为什么重点检查我的作业？"

一重点检查，作业肯定问题多多啊。毕竟建筑这门课，哪有完美的时候？

孟老师："因为你出了校门，这么不友爱，当着我的面就诋毁我看中的学生啊。我听别的老师说还是你的男朋友？"

孟老师显然在开玩笑，大家都配合地笑出声，只有杨浩震惊地看向满面通红的叶穗，不明白许容与怎么就成她男朋友了。

叶穗努力澄清："不是男朋友，不是男朋友。我怎么可能要许容与那种人做男朋友呢,他连块口香糖都不跟我分享啊……"

孟老师目光意味深长,周围学生的笑声略显微妙,叶穗意识到了什么,她不回头,脸上神情微微一僵后,笑容甜美地继续接着自己刚才的话:"……许容与用心读书,是国家未来的栋梁。是我配不上人家啦。"

她这才优雅地转身,果然,看到许容与已经回来了,就站在自己身后。旁边那群无良的体院男同学,立刻笑得东倒西歪,还有的偷偷跟叶穗竖大拇指,夸她机警化解危机。叶穗略一得意,看向许容与,笑眯眯地和他打了个招呼。

东大作为世界一流大学,老师们都非常风趣宽和。孟老师故意逗他们这对小男女:"许容与同学,你怎么看叶穗同学说的这话?"

许容与慢吞吞地说道:"叶学姐有丰富的恋爱经验,类似这次的修罗场事件可以轻松化解。我怎么看叶穗学姐的这话?我不配怎么看。"

哄堂大笑中,叶穗:"喂——"

她伸手要开玩笑地打他一下。但他伸手过来,干燥的手心和她交握了一下,无人注意时,一个东西被塞到了她手里。手心握到东西,叶穗愣了一下,没打下去。孟老师看大家玩笑开得差不多了,就招呼许容与归队,和杨浩他们分手。

孟老师一行人离开后,杨浩先前安排好的面包车也过来接他们了。叶穗坐到车上,摊开手心,才看到许容与塞给她的是一盒口香糖。她发着怔,攥紧手中的口香糖,侧头看向窗外。车内大男孩们还在笑闹,叶穗托着腮帮,美丽的眼睛与车窗凝视,心神早就飘远。

她当时盯着他的眼神是有多饥渴,他才会特意去买盒口香糖送给她啊。

叶穗翻出手机,微信中和许容与上一次聊天的窗口落到了很下面,她翻很久才翻出来。像是陈年酒坛外布满了灰尘,可是它的醇香,经年不散。叶穗想敲字说"谢谢",突然一愣,因为她看到自己和许容与之间的对话框上,显示"对方正在输入"。

叶穗盯着这个"对方正在输入",看了起码五分钟,对方还在输入。

这时手机响了一声,叶穗以为他终于输入完了,把信息发过来了。但她定睛一看,发现发信息给自己的,不是许容与,而是舒若河。

找她搜集写作资料的大四学姐舒若河,会时不时跳出来,问叶穗一些莫名其妙的问题。例如这次,舒若河就毫无征兆地问她:"穗穗,你谈恋爱的话,明知前面是不好的,你会义无反顾地走下去,还是会悬崖勒马啊?"

叶穗怔忡。

如果她谈恋爱……

她问舒若河:"爱情是命中注定的啊,如果它是悬崖的话,真有人勒得住马吗?"

她问住了舒若河。

舒若河过了很久,才犹犹豫豫地回复:"可以的吧。比如你那个许学弟,我觉得许容与就可以悬崖勒马。"

叶穗笑一下:"那可不一定。"

她再回到自己和许容与的对话框前,挑一下眉,发现对方还在输入。

而另一边和老师、学长坐在车上的许容与,长达十五分钟的时间,他盯着手机屏幕的对话框,想跟叶穗发条信息。但是他不知道发什么好,问她"你和我哥怎么样了",她应该会生气;问她"你这几天过得好吗",她会反问回来;说"见到你很高兴",她会说"那你之前在干什么"……什么都不说,就什么都没有了。

许容与认真地输入字,再删除,再输入,不断反复,如他想靠近又想远离的心。

过了半小时,许容与才编辑出了一句话:还饿吗?

这什么破问题?

叶穗并没有回他。

许容与要忙着配合学长参加比赛,这也是对他自己的锻炼。叶穗那边也要抓紧时间陪体院学生训练,给他们加油,做好后勤工作。许容与那边比赛情况怎么样他们不知道,反正叶穗这边时间挺紧的。

叶穗好几天东奔西跑,跟着杨浩一起和各大高校的领导见面对话,友好交流,身体都有些吃不消了。

到北京后抓紧时间训练两天,第三天就是正式比赛了。为了调整状态,第二天晚上,杨浩他们还借用酒店旁边的体育场抓紧时间练习。

叶穗从头到尾跟着他们,但是这一天傍晚,她坐在看台上的时候,忽然感觉不太对,肚子开始一阵一阵地绞痛。她暗自觉得不妙,头皮发麻,抓着小包包溜进了洗手间。一看,叶穗脸黑了。

例假突然来了。

她向来有水土不服的问题,每次新学期,例假时间都会推迟一个多月,上次十月中旬刚来过,按说这个时候不会来,所以她没做好准备。她抱着一丝希望,翻看自己的小包,果然没在里面找到备用的卫生巾。而体育场人员稀少,现在操场上只有在训练的杨浩他们,蹲在洗手间的女生,除了叶穗自己,她找不到别人。

不知是心理作用还是真的发作,液体流量变多,她肚子更疼了,脸色微微发青。

一手捂着肚子,另一手捏着手机,她走投无路,试探地给杨浩发个信息。

杨浩没回。

她再给别的体院男生发信息,也没收到回复。

叶穗心想,完了,他们肯定在训练,手机都放在看台上,没在身上。那她怎么办?要在这里蹲到地老天荒吗?

长达十分钟的时间,叶穗肚子越来越疼,她握着手机犹豫不决,腿蹲得又麻又痛。除了杨浩他们的手机,她倒是有入住酒店前台的电话。酒店离这个体育场大概二十分钟的路程。她要打电话给酒店前台,让前台帮忙送一片卫生巾吗?

还有个选择,是……许容与。

现在有个问题,是陌生人好一些,还是许容与好一些。

但是她转念一想,许容与说不定脱不开身,她只能选酒店前台呢?为了排除一个错误答案,叶穗试探地发了她和许容与之间这几天的第一条短信:"你在哪里?忙吗?"

许容与那边竟然很快回了过来:"和学长参加会展,不忙。"

叶穗:完了。

错误答案没法排除了。

她到底是选酒店前台,还是选许容与呢?

建筑模型会展那边,许容与和学长打声招呼,从人群中挤了出去。他不太喜欢微信这种慢吞吞的似乎总是欲言又止的聊天方式,几天来,叶穗终于和他发了一条信息。非常微妙的,许容与心里松了口气,好像他长久以来一直被绳子勒着脖颈,呼吸困难,而今天,这根绳子,终于松动了。

许容与出了会展大门,一个电话拨了过去。

那边犹豫了很久,才接了他的电话。隔着手机,叶穗的声音听着闷闷的:"喂,许容与。"

许容与:"你有什么事吗?"

叶穗支支吾吾地说了几个字。

许容与没听懂:"你说什么?声音大点。别蚊子叫一样。"

叶穗被他气死了,大声吼:"卫生巾!卫生巾!你听见了没!你耳背啊一直听不见!"

许容与声音里带笑:"……倒也不用这么大声。"

叶穗:"所以你能过来吗?"

许容与看了眼玻璃窗内被人围着的学长,算了算时间,学长这边应该还好,他说了声:"可以。"

叶穗"哦"了一声:"那我等你。"

之后一阵尴尬,两人都不知道说什么好。

许容与咳嗽一声,挂了电话后,他一边飞快地查女生这方面的

161

资料，一边走进展厅找学长，跟学长请了假离开。

许容与除了初中时候的生物课，再没接触过女生这方面的问题。他只好一边百度搜索有用资料，一边找离自己最近的便利店。

搜资料后，许容与才知道原来卫生巾分这么多种类，这么多类型，这么多香味。而且百度说，每个女生喜欢用的都不一样，毕竟体质体形都不同。卫生巾买错了，容易侧漏。

许容与发信息给叶穗："你喜欢用什么牌子的，夜用还是日用，多长多厚……"

叶穗崩溃："你不能随便买吗！不能自己拿主意吗！"

许容与红着脸，眼中却浮起了微微笑意。在他记忆中，叶穗很少用这么激烈的语气和他说话。显然她现在很窘迫，完全不想和他讨论这个问题。想到她现在尴尬的样子，他竟然觉得有几分可爱。

许容与来的速度还是很快的，叶穗虽然和许容与通了话，但她还没有完全放弃酒店前台。她在崩溃边缘徘徊时，又过了二十分钟，许容与到了。他在女生洗手间外敲了敲门："叶穗。"

门打开，一只手伸过来，把他递过来的塑料袋提了进去。

许容与板着脸，又在外面等了一会儿，才见叶穗扶着墙，颤颤巍巍地出来。她看着实在太惨了点，手一直捂着肚子，许容与俯身扶住她。

叶穗颤声道："杨浩那几个废物啊。我人都走了快一个小时了他们也没人关心，我就知道他们没把我当女的。都不担心我被拐吗？"

许容与："对啊。"

叶穗握住他的手，意外无比，感动他居然认同自己。她泪光闪烁地仰头，许容与淡漠道："一个连自己来例假都不记得提前做好准备的女生，确实挺容易被拐的。你到底是不是女的？"

话题回到了她最不想提的方向。

叶穗不高兴道："我没准备是因为本来不会在这个时候来的！我例假推迟一个多月……"

许容与瞟了她一眼:"推迟一个多月?你怀孕了?"

叶穗气极:"许容与——!"

她伸手要捶他,但是一站直,小腹就一阵抽痛。她"哎哟"一声,再次弯下了腰,拳头连碰都没碰许容与一下。

许容与和她一起蹲下,盯着她看了半天,意外:"这么疼吗?"

叶穗面无表情:"你以为我是装的?"

许容与想了下:"你打算怎么办?"

叶穗有气无力:"我现在还能怎么办?回酒店休息呗。给杨浩他们发条信息,说我身体不舒服先回了,他们自己慢慢练吧。"

许容与点点头。

在叶穗扶着墙缓缓站起时,她发现许容与还蹲着。她奇怪地看他,他看她一眼:"上来吧,我背你回酒店。"

叶穗:"啊……也没那个必要,酒店还是蛮近的……"

许容与:"我不放心。"

叶穗愣一下,心跳缓了半拍:"……你说什么?"

许容与低下眼,淡淡道:"你听错了。"

叶穗盯他半天,忽然莞尔,她弯下腰伏在他背上,双臂搂住他的脖颈。她贴着少年的后背,感受到他背上那条流畅的脊骨,看到他乌黑的发丝。她伏在他背上,忽然安静下来。

二十分钟的路程,许容与一路背着叶穗。

天彻底暗下去了,两排路灯稀稀疏疏,酒店的位置在郊区,路上行人很少。路灯下虫蛾飞舞,男生背着女生的身影,在路灯下被无限拉长。叶穗趴在许容与背上,一开始还不自在,还尴尬,还没话找话地和他聊天。

后来她肚子越来越疼,头又有点晕。

叶穗怀疑自己大概是吹风受寒,精力越来越差,干脆闭嘴闭眼,趴在他背上假寐,不再说话了。

许容与:"叶穗,脸不要离我这么近,我痒。"

她的呼吸一下一下地吹在他脸颊上，热气拂上少年的面孔。从耳根开始，他脸越来越红。独属于女生的香气围绕着他，一路不散。她看着个子高挑，背在背上，对他来说，却还是小。她的胸脯擦着他的后背，如雪落在山石上，轻轻擦过，有时像是甜蜜的梦境，有时又像是可怕的不复醒的凌迟。

许容与轻声："叶穗……"

她睡着了，没有回应他，只有香绵的呼吸贴着他的脸。还有她的发丝落在他脖颈上，细软如沙。

许容与到酒店门口，在前台怪异的眼神中说明了情况，背着女生上了楼。他半托半抱，从她包里翻出房卡，将脸色苍白的女生扶进门里。叶穗原本想挣扎一把起来帮他，但许容与太靠谱，没什么需要她帮的。她躺在床上盖上被子，模模糊糊地感觉许容与出去又进来。

他不知道从哪里端来了红糖水喂她，她想说这没什么用，但是没太多力气。

他贴着她的耳朵："你好像发烧了，但是例假期间最好不要乱吃药，你只能好好歇一歇了。"

叶穗含糊地应了一声。

她眯着眼，看他进进出出地安顿好她，他的手机响了一声，他站在床前接电话。接完电话后，许容与停顿了一下就要出去。那一瞬，也许是生病的原因，也许是本来就不是什么坚强的人，许容与才要走，手腕就被女生从被窝里伸出来的一只手抓住了。

叶穗声音沙哑，又透着一股懒意："你要抛弃我走了？"

许容与顿了一下，避开她的视线："不是，我只是下楼和前台说一声。"

叶穗闭上眼，喃喃道："真的吗？那也不要走。我现在是病人，你不能抛弃我。而且你总是说谎，我不相信你。"

许容与好笑，坐下来，低声："我什么时候说过谎？"

床上的女生喃喃自语一般："没有吗？那你喜欢我，你怎么从来不敢面对呢？"

　　许容与怔怔不语，呆呆看她。

　　叶穗忽然睁开眼，她搂住他脖颈，起身，侧过脸吻向他的唇。呼吸与他交错，脸与他紧贴。她这么大胆而肆意，长发缠绕他，像湖水浸泡他。她清澈的眼中，倒映着男生俊秀清朗的眉目。

　　许容与一动不动，全身僵硬如石，他仍是怔忡的。

　　爱情像天上掉的馅饼一样砸到他身上，使他迷醉，又使他疯狂，使他沉寂，又使他羞愧。可这天上砸馅饼一样的爱情，如果他不想要，怎么办？

　　她在黑夜里，像睡莲一样幽静绽放，满室芳菲。她温柔又缱绻，动人又妩媚。战栗感，从两人相贴的唇，一点点，麻麻地传遍全身。动人的爱情有时震撼得像是盛大的悲剧，欣喜和难过同时到来，让人喘不过气。

　　她唇瓣的柔软，眼睛的清如水，睫毛上沾着的细小绒毛，她妩媚眨着的眼睛，好像在深情诉说"我只属于你"……

　　这样的她，时时刻刻，让他神魂颠倒。

　　可是他不能为之颠倒。

　　许容与费了很大力气，才让自己僵硬着不要回应，他以为自己拼足了力气，实际上他只是艰难地将手放在叶穗肩上，用很小的力气将她推开。叶穗一个病人，被他一推，顺势就躺回了被窝中，似笑非笑地看他。

　　许容与面孔红如血，室内只有洗手间的昏暗光线，他觉得自己每一次喘息都那么大声。心跳速度很快，他按着自己的心脏，满是绝望。

　　叶穗怜悯地看着这个少年。他肤色发白，唇瓣水润嫣红，睫毛一直在颤，眼睛漆黑湿润得如要下雨，像是他不安的内心一样——

　　叶穗再次为他这样的美貌而心动，她脸红，娇羞地眨着眼看他，刻意卖萌。

许容与大脑空白，怔怔看着床上躺在那里的叶穗，他智商这么高，可是他此时想不出来该如何化解这场危机。好在他呆愣时，叶穗扔在桌上的手机屏幕亮了，有信息发了过来。

许容与努力控制着自己的心跳。看叶穗只是盯着他看完全没有看手机的意思，他迟疑了一下，走过去拿起她的手机。他回头疑惑地看她一眼，叶穗压根不在意，仍然眨巴着眼睛，向他发送荷尔蒙的魅力。许容与被她撩得近乎崩溃，只好躲开她视线。

他以为自己声音冷冰冰，实际他声音喑哑："手机密码。"

叶穗扑哧笑出声，懒懒地报了自己的手机密码。

许容与打开叶穗的手机，是杨浩发来的信息："你这就走了？人回酒店了？"

许容与迟疑了一下，回过去："她睡了。"

他以为这样能够暗示拿手机的不是本人，哪怕杨浩质疑呢，也不要麻烦一个来例假的女生大半夜做什么了。谁知道可能学体育的脑子都少根弦，杨浩完全没看出这有什么不对，他以为叶穗在撒娇逗他，他又回过来一条："你睡了怎么还回我信息？装的吧？"

许容与被气得哽住，都想骂脏话了。

话说杨浩和叶穗……关系这么熟吗？

杨浩那边已经大大咧咧地说到自己真正的目的了："你既然没睡就爬起来，给我们送点水吧。水喝完了，我们大概还要再多加训两小时才回去。赶紧的啊！有点集体意识！"

许容与无言，握着手机，转头问叶穗："杨浩学长总是晚上找你吗？你们关系这么好？"

叶穗慢悠悠地问："吃醋了？他发来的信息？说什么了？"

许容与没搭理她那个"吃醋"，他避过那个话题："要送点水，我去送，你歇着吧。"

他说完就放好手机和房卡，向外走去。他垂着眼，特意绕开叶穗的床。叶穗看到少年颀长清瘦的背后脊骨，"哎"了一声，叫他："许容与——"

许容与不回头，只停下脚步。他后背僵硬，声音闷闷的："嗯？"

叶穗声音娇而诱人："你回个头嘛。"

许容与冷冷道："有事？"

叶穗撒娇一般："回头嘛！"

她声音里夹着糖心，酥酥的，他全身肌肉一下子就软了下去，心跳又开始加快。许容与闭眼，驱逐自己脑海中不切实际的云里雾里的幻想，可他还是不能抗拒她的要求。他只好不情不愿地回头，皱着眉看向床上的"病人"。

叶穗张开手臂，声音里带着挑逗的笑意："真的要走，不过来抱抱我，亲亲我吗？"

许容与警告："叶穗！"

叶穗无畏地咬唇，她眼角上挑，她吃吃笑，满是天真和性感混合在一起所流露的招人："只此一次，错过机会就再没有了哦，许容与。"

回答她的，是"砰"的一下巨大关门声。

许容与不知道是被她气走了，还是吓走了。

屋里叶穗笑得前仰后合，然后又捂着自己的肚子，连连呼痛。

许容与去买了十几瓶水，浑浑噩噩地回了体育场，把水交给杨浩。男生们在跑道上调整状态，只有杨浩跑出操场来找许容与拿水。看到是他送水来，杨浩很诧异："怎么是你？你和穗穗在一起？一整晚在一起？"

许容与情绪低落："嗯。"

他面色冷淡，态度拒人于千里之外，换在平时杨浩会多关心两句，但是马上就要比赛了，他没这个精力，就只是安抚般地拍了拍许容与的肩。走前，杨浩不经意地说道："许学弟，你嘴有点红啊，擦擦吧。"

许容与如被雷劈，顿时僵住。

杨浩对他一笑，眼神古怪复杂，却没说什么了。

许容与摸上自己的唇角,月光和路灯的光交相辉映下,他看到自己指头上沾到唇角的一点嫣红——那是叶穗唇上的口红。

而他一无所知,就这么走了一路,不知道被多少人看到了。

许容与脸色逐渐涨红,他怔怔的,感觉自己的状态实在不对劲。

在她面前溃不成军,他该怎么办?

好好睡了一觉,第二天叶穗的状态就恢复了。高校之间马拉松协会的比赛就在上午,作为东大这边的后勤人员,叶穗跑前跑后地照顾运动员们。男生们参加比赛,和人赛跑,叶穗租了一辆自行车,全程跟随,并鼓励他们。

这场比赛还引来了不少记者,记者们全程对着叶美人狂拍。杨浩则不停给叶穗使眼色,要她好好表现,好给协会拉来更多资金。

"加油!加油!"

"坚持!再坚持!"

一上午,叶穗都被淹没在这样的氛围中。原本不紧张,闹到最后她都跟着选手们一起焦虑。

好在东大最后的成绩不错,有个男生得了第二,仅输给华大的学生,杨浩拉着男生去领奖时,笑得心满意足。男生下了台后,还被几个学生记者采访,表情局促又激动:"我太开心了,可是我……我我还没有女朋友……"

叶穗当即大笑,凑过去搂住男生的肩,笑眯眯:"没关系,我借给你拍照,暂时允当你女朋友呗!"

其他男生听闻大喜过望,全都凑过来和叶穗拍照。叶穗肤白貌美,腰细腿长,本就是男生们喜欢的类型。她还性格开朗,在男生中颇吃得开。这么亮眼的美女被淹没在人群中,让杨浩都不得不冲进去捞人。

"可以了可以了!这是我们学校的美女,是我们东大的校花!东大啊,想看美女就来我们东大啊!"

杨浩真是一个尽职尽责为学校宣传的好学生。

闪光灯,一直包围着他们。

许容与到现场的时候,看到的便是这么乱哄哄的景象。杨浩被从人群中挤出来,差点摔倒,后面伸来一只手扶了他一把。杨浩当即道谢,回头一看,扶他的人是许容与。清秀斯文的少年,站在一群人高马大的体育生中,显得那么格格不入。许容与淡然无比,问:"叶穗呢?

杨浩:"啊她在——"他手指向人群,半天没找到人。

男生中的玩闹声出卖了叶穗:"也和我拍一张!给我当次女朋友!我要回学校炫耀去!"

叶穗来者不拒:"好啊。"

许容与脸瞬间黑了:"什么叫'给我当次女朋友'?她在干什么?"

杨浩:"呃,这不是单身的太多,穗穗给的福利嘛。这个……这个说明我们穗穗善良……"

许容与忍了忍,冷声问:"她这样合适吗?让她真正的男朋友看到怎么想?"

杨浩茫然,左右看看:"谁是我们穗穗真正的男朋友?我怎么不知道?你吗?"

许容与憋屈地答:"……不是。"

杨浩:"那就没关系了。都是单身的,和美女拍照是多好的福利啊。这种机会可不多啊!学弟,不去争取下吗?"

许容与冷漠:"不用。"

他转身就走,这种场合他一眼看不下去,胸口气闷无比,怕自己气出病,他还是直接走好了。但杨浩是个热心肠的会长,不由分说,就拉拽住许容与,把他拖到人群深处。

杨浩大喊:"叶穗!肥水不流外人田!别光和外校的拍照,照顾一下咱们东大的学生!"

许容与抗拒得不行,深觉丢脸。

但是杨浩威猛无比,凭着出色的体力,硬是拉着许容与挤到了叶穗身边。刚好一个男生和叶穗合拍完,喜滋滋地拿着自己的手机去旁边欣赏，杨浩力气大，一下子把许容与推到叶穗身边。

杨浩："许学弟来看我们比赛，你和许学弟不打不相识，和许学弟也拍张照。以后就不要吵架打架了啊。"

叶穗抬头，与她身边脸色僵硬的许容与目光对上。

叶穗眉毛一抬。

许容与尴尬解释："我不是来拍照的……"

但是叶穗莞尔一笑，在闪光灯亮起时，忽然主动地一把搂住许容与的肩，强迫他弯下腰。她还热情地侧过脸，将脸与他相贴。眉目冷清的少年侧脸看她，目含惊诧。她笑意盈盈，钩着他肩膀拍了一张今天尺度最大的照片。周围一片哗然，众人目光看向这个突然冒出来的俊秀男生。

叶穗给别人拍完后，还拿出自己的手机递给旁边某个学生："再帮我拍一张啊。"

她搂住许容与，不顾他的僵硬和退避，含笑地望向镜头，拍下了珍贵的照片。镜头中，女生欣喜地摆着姿势，男生则垂目看她，目光专注，柔情缱绻，欲语还休。

许容与好不容易调整好状态，打算配合叶穗拍照。他才试探地把手搭在叶穗肩上，就被旁边一个男生挤开了："哥们儿，让一让，让一让啊。你都和美女拍两张照了，把机会让给我们呗。"

叶穗哈哈大笑，许容与冷着脸，快速被男生们挤了出去，这次杨浩都救不了他。他一时生气，想要挤回去，但挤到一半就冷静下来，觉得丢脸无比，羞愧无比。

他在干什么？和一群白痴争风吃醋吗？

他怎么会做这么幼稚的事？

许容与眼不见心不烦，被挤出人群后，干脆帮杨浩一起收拾奖杯等东西，搬回酒店。比赛结束，杨浩他们打算在北京多玩一天，明天再回学校。杨浩问起许容与他们的比赛，许容与说成绩不错，正在参加会展。等许容与再次回到刚才那里，围在一起的人已经散了，叶穗不知道跑去了哪里。

有打扫现场的阿姨看到过叶穗,许容与犹豫了一下,便没有给叶穗打电话,而是找了过去。许容与在赛场偏北角的墙根后找到了叶穗,她正蹲在地上,拿着一片面包喂猫吃。

奶猫小小一团,小声叫着,尾巴轻轻擦过女生纤白的手臂。叶穗就蹲在那里,面包屑落在地上。她的睫毛上翘,如在亲吻日光,眸子清黑,肌肤瓷白。她温柔地看着猫,眼睛一眨不眨,口中还小声嘀咕:"乖呀,都是你的,不要抢……"

许容与站在她身后,目光跟着柔下去。远远近近的树枝枯燥干冷,她蹲在墙角悄悄喂猫的温柔模样,在他眼中可亲乖巧。暖阳融融,她展现出不为人知的美好品质,在这里发着光。

许容与看她喂猫看了许久,才轻声:"你对一只猫都比对人好吧?"

叶穗被出现在身后的他吓了一跳,回身仰头,嗔怪:"因为小动物永远不会伤害我啊。"

许容与:"人类伤害你了?"

叶穗:"对啊,比如你。"

许容与:"我?"

叶穗喂完最后一点面包屑,拍拍手站起来,她手指许容与,发尾一甩,眼波流动,妩媚又可爱。

"你不就是经常气我吗?但我估计今后不一样了。"她含着笑,倾身看他,眼睛亮亮,"让我猜猜,你是来向我告白的?"

毕竟经过昨晚那个吻后,谁也不能当它不存在。

许容与:"……不是。"

叶穗脸上的笑没了,她冷淡地转过身去,背对着他:"那就是来告诉我,以后我们老死不相往来了。"

她正欲离开,手腕被身后男生握住。

叶穗停住步子,诧异地回头。

许容与平声静气:"也不是。"

叶穗疑惑地看他。

许容与自嘲:"我怕我做不到和你老死不相往来,怕不小心碰到你,怕意不平。人生最怕意难平,我不想让你永远成为我的一个坎。我跨不过去这个坎,你却随随便便地就丢下了。我不能接受你比我好受。"

叶穗惊诧道:"许容与……"她顿了一下,"你怎么这么变态?这么三观不正?你接受不了我比你好过?你哥……你家里人知道你三观这么可怕吗?"

许容与唇角翘了一下:"当然不知道了。"

叶穗:"那你又不肯向我告白,又不肯和我老死不相往来,你是要怎样?"

许容与轻声:"和你做朋友。"

叶穗呆住,一脸古怪地复述:"做朋友?"

许容与:"退回之前的位置,我们做朋友。我想过了,你没那么喜欢我,我也没那么喜欢你。我可以把这种感情压回去,时间长了,我们真的就是朋友了。我知道你不喜欢我哥,你也太肆意,不可能走回头路,答应和我哥复合。可我哥毕竟是我哥。我想和你做朋友,我从来没有过朋友,叶穗,做朋友我也会很珍惜你。我可以做你的后盾,看着你谈恋爱,帮你挑选合适的男朋友,帮你把关。"他语气古怪,"我就是,不想和你谈恋爱。"

叶穗垂眸,望着他握住自己手腕的手,他手指修长,指节僵硬,贴着她的手腕轻微颤抖。所以她知道了他面上这么平静,内心何等煎熬。

可是爱不爱一个人,真的可以控制吗?

而做朋友?她未来的男朋友接受得了她身边有个这么变态的异性朋友把关?

刹那间,叶穗忽然有一种微妙预感,她觉得,她以后……很大概率,因为有许容与在,没法自由自在地谈恋爱了。

叶穗问:"你认真的吗?男女之间有纯洁的友情?"

许容与垂眼,认真道:"也许会有。我们试试看,学姐,好吗?"

难道你希望和我老死不相往来吗?"

叶穗盯着他半天,忽然笑开——她不希望。她不懂他在想什么,但她目前,真的对他有好感,不想丢弃。

她向前走,他往后退。她一步步向前逼近他,他一点点向后退到安全地带。两人的位置反过来一般,充满攻击力的是叶穗,许容与是那个等待法官宣判的可怜人。

叶穗眼睛明亮,笑容甜美。她痛快无比地说道:"好啊,我愿意退后一步,和你做朋友。"她望他,不自觉地带了点笑意,"反正我也没那么喜欢你。"

许容与:"我比你不喜欢我更不喜欢你。"

叶穗:"不,我更不喜欢点。"

许容与:"我更加不喜欢。"

他郑重地想占上风,想说自己不喜欢她。他们一进一退,都迫不及待地表示自己的喜欢比较少,自己更可以全身而退。说到后来,两人都觉得幼稚,叶穗先笑出声,许容与顿一下,不自觉地跟着笑起来。

叶穗伸了个懒腰:"那请我吃午饭去吧,饿死我了,一早上没停……"

话说一半,她看向自己抬起的手臂,许容与还抓着她的手腕。叶穗看他,他完全没反应,还在等着她说话。叶穗只好晃晃自己的手臂:"好朋友可以抓朋友手臂这么长时间吗?"

许容与一愣,默默松开了她的手腕。

他眼皮轻跳,预感到和叶穗做朋友,恐怕不是什么容易的事。

许容与解决完一件大事,松了口气,自以为和叶穗达成了和解,当天下午便回到会展那边帮忙。第二天上午,叶穗和杨浩离开北京时,忽然兴致一来,打算去他们的会展看一看。好歹她也是建筑学院的学生,会展看都不看一眼,回到学校后被老师抓住提问,那多尴尬。

叶穗临时退了票,让杨浩他们先走。她本来打算给许容与一个惊喜，坐上出租车，才打电话告诉许容与，说自己打算去看会展。

许容与沉默半天："你知道我们的会展今天上午是最后半天，再过半小时就结束了吗？"

叶穗茫然："我不知道啊……"

许容与："那你过来瞻仰一下博物馆的外形，绕着博物馆走一圈，就当你参观过会展，到此一游吧。"

叶穗："你在嘲讽我对不对？昨天还说要和我做朋友，今天就嘲讽我？你这是朋友的态度吗？"

许容与沉默了。

叶穗到现场的时候，天飘起了小雪。她微微抖了一下，仰起头，察觉这是今年冬天的第一场雪。她站在人行道上推着行李箱，静静凝望天上的雪花时，听到身后脚步声。她仓促回头，没看清人影，一件男式大衣就披在了她肩上。

许容与："说了很多次了，请你穿多点。"

叶穗没吭声，他从后面伸手搂着她的肩，见她没说话，觉得是因为他语气太生硬，便换了温和的语气，求饶一般："你能过来，我是很开心的。"

叶穗慢吞吞地回复："我知道你很开心，就是，你搂着我肩，这好像不是面对朋友的态度吧，容与？"

她彻底转过身，与他直面。许容与这才看到她没有生气，而是笑容满面。她的脸与他俯下的面容几乎相触，两人纤长的睫毛碰上，漆黑的眼珠望着彼此。许容与尴尬向后退，叶穗已经张臂搂抱住他脖颈，不给他退后，还开心道："好啦，逗你玩的。抱吧，随便抱。有朋自远方来，不亦乐乎！"

她突然扑过来，许容与怕她摔了，伸臂搂住了她的腰，将她抱离了地面。她挂在他身上。

雪簌簌飘落，拥抱的男女生眉目尽带笑意。

第七章
来上自习

初雪如沙,漫天白意,空气中飘来清新气息。

雪在北方并不少见,但这是今年第一场雪,多少路人在雪落下时,便仰头观望,满目欣喜。

许容与和叶穗站在博物馆外,他将自己的大衣披在叶穗身上,露出一段灰底白领的修身毛衣,精干而斯文。他还是很开心叶穗的到来,尤其是叶穗答应他当朋友,他心中像放下了一块大石那般轻松。

只要他把持得住,他就不会背叛哥哥。

许容与拉着行李箱,叶穗催他找地方躲雪,毕竟博物馆的展出已经结束,下午闭馆休整。两人在杉树下拉扯时,一道中年男人的声音非常欣慰地传来:"哟,叶穗来参观建筑模型会展?真是稀客。"

叶穗头皮麻了,肩膀轻微颤抖一下。

许容与鄙视地看她一眼。没出息。

被叶穗快速踹了一脚,他躲开。

叶穗才回头,看到孟老师和之前那个来比赛的学长从博物馆的方向一起迈步而来。学长意气风发,满目喜色,孟老师眼里也带着笑。叶穗脱口而出:"老师,学长,恭喜了啊!"

学长当即不好意思地笑:"没什么,没什么,不是什么大奖了。"

叶穗笑盈盈地说道:"哪能这么说呢?给咱们东大争光了啊!老师我说的对不对?"

看到了女生身上的男生衣服,孟老师若有所思,他开玩笑地瞪叶穗一眼:"叶穗就是嘴甜。"

叶穗打蛇随棍上:"老师指导得也好,许学弟配合得也好。你们都是大功臣!我最佩服你们这种钻研精神了!"

她三两句话,说得孟老师和那位研究生学长眉开眼笑。不管叶穗是不是真心,她都恭维得人很舒服,还没忘了旁边的许容与。只有许容与清清淡淡地瞥叶穗一眼,眼神微妙。

许容与:"呵。"

他真想问她一句她知道学长参加的是什么比赛,得到的什么奖,又在哪一天得奖的吗?

在场所有人,他最知道叶穗的那点儿底子。

可惜他只是"呵"了一声,就被叶穗悄悄瞪了一眼,示意他注意讲话。

几个人站在路边杉树下聊天,飞雪漫漫,孟老师乐呵呵道:"看来真是近朱者赤。叶穗认识了容与,都开始好好学习了。我还以为我们叶同学只关心别的学院的马拉松比赛,不在乎自己学院的模型建筑。"

叶穗谦虚:"哪儿能呢!"

为了期末考试多得几个分,叶穗凑到孟老师身边,鼓起勇气说大话:"老师,我对我们专业很上心,我很喜欢建筑的啊。你看杨浩他们都走了,我还折回来,就为了多看这个会展几天。前两天我也悄悄来看会展了,我就觉得学长的模型名副其实,是最棒的!"

许容与默默看着她编。

没想到叶穗马屁拍得太过,孟老师欣然道:"这么认真吗?那这样,你们马学长这次的作品,回校后肯定会宣传的,毕竟是荣誉嘛。我到时候还准备在课上跟你们讲讲,但是叶同学既然也全程看了,你到时也一起讲讲吧。我看看你的理解,再给你做补充。"

叶穗一僵。

孟老师拍拍她的肩:"叶穗,好好做功课。老师也想看你这次小考成绩比上次高点。这么漂亮的小姑娘,怎么成绩就提不上去呢?多给容与丢脸。"

许容与这时才慢悠悠开口:"老师,学长,一起吃午饭?"

孟老师摇头:"我和你们学长还要去开个会,哎,叶同学要不要跟去听听?"

叶穗立马一激灵,干笑:"我……可能……有点饿了……想吃饭……"

这么好看的女生,眼睛清澈如泓,她睫毛上沾着飞雪,俏生生站着。朦胧间,她被衬得有一种脆弱的美感。这样的可怜无助,谁忍心责怪呢?孟老师和马学长嘱咐许容与好好陪陪叶穗,就坐上车走了。叶穗和许容与站在路边,怅然若失地望着轿车远去的方向。

半晌无话。

直到许容与凉凉地说道:"怎么不一起吃午饭?接着编一编其他的赛事,孟老师一高兴,说不定就让你在课上讲讲这些赛事的发展历史了。你小考挂科的成就指日可待。"

叶穗立刻回头,反击道:"那你不知道拦着我吗?"

许容与:"我哪里拦得住,我看学姐你一眼,学姐以为我在挑衅,我胳膊都被学姐掐红了,我哪里还敢说话?"

他施施然挽起袖子,果然,手臂上被掐红了几道。刚才他眼神几次不对时,叶穗都在掐他,制止他开口揭穿她。没想到许容与不开口了,叶穗自己挑战了地狱模式。叶穗好想哭,看到许容与胳膊上的红印,又很赧然。

但是许容与这张嘴……

叶穗忍气半晌,想着现在需要许容与,不能把他骂走。她忍了许久后,幽幽道:"那身为好朋友的你,这时候除了说风凉话,能不能给点什么建设性意见?"

许容与目中暖意略起,他伸手搭上她的肩,道:"走吧。"

叶穗被他一拖,"哎"一声:"去哪里?"

许容与:"找地方给你补课。"他回头,眼神非常复杂,"我也是想不到,我一个大一学生,居然需要天天给大三学生补课。叶穗,你羞不羞愧?"

叶穗低下头,乖巧无比:"我非常羞愧。"

头顶传来极轻的一声笑,像乐章在耳边掠过,激起她心中战栗。

本是来看望许容与,万万想不到,叶穗最后和许容与一起坐在星巴克,拿着一沓草稿纸,由许容与给她讲解这几天会展的内容。两人坐在靠窗的座位上,桌上摆着两杯咖啡,头几乎挨在一起。

许容与不是好的老师,他是上学时大家最怕遇到的那种学神级人物。学霸讲课尚且有迹可循,学神讲课,他的卷面大片大片空白,让人跟不上他的思路。上次许容与给她划重点时已经领教过了,这一次,幸好许容与讲的是会展内容,叶穗很多知识不牢靠,但是许容与提醒一下,她还是能恍然大悟的。

叶穗指着草稿纸上的一个结构:"这个是我们大二时学过的,刚才没想起来。"

许容与淡漠地说道:"得意什么?这是人家做出来的模型,你复述出来有什么好骄傲的?"

跟他一起学习真憋屈!

许容与把她当白痴一样看待,一开始还是正常讲,后来觉得讲得太慢,他直接在纸上把建筑方案默写下来。笔尖在纸上点了点,许容与说:"把这些背下来,差不多能在课堂上讲清楚这次会展的主要内容了。最重要的还是学长完成的那个模型,孟老师和学长们应该会重点提问。正好我那里有底稿,回头我打印出来传给你,你别弄丢了。还有什么……"

叶穗深吸口气,抬头。

她面对着窗子,对旁边低头写字的男生做鬼脸,面孔皱起,丑陋扭曲,十分张牙舞爪,颇有小人得势之态。隔壁的一个小学生瞪大漆黑的眼珠子看这个漂亮大姐姐,叶穗看到了,又吐舌头揪脸蛋,对他扮个鬼脸。

这么有趣的漂亮姐姐!小学生被逗笑:"咯咯咯。"

许容与察觉到什么异样,他猛地抬头,看向叶穗。叶穗一把搂过他的脑袋,打断他的从容。许容与的脸和叶穗贴在一起,他手一抖,笔尖在纸上用力划出重重一道,毁了最新画的草稿图。叶穗浑然未觉,拉着许容与一起指着窗外:"容与,雪下大了!"

她说得不错,大雪如重重帘幕,铺满天地间,万物纯白,无声而静谧,是那样璀璨圣洁。

许容与只看了一眼,目光就垂下:"下雪关你什么事?最重要的是……"

他的话再一次被她打断。

"容与,我们出去堆雪人吧。"

许容与拒绝,他硬是逼着叶穗坐下,把内容记得七七八八,最后叶穗还是把书本一收,两人提着行李箱,就出去堆雪人了。许容与一直慢吞吞地跟在叶穗身后,叶穗换了羽绒服后,将他的大衣还了回来,但许容与并没怎么在意。她拉着他一起堆雪人,他其实非常迟疑。

他从小,就不玩这种幼稚的游戏。

他都想不通她在开心什么。

她一个北方人,年年都能看到雪,她在稀奇什么?

但是她站在街上伸手接雪,眼神太美太清澈,她像是雪地精灵一样,笑得纯洁而天真,他便不忍心扫兴了。想来他抗拒不了这种熊熊燃烧自己的生命、无所谓的、不在意的、蔑视世俗的性格。许容与常觉得叶穗的生活态度有问题,可他又被她的错误吸引。

许容与便陪叶穗一起,在北京街头堆雪人。他在北京生活这么多年都没有这种闲情雅致,叶穗一个非首都人将他成功带偏。傍晚时候,路灯次第亮起,雪还在纷飞飘落,男生和女生冷得双耳、双手赤红,雪人却成功堆好。

最后叶穗还折了一根树枝,插在雪人的头顶,当作装饰。

她含着笑,在初雪当晚,拉着许容与一起,以雪人为背景,和他在首都街头合照一张。他们拍了很多照,像无数珍贵的记忆一般,照片中少年的态度在一点点变化,眼睛在一点点追随她。

叶穗翻看照片,在心里莞尔。

而许容与又催她:"快点走吧,太冷了。"

许容与还要陪孟老师他们在北京留一周,叶穗却是第二天就提着行李箱踏上了回校的路。许容与去高铁站送她,临别之际,两人目光交织,颇有些不舍。许容与心情古怪,暗忖自己有什么好不舍的?

许容与手插在裤兜里,态度冷淡傲然:"快开车了,上车走吧。"

叶穗眼睛滴水一般,光华潋滟。她望着他:"你就没有话对我说吗?"

许容与沉默了一下,目露迟疑,欲言又止。

叶穗心中一振,当即眨着美丽的眼睛,鼓励般地看着他,希望他勇敢表达自己内心的真实想法。

许容与受到了鼓励,勇气倍增。他手放在叶穗肩上,语气深沉地说:"好好学习,准备小考。别不及格。"

叶穗当即转身,提着自己行李箱就去检票口了。

许容与,再见。就你这不会说话的调调,我们最好不要再见了!

但是许容与又有什么错呢?

学校正在筹备周考计划,学生们听说后花容失色,集体抗议。会不会周考那都是以后的事,叶穗回到学校后,如许容与所说,立刻马不停蹄地投身到了小考的准备上。

许容与猜她会很忙,所以没打扰她。

只是她连续三天没有音信,许容与却渐渐不安,晚上回到酒店,他握着自己的手机,迟疑无比。他非常想发信息给叶穗,可是他又觉得自己未免太关心她。他的灵魂和他的肉体抗争,每次都让自己筋疲力尽。

和他住同一个房间的马学长洗完澡出来，看那个眉目如画般清雅的小学弟还在看着手机发呆，便随口说："想发信息就发呗。跟自己女朋友客气什么？"

许容与："不是女朋友。"

马学长诧异，一边擦着湿发，一边回头看他一眼："那你这个状态就危险了。和不是自己女朋友的人发信息这么犹豫，是打算出轨？孟老师不说叶学妹是你女朋友吗？学弟你可小心了。咱们学校的建筑院女生都是珍稀动物，你要是辜负了叶学妹，全学院的男生们都饶不了你。"

马学长是研究生，对本科生叶穗的风评一点都不了解。

从来只有叶穗甩别人的时候，没有别人甩叶穗的机会……不过，叶穗不找他说话，是不是因为他拒绝和她谈恋爱，她转换目标了？

许容与的脸，默默沉了下去。

许容与在两天后返校，正好赶上小考。考完试，他人出了考场，就和叶穗发信息，问她考得怎么样，人在哪里。叶穗懒得废话，直接发信息说自己人在三食堂喝瓦罐汤。

许容与心中微微一软，心想她是在邀请他共进午饭？还算有点良心。

许容与略想了下，给她发信息说稍等一下。他先回了宿舍，洗了个头，换了身衣服，才骑自行车去三食堂门口。

还没到饭点，三食堂空空荡荡的。许容与进了食堂大门，一眼看到了稀稀拉拉吃饭的学生中显眼无比的叶穗。但叶穗不是自己一个人在吃饭，两张桌子拼在一起，除了叶穗，还有许容与之前见过的杨浩那批体育生。

叶穗和这些男生聊天吃饭，好不畅快。许容与远远站在食堂门口，居然是杨浩先看到了许容与，热情打招呼："许学弟，这边！"

叶穗仰头，一个银勺子还含在她口中，她猝不及防地看到许容与。

许容与走到了他们面前，带来了室外的寒气。他盯着她，脸色不太好看。叶穗和他打了个招呼，他也没理，被杨浩拉着坐下。叶穗眨了眨眼，察觉到气氛有些许微妙。

杨浩转身去小窗口端新的菜，叶穗起身，坐到了许容与身边。他安静坐着，和伏在桌上的其他男生都不太一样。叶穗托着腮帮侧头看他，小声："你怎么了，这么不高兴？"

许容与没吭气，恰时食堂的厚门帘再次被推开，几个男生走了进来。这几个男生看到了这一桌，眼睛一亮，就过来了："许容与！还有叶学姐！你们在这里吃饭啊？"

来的是许容与的几个室友。

他们入座后，被叶穗介绍给杨浩他们。互相熟悉后，他们奇怪地跟许容与说："容与，就为了和杨学长他们吃饭，你还特意洗了个头，换了身衣服？你以前不是还拒绝参加马拉松协会吗？你这是反悔心动了？杨学长，你看你能走个后门，再给许容与一个机会不？"

杨浩一凛，有些欣赏地看向这个最近总和他们相遇的许容与，豪爽地说道："容与，你太让我感动了。从来没有学生这么积极想参加我们协会。这有什么的？你直接找我就是。要是不好意思，你跟穗穗说也一样啊。"

许容与心情更微妙了。谁说他想参加马拉松协会了？他最近常常见到叶穗和杨浩在一起，他也很烦！

他就是不知道怎么说。

许容与摇了摇头，多说多错，他没有多说。但是叶穗坐在他身边，她很容易察觉到他微妙的心事。众人开玩笑后，也不逼许容与表态，只有叶穗一直盯着许容与，冷不丁冒出一句："洗头，换衣服？你该不会以为是和我的单独约会吧？"

"噗——"

口中的饮料喷了出来。

许容与呛得满脸通红，低着头咳嗽。男生们惊了一跳。杨浩连忙招呼人拿白开水来，叶穗则忍俊不禁。她最清楚怎么回事了，坐在边上拍着男生的肩,他狼狈得这么可爱,让她想亲一亲他。

叶穗笑盈盈地跟他咬耳朵:"以为和我单独约会就这么郑重,你这个朋友真的很重视友情哦。"

她的话似调侃、似嘲讽、似戏谑,又似勾引,丝丝缕缕地缠绕向他的心脏。

许容与低着头,耳根发红,咳嗽得更厉害了。

这恐怕是许容与最出丑的时刻了。叶穗在边上一脸的幸灾乐祸。杨浩决定尽到一个会长的责任,好好照顾这个学弟。可他越照顾,许容与的脸色越冷淡,态度越客气,让人百思不得其解。

但也许不愉快的人,只有许容与一人。

叶穗全程很开心,坐在男生圈中,她眯着眼睛,分外享受这一切。她和杨浩关系是真的好,她时不时撒娇地叫杨浩"浩哥",杨浩一直亲昵地喊她"穗穗"。他们两个每次深情款款地表演一通,旁边的许容与都被恶心一遍,脸色越发难看。

叶穗晚上回到宿舍后,还有精力坐在桌前打开电脑,用软件绘图。她刚打开软件,许容与就发来了一个视频聊天邀请。叶穗随手接了,闲闲地和他聊两句。看出她神志还非常清醒,许容与松了口气。

叶穗:"我在画图呢,你找我干什么?如果不是帮我绘图的话就不要耽误我宝贵的时间了。"

许容与道:"当然是有正事。我仔细考虑过,作为你最好的朋友……"

叶穗笑眯眯地打断他:"许容与,你不是我最好的朋友哦。不要给自己脸上贴金。"

许容与忍住追问她最好朋友是谁的冲动,轻描淡写地"哦"了一声:"那作为你的……朋友之一,忠言逆耳利于行,我有必要提醒你,注意一下你平时的言行。例如你和男生走得太近,容易让人误会。我猜你和杨浩学长走得近,是你跟好几任前任分手的理由。我不是说你不能和男生交往,而是请你注意分寸,稍微约束一下你的行为。"

叶穗停了笔。

她心中嗤笑,抬眼面无表情地面对手机显示屏上的人:"那请问我该怎么和男生相处?作为一个并不觉得你和我走得近的男生,你的建议是什么?"

许容与当作没听出她的嘲讽,他非常耐心,认真地回答她:"像兄妹一样,多点避讳。我相信你是很聪明的,不用我教。"

叶穗恍然大悟:"哦……"

她完全放下了手上的作业,郑重其事地冲着手机显示屏里的男生,做了一个抱拳的动作,她两手一贴,发出很大的声响,吓了宿舍其他女生一跳。其他三个女生悄悄看她。

叶穗抱拳道:"受教了,大兄弟!"

她的语气,像是在《水浒传》《三国演义》中,要和他认个兄妹江湖好照应似的,粗犷而大气。

许容与听出了她的讽刺,他冷冰冰地回复:"不客气,大姐!"同样是以兄妹相认的庄重语气。

叶穗恍惚,他一声"大姐",叫得她以为自己今年三十八!

第二天,叶穗睁开眼,宿舍内开着暖气,窝在被窝里像置身春天一样。她抱着被子在床上打滚,舒服得不想起床。而在床上放空了二十分钟,叶穗想起来自己的建筑方案还没改好。

叶穗朝下铺喊:"文文,你们小组的作业写完了吗?"

蒋文文趴在床上边吃面包边看小说,说话含糊不清:"唔了(完了)。"

叶穗又问:"那作业啥时候交啊?"

蒋文文:"明天啊。你写得怎么样了?"

叶穗哀怨,在床上抱头痛哭:"现在的肯定过不了关啊!啊——好辛苦!我为什么要学建筑?我连作业都不会写……"

像东大这样知名的建筑学院,不用问学生们忙不忙、做什么,学生们永远在做三件事——绘图，做建筑模型，写建筑方案。

没有一刻能真正停下来。

叶穗纠结很久，觉得自己在宿舍里大概只想睡觉不想写作业，最好的激励自己学习的方案还是去气氛最好的自习室。只是她这个人没有上自习的习惯，宿舍的其他三个同学现在都在宿舍里睡觉或忙自己的事……但是没关系，叶穗知道有个人有每天上自习的习惯。

虽然那个人昨晚还叫自己"大姐"，把自己喊得老了十岁……许容与的嘴，经常让她恨不得给他封上。

叶穗给许容与发微信："你在自习室吗？旁边还有空位吗？"

信息发过去，叶穗等着许容与给自己不去上自习的理由，但是她等了十分钟，信息如泥牛入海一般，一点回音都没有。

叶穗一愣，昨晚是他挑衅的吧？虽然最后是她气冲冲地挂了视频，但是一个男生，气量怎么这么小？她都不气了，他还气啥？

叶穗按捺不住，一个电话就拨了过去。对面床铺的帘子拉开，文瑶的脸从帘后露了出来，看到叶穗大早上就开始折腾。文瑶下铺的李晓茹虽然没说话，好似坐在桌前看书，但眼神也怪怪的，偷偷往叶穗的床铺看。

这一个电话，许容与接了，声音平淡："有事？"

叶穗一个鲤鱼打挺从被窝中坐起来，盘着腿，她像个正室抓小三一样理直气壮地查岗："你还在生气？你在做什么，为什么发信息你不回？你是不是对我有意见？"

许容与冷淡地说道："别给自己加戏，我在自习室的时候手机从来静音，我不知道你发了什么信息。"

叶穗语气这才缓和，她隔着手机和男生说话，眉目飞扬，灵动活泼。她笑眯眯地说道："我要写个作业。"

那边男生不知道说了什么，叶穗就快速点头，"嗯嗯"两声后挂了电话。她再不复早上起床时的疲惫状态，而是活力满满地下了床，洗漱护肤化妆，一整套程序完美演绎。等她换完一套半身裙，还再涂了一遍口红，才背着自己的小包跟宿舍里的女生挥手。

蒋文文抽空扫她一眼："约会啊？"

叶穗严肃地说道："上自习。"

宿舍门被关上，宿舍里的其他三个女生面面相觑。

文瑶犹豫道："穗儿上自习还化妆？她以前上自习没这么用心吧？"

李晓茹"呵呵"一声："肯定是那个许容与在等她啊。"

蒋文文若有所思："话说起来，这学期都快过完了，咱们穗穗都没有交新男朋友啊。这半年来，穗穗身边兜兜转转，好像就许学弟一个吧？这次，该不会……是真爱？"

文瑶温柔笑道："我当然希望穗穗这次是真爱了。但是她那个学弟比她小……还有他哥哥夹在中间。我担心穗穗受伤啊。"

李晓茹却道："我看他们两个是绝配，都不是什么好人，在一起正好为民除害。"

蒋文文白她一眼，没接这个话题了。

被她们讨论的叶穗，正骑自行车去他们学院的大楼自习室。她上楼后找到教室，推门进去。教室里有学生不经意地抬头看来，眼睛一亮，好似在用眼神说"哇，美女"。坐在靠墙第二排的许容与抬头，看了她一眼，一脸了然。

教室门口站着的女生脱了羽绒服，里面就是漂亮的小裙子，连脚踝都露着。她长发飘飘妆容精美，大冬天的也不嫌冷。

许容与已经懒得说她了。

叶穗坐到他边上，看他对自己的妆容一点反应都没有。不光没反应，他都没开口说话，看到她来了，就低头继续翻书去了。叶穗略微顿了一下，心头觉得失落。她发怔了一会儿，才态度端正地把自己写的方案从包里拿了出来，开始修改。

大概因为旁边坐着的是许容与，他不和她交流不玩手机不说话更不会中途走神，全程坐得如同一尊雕塑，叶穗难得地感受到了一丝压力。世上最可怕的，便是学神坐在你旁边，还比你努力。她一个学渣，何德何能呢？

许容与将一本书翻完，思考消化时，侧头看到叶穗皱着眉，苦大仇深地盯着她的作业，艰难无比地修改。他挑高眉毛，盯着她看了良久，竟渐渐看出神，大脑空空的，忘了自己本来在做什么。

叶穗本来就不专心，许容与盯着她看了半天，她忽然侧过脸面向他，声音很小，却含着笑意："你在看什么？"眼尾轻轻向上飞，欲说还羞，勾人万分。

许容与被她的眼神撩得脸皮一僵，握着笔的手猛然一紧。有片刻，他什么都忘了。两人之间气氛紧绷起来。好一会儿，许容与垂下眼皮，轻声："我昨天说的你没有考虑一下吗？不要随便给男生错误的讯号。"

叶穗无辜死了："我没有啊！"

许容与抬眼皮："你这不是要勾引人的目光吗？"

叶穗凑上前，脸几乎与他贴上，他反应极快地向后仰身，警告地盯着她。叶穗与他面对面，疑惑道："怎么，我诱惑到你了？我什么也没做啊。我天生长得美，我有什么办法？"

她像只冬日晒太阳的小猫，慵懒地舒展肢体，尾巴雀跃地摇晃，借以传达她的得意。她乜斜着眼，眼波流转："我什么都没做，你在想什么呢？"

许容与低声："正是这样才糟糕。叶穗，你眼神能不能正一点？不要引人误会。"

叶穗面无表情："不懂哦。"她挑眉，"你来教？"

许容与迟疑一下："我来教。"

当即二人放下手中纸笔，手肘撑在桌上，他们侧过肩，专心致志，身子前倾，目光盯着对方。许容与和叶穗伏在桌上对视，男生眸光清凉，女生眼波如泓。许容与誓要告诉她何谓"不勾引人地对视"，目光一眨不眨地看她。叶穗摆出一副好学生的架势，研究着他的眼睛、情绪。她眼波尽量不乱晃，尽量正经平和地望着他。

女生右眼的泪痣、男生左眼的泪痣，再一次照镜子般相对。

二人目光还在对望。

只是看着对方，一开始眼神平静，之后渐渐变得奇怪。对方的眼睛像磁石一样吸引着他们，明明对方一动不动，没有做什么，但是眼睛长得这么好看，其他部位也长得好看，心怎么能控制着不跟着乱动？

一秒。

他的眼睛琉璃一样。

二秒。

她的眼睛原来不笑时也在诉情。

三秒。

他目不转睛地看我，好像世界只有我，他只爱我。

四秒。

她脸轻轻向下，眼睛向上，她眼中有湖在波动。

五秒……

两人的呼吸若即若离，眼睫毛上扬，他们动人的眼波望着彼此，手心已经开始出汗。叶穗的心跳加速，视线向下移，她散发着自己的魅力，却开始在这种凝视下变得不自在。

许容与发间渗了汗，觉得教室里暖气开得过热，太干燥了。他觉得他的心跳声那么大，大得他近乎惊恐。

他的眼睛漆黑，撑在桌上的手轻轻动一下。片刻时间，他们距离越来越近，他躲不开，甚至想要伸手搂她入怀……

许容与的手指轻轻颤一下。

后方的一个学生尴尬地开口："两位同学，你们谈恋爱能不能去教室外？大家都在学习呢，你们这样，感觉不太好。"

叶穗和许容与侧过头，看到大半个教室的同学，都用复杂的眼神看着两人。

许容与沉着脸，和叶穗从自习室里出来了。出了教室，站在走廊里，两人面面相觑。叶穗忍俊不禁，许容与脸色却很难看。

他丢脸无比，生平第一次，他上自习，因为这么奇怪的理由被同学联名抵制赶出教室。

叶穗当即搂住他的肩,安抚他:"好了,不要生气了,我不是跟你一起被赶出来了吗?快中午了,我们去吃饭吧!"

许容与:"不去,我去设计室……"

叶穗拉住他手臂,似笑非笑:"那我再跟你说一句。许容与,你现在明白了吧?我就是吸引人啊,你刚才是不是想……"

许容与立刻反手抓住她手腕,诚恳无比,态度端正:"我请你吃饭。"

所以请你闭嘴。不要说刚才的事了。

他绝不能承认,方才那一刻鬼迷心窍,他想吻她。

但许容与已经丢脸地发现,他不能让叶穗不散发魅力,不能让男生不喜欢她,就如他努力和她保持距离,效果却没多好一样。

"哈哈哈。"

叶穗乐不可支,被许容与硬拽走。

叶穗以逗许容与为乐,但一说到自己的功课,就头疼。小考结束后,她再次有两门课低空飞过,堪堪六十分。班导老师对她恨铁不成钢,担心她的期末考试,便把叶穗叫到办公室,和她谈心。

班导老师不能理解:"我们专业的课有什么难度吗?你整天写写画画不就好了吗?成绩怎么就提不上去?叶穗,你是个聪明姑娘,我看你选修了不少乱七八糟的课,你能不能把那些心思,往自己的专业课上放一放?"

叶穗:"老师,我及格了不就行了吗?对我要求能不能不要这么高……"

班导苦口婆心:"我是看你没有尽全力才说你的。你再过两年也毕业了,就你这成绩出去能干什么?丢东大的脸吗?东大建筑系出去的毕业生,这点成绩可不行。"班导不能理解:"你不喜欢建筑,当初为什么要报考这门专业?"

毕竟建筑是东大的王牌专业,在全国也赫赫有名,多少考生过独木桥，叶穗不喜欢的话为什么来学？

叶穗茫然地答话："没有为什么啊，就是不小心临考发挥太出色了……"

班导是个刚结婚的女老师，看到叶穗总是觉得她不争气，便拉着她谈心。她努力探寻自己这个女学生的内心，但叶穗看着笑嘻嘻的很好聊天，内心世界却不对人展示。女老师也试图要和叶穗的父母聊聊，但她父母总是找借口有事，从来不来……

班导叹口气："叶穗啊，你家里……"

办公室门推开，一位男老师领着一个学生进来，两人说着话。班导还在跟叶穗讲话，忽然发现叶穗身子僵了一下，快速扫了那个男生一眼。叶穗飞快打断班导的话："老师，我错了，我会努力学习，尽全力的！绝不辜负您的信任！老师我下午还有课，我先走了！"

班导没拦住，愣着神，看叶穗快速告别，匆匆跑出他们的办公室。班导看向进来的老师和学生。那是个男学生，眉目清正，身形如树，干净而舒朗。男生向叶穗离开的方向看了一眼，眼神有些古怪。

班导老师问那位进来的老师："刘老师也和自己的学生谈心？"

刘老师哈哈一笑，努力掩饰语气里的自豪："不是，我们容与这次考试还是系里第一，他来找我是问寒假系里实习的事。"

班导老师看向那个优秀的男生，十分羡慕："我们班上的叶穗要是也关心关心自己寒假的实习我就烧高香了。但我看我们叶穗压根没有想去实习的意思……唉我都不敢跟她提实习，她先把期末考试整过关了再说吧。这次要是还重修，那就太丢人了。"

许容与垂下了眼。

他和老师说完了自己的事，出了办公室，走廊里无人。坐电梯出了系大楼，许容与依然没看到人。他吐了口气，皱起眉。方才听到两个老师的讨论，叶穗的期末考试好像都要出问题……东大的规定很严，如果挂科的话，没有补考这一说，只能重修这门课。

他从老师那里听到叶穗有重修的可能，就坐不住了。许容与无法理解这么简单的课，怎么有人学不好。作为好友，他不能看她这么自甘堕落下去。

他给叶穗发信息:"在哪里?过来和我上自习。"

叶穗拒绝:"我在忙,你自己学习吧。"

许容与态度却很坚决:"忙什么?我过去找你。如果能帮上忙的话更好。"

许容与难得展示出友爱的一面,叶穗那边却很犹豫。她纠结了很久,才叹口气,自我放弃:那你来吧。

叶穗报了一个地址,她在爱晚湖湖边。许容与看到是"爱晚湖",眉蹙了下,略微迟疑。东大的爱晚湖是四个湖中最小的一个,但呈心形,最为秀美,向来是学校风景最美的地方。

叶穗居然跑那里去了……莫非有男生约她?

没有男生约到叶穗,约叶穗的另有其人。许容与到了爱晚湖畔,没怎么费心,便看到了在湖边长椅上坐着的叶穗。叶穗回头向他招手,她旁边还坐着一个人,那个人回头微笑时,让许容与的脚步迟缓了一下。

女生相貌文秀,是舒若河。

那个想拿许容与和叶穗当创作原型的学姐。

许容与已经很久没见这个学姐了,没想到叶穗还在和她联系。两个女生一起笑着看他,许容与停顿了一下,走过去,语气冷淡地和舒学姐打招呼。舒若河微微一笑,没介意许容与的冷漠。

许容与打完招呼后,就垂目望向叶穗:"跟我去上自习。"

叶穗责怪他:"容与,你真的很没礼貌。你没见我正在和舒学姐探讨知识吗?我怎么能丢下舒学姐和你走?容与,我看你也很忙的样子,你要是着急的话就走吧,不用管我。你好好学习,不要让我耽误你时间了。"

许容与淡定自若,敏锐地听出她想逃避学习的意思。他慢悠悠地坐下:"没事,我等你。好朋友就是要共同进退。你们在讨论什么,介意我听一听吗?"

舒若河和叶穗相视一笑。许容与看不懂她们两个的目光是什么意思，有所警觉时，舒若河已经笑着答应："好啊，许学弟愿意一听，我更开心。"

她像模像样地拿着本子，在本子上写满了字，和叶穗讨论："我觉得许容与这个扑倒你的动作略急，不太符合他磨叽的人设。可是我又不知道怎么处理，他一定要爱你才对啊。"

叶穗："亲啊！直接亲啊！快刀斩乱麻！不瞒学姐你说，我就喜欢直接亲！"

舒若河："哈哈，你是喜欢许容与直接亲你呢，还是喜欢看这种情景？"

舒若河和叶穗讨论得像煞有介事，什么亲不亲的，许容与在旁边听得越来越觉得不对劲。什么？扑倒？他和叶穗？许容与脸色微变，唇动了动，却没说话。

叶穗转头看他，忍着笑："你知道我们在说什么吧？"

许容与淡淡瞥她一眼："小说，我知道。我早说过和我无关了。"

舒若河诧异他居然还能记住。但是许容与定力真好，听她和叶穗这么说也能稳稳坐着。舒若河赞叹地看着这个学弟，旁边的叶穗悄悄给她使眼色。舒若河迟疑一下，拿出另一个小本子："这个，是你们两个的亲密戏……"

许容与："请学姐注意用词……"

叶穗却在旁边迫不及待："哇，学姐你动作这么快？我看看，我看看……"

她抢过小本子，翻看两页就面孔赤红，羞涩之下，眉目弯弯，却又快乐无比。舒若河有点尴尬，想把本子拿过来。叶穗想了下，起身坐到许容与身边，把本子拿给他，兴致盎然："容与，你看哦，学姐写得真棒。你看看，你看看……"

许容与被她扯着，随意地向下瞥一眼。

他一目十行，看到了无数"胸""颈""腿"等字眼。他脸色大变，猛然站起，面孔已经全然涨红，全无平时温淡平和的模样。男生眼睛湿润，睫毛飞颤，心跳瞬时加快。

许容与张口结舌："你……你们……"

叶穗假惺惺地说道歉："不如容与你还是走吧，不要和我们同流合污了。"

她坐在长椅上，仰头托腮，对他眨眼卖萌。

许容与瞪着她，叶穗的肆意，让他压力极大。但他神经又岂是一般强悍。他怒瞪她半天，忽然从唇角渗出一丝僵硬的笑，施施然坐下："没事，我受得住。你们继续讨论，我不介意。"

舒若河在旁边津津有味地看着学弟学妹们的互动，心想年轻真好。说他们两个不暧昧，谁又信呢？

叶穗还在激许容与："亲吻你不介意看？"

许容与淡定："不介意。"

叶穗："穿着暴露也不介意？"

许容与继续坚忍："……我不介意。"

叶穗："虽然名字会换，但你是原型哎，被所有读者围观，猜测你是谁，你真的不介意吗？"

许容与已经快疯了，他眼角隐隐泛红，嘴唇紧抿。

他眼中风暴凛凛。叶穗瑟缩一下，手臂被欺身而来的男生抓住。许容与紧盯着她，一字一句地说："不介意，我完全不介意，一点都不介意。我只要你上自习！只要你跟我上自习去！"

叶穗觉得她快把许容与逼疯了，怎么办？

自习是一定要自习的。

叶穗找了很多借口，但许容与只要有时间，就押着她去自习室或设计室、实验室这种地方补充知识。叶穗忍得了一两天，忍不了天天如此。她不得不装可怜，自揭疮疤："其实我对建筑学有心理阴影，我爸以前就是建筑师，工作时过劳死的。所以我虽然学建筑，但我没那么热爱。就不要逼我了吧？"

许容与这个人却只是沉默了一下，说出的话仍然没有什么感情："卖惨不能成为你逃避学业的借口。我知道你怪我多管闲事，但你以后会感激我。"

叶穗真诚道："你说话的口气，让我好想叫你一声'爸'。"

她头被许容与拿书轻拍了下，叶穗当即做出被打痛的样子，又抹眼泪又捂胸。许容与只是目光凉凉地看着她演戏，她也渐觉没意思，最后还是被许容与拉去学习了。

许容与拉她一起学习，主要还是靠她自己自觉。毕竟两人不同年级，许容与既是小学弟，又进入学习状态就浑然忘我，叶穗也不好意思总是问人家问题，打断人家思路。叶穗和许容与不一样，她不能像他一样坐在书桌前就两耳不闻窗外事，她注意力容易分散，经常被本子上贴的一个星星、手机的一点声响吸引走注意力。

坐一小时，叶穗能走神半小时。

对此她已经不强求了，并且为自己连续多日进自习室的行为而感动，动不动就给自己一个奖励。许容与对此无言，却也没真的如老父亲一般，连人家是个神都要严厉批评。叶学姐肯和他一起待自习室这么多天，许容与已经很欣慰了。虽然东大的专业课向来刁钻，但他相信她好歹也是高分考上东大的，再学渣的人坐自习室这么久，考试也应该没问题了。

事实上也差不多如此，十二月份的小考，叶穗平均分提高了十分，让老师们惊喜无比。

但还是要上自习。

十二月份很多学生备考四六级，前来上自习的学生多了一大半。教室不太好占位子后，两人就将阵地转去了图书馆。许容与如往日，坐在桌前看书动不动，叶穗学上半小时，休息十分钟。在她不断地休息后，她手机电用完了。于是再一次休息时，叶穗向许容与伸出了手。

叶穗："有怕被我看到的信息记得提醒哦。"

许容与瞥她一眼，目露不屑。他还没说话，叶穗就打断他可能要说的"以为我是你"之类的风凉话，笑眯眯摸他的头："哇，原来你对我这么不设防。学姐我真的好感动！"

许容与躲开她碰他头发的手，叶穗已经低头拿过他手机了："你不介意我联网下载几个游戏玩吧?"

许容与:"我介意你学习不专心,你理我了吗?"

叶穗一噎,想到还要借人手机就只能拼命忍气吞声:"……手机密码。"

许容与在笔记本上写了几个数字,叶穗拿到密码后,心满意足地拿着他手机出去玩了。站在图书馆二层自习室外的走廊上,叶穗好奇地翻了翻许容与的手机。他的手机非常没有个性,备忘录里的东西全是各类实验、演讲、讲座的时间表,日历上标的同样是各类课程的时间,图库里的照片全是世界上的著名建筑或当地有特色的房子,就连他和他爸妈发信息都会客气地说"谢谢"。

许容与手机里干干净净,没有太多饱含个人情感的信息。

叶穗怔了一会儿。

和许奕交往的时候,她也玩过许奕的手机,许奕会看球赛,会刷演唱会的门票,不断有人敲他微信聊天。叶穗和许奕在一起时有非常多的共同话题。但许容与就不行。许奕像这个年龄的大男生一样生龙活虎,他弟弟许容与,则是异类,自制得都不像人了。

而且人家界面这么干净的手机,叶穗第一次拿到,也没真的好意思下载一堆乱七八糟的游戏。她犹豫一下,只悄悄下载了一个自拍软件,就站在走廊里自拍玩。她拍了几张好看的自拍后,从相机镜头里看到身后玻璃窗内埋头读书的莘莘学子。自习室敞亮安静,最靠近她这边的玻璃窗内,许容与坐在长桌前,桌上堆满了书籍。他一手握笔,时而抬目。

侧影映在玻璃上。

叶穗慢慢地移到合适的方向,拿着手机调整角度。她对着手机再次自拍了张照片,这一次,作为背景板的玻璃窗上,模模糊糊地映着男生伏案写字的身影。

叶穗握着手机欣赏这张自己和许容与的合照,不自觉地笑出来。她充满心机地将这张照片发给自己的微信号,要拿来做手机屏保。乍一看只有她自己的脸,没人注意得到玻璃窗上照出的男生影子。

做完这一切,叶穗再熟练无比地把今天所有自拍的照片都从他的手机里删除。她左看右看地欣赏这张不显眼的合照,就像是含着棉花糖,外人只看到蓬松如云的棉花,内里甜蜜的糖汁,只有她自己知道。她心脏狂跳,她想她暗恋着许容与,眉梢眼角全是情,只是不能说。

真是新奇而快乐的经验。

而叶穗一向对爱情充满热情。

她歇够了,伸了个懒腰,打算回自习室继续苦读。不想就是这时,许容与手机振动了一下,一条信息发了过来。叶穗没想多看,可她平时近视,这时候只是不小心瞧了一眼,就看清楚了谁发来的什么信息。

明瑜水:"容与,你上次说你回北京参加一个比赛,不知道后来怎么样。这两天没联系你,是因为倪阿姨说你们要考试。我仔细想了想,之前见面挺不礼貌的,对你有误解。倪阿姨让我邀请你参加我们学校圣诞节的舞会,你有时间吗?我们见个面聊吧。"

叶穗一愣。这明显是个女孩的名字。

她之前从许奕那里听说过许容与相亲的事,自己也在学校见到过许容与和一个女生在一起。那个女生还非常漂亮,像个公主一样精致而高贵……该不会就是明瑜水吧?

她迟疑了下,咬咬唇,还是拉开对话框,查看这个女孩的信息。

明瑜水和许容与的对话非常少,但是内容丰富。通常是女孩发一堆信息,许容与回一段话。他回的内容简练又详细,详细到甚至让人觉得啰唆,但是针对明瑜水的每个问题,他基本都会回答。每次他回完信息后,明瑜水都会沉默很长时间,过几天才会再来找他,然后再次被他打发。

但是明瑜水一直没有放弃,这次还邀请他参加什么舞会……

叶穗心情微妙,心想许容与都还没有成年啊,就有女生对他这么穷追不舍?

她慢吞吞地回了自习室,坐下。

旁边的许容与头也不抬:"这次多休息了五分钟,接下来半小时你不能再出去溜达了。"

往常这个时候叶穗一定会据理力争,但这一次她居然没有开口。许容与抬头看去,叶穗慢慢把他的手机推回来。她无意地说:"有个小美女给你发信息,邀请你去玩,我不小心看到了,没关系吧?"

许容与低头划开自己手机看了下信息后,停顿了下,与她慵懒如猫的目光对视。

他淡淡地说:"没关系。"

两人之间气氛微微有些怪异。

他继续去看书,没碰自己的手机。叶穗也不翻开书,就托着腮看他,好奇道:"明瑜水是哪个小学妹啊?是不是我上次看到的那个?"

许容与态度冷淡,明显不想多讨论:"嗯。"

叶穗仍然好奇满满:"那你不回人家信息,让人家就这么等着,没关系吗?我看到你妈妈也知道你们两个在交往……"

许容与:"我们没有在交往,请你不要乱说。"

叶穗:"那为什么不交往?我见过那个女生,长得又乖又可爱,一看就是善解人意的女孩。你看你回人家信息那么啰唆,人家都只是不说话,从来没说过你什么。容与,人家从十月份就和你聊了,现在已经快一月份了,要是我的话……"

许容与打断:"要是你的话,一任男朋友都谈到可以分手了,对吧?"

叶穗一窒,她顿时脸红,有些讪讪。她向来觉得合则聚不合则分,恋爱分手都是很正常的事,但此时被许容与冰雪般寒冷而剔透的目光盯着,她不禁想自己是不是恋爱恋得太不用心了……继而她又心里泛酸,觉得许容与当然用心了,谈小女朋友谈了快三个月了,都还没确定关系呢。

圣诞节,是个转机吧?

估计明瑜水也这么想。

叶穗:"那你……"

许容与有些厌烦:"你能不能开始看书,不要管我的私事了?

我回不回信息是我的事,我没有说服你和男生如何相处,你也不要管我怎么和女生聊天。"

他一点不想让叶穗和明瑜水产生什么交集,甚至叶穗提起明瑜水,他都想逃避,觉得羞耻。他的家事是个烂摊子,他不想在她面前暴露。他自己可以处理好,他只是不想让叶穗看到。

叶穗:"……最后一个问题,问完我就去学习。你会不会去她们学校的舞会啊?"

许容与沉默一下,躲开她的目光,他轻声道:"……会。"

明瑜水很久不联系他,他已经忘了这回事。可是她又和他妈妈倪薇说了,他答应过倪薇不故意搞砸。为了不让倪薇太关注自己,许容与只能去。最好的选择,还是让明瑜水觉得自己不是个能托付终身的人。明瑜水这边停了,他再显得消沉一些,倪薇也会消停一段时间。

叶穗不知道他心里打算,她憋了半天,再次追问:"那她是哪个学校的啊?"

许容与:"最后一个问题已经问完了,你学习吧。"

叶穗不死心:"再最后一个嘛!"

许容与直接不吭声了。

叶穗凑过脸,又是撒娇又是卖萌,可他坚持原则,说不回答就不回答。叶穗轻轻哼了声,心想你不告诉我,难道我就不知道了吗?我并不是好奇你和明瑜水小姑娘怎么样,瞧你小气的,我只是……好奇那个舞会而已。

当天回去宿舍,叶穗急忙忙给手机充上电。手机刚能打开,她就屏蔽掉许容与,在朋友圈发了条状态:"哪个学校圣诞节的活动是舞会啊?好想去这么开明的学校玩啊!"

叶穗这种美人,加她微信的认识不认识的人都多,朋友圈访问的人自然也多。她一条状态发出去,瞬间就有十几个人点赞,还有几个人在下面回答了。

"东大圣诞节又没活动是吧?东大的学生也太可怜了,还得去蹭别人学校的活动。"

"哈哈，我们东大的教学理念就是学习学习再学习！别的学校放假搞活动，我们学校从来不放假。"

"不放假你们怎么去参加别人学校的活动？"

几个人就在叶穗的状态下你一言我一语地留言，叶穗等了很久，才有一个人回答了她的问题："你说的是我们学校的圣诞晚会吧？"

叶穗赶紧盯着这个人名，她还没想起来这是谁，私人的聊天就过来了。给她留言的这个人问她："你想参加我们学校的圣诞晚会？我们学校每人能带一个外校生进来，你要我给你搞名额吗？"

叶穗想起来了——这人是她的前男友之一，叫余瞬，是隔壁师大的学生。

当时两人分手的理由，是余瞬"劈腿"。

叶穗的这任前男友是花美男类型，不光帅得闪闪发光，还非常有绅士风度，给女生花钱从不心疼。女生们对他挺有好感，毕竟这样的帅哥，哪怕花心了一点，和他谈一场轰轰烈烈的恋爱也是不亏的。

想当初余瞬追叶穗时也是轰轰烈烈，没想到说"劈腿"就"劈腿"，也多亏叶穗同样玩世不恭，换别的女生早就哭着闹着和余瞬算账了。

叶穗感慨一下自己这位前男友，笑眯眯地给他回复了一条信息："谢谢哦，麻烦了！"

那边快速回了一个笑脸，附赠一句话："不客气，为叶美人服务，是我的荣幸。"

他发了一个爱心过来。

叶穗觉得自己最近真是被许容与同化了，以前看到这种她自己心知肚明，笑一笑后也不会说什么，这一次却鬼迷心窍一般回复道："注意你的分寸。别发这么引人误会的表情，被你女朋友看到怎么办？我可不想惹麻烦。"

这次，那边很久没回信息。

叶穗再去朋友圈看了一眼，见没什么新内容了，就打算放手机充着电，下去洗漱。但她脚才踩在扶梯上，一个电话就闪了过来。来电显示是"余瞬"这个前男友。

叶穗意外无比地接了电话，那边大呼小叫："叶穗，你快去看看，你的微信号被人盗号了！有人盗了你的号，还劝我不要和你说话，幸好我聪明，一下子就看出问题了。你快登微信看看！"

叶穗一阵无语，天啊，她为什么会有智商这么低的前男友……不，她为什么要鄙视自己前男友的智商？难道她被许容与的高傲传染了吗？她怎么能像许容与一样歧视智商低的人？

叶穗温柔地说："我没有被盗号哦，和你聊天的人，就是我啊。"

那边沉默半晌后，余瞬才踟蹰道："你是不是受了什么刺激，要不要去找个心理医生看看？我有个学长就学的心理学，口风还挺严……"

叶穗："我只是想参加个舞会，又不想被你女朋友误会。请你不要多想好吗？"

她解释了半天，余瞬那边才接受她仍活蹦乱跳，没有受任何刺激，一切改变只能用"人都是会变的"这种理由来解释。余瞬这才放下心，轻松无比地和前女友聊了半天，拍胸脯保证帮她搞到票，才挂了电话。

而许容与那边，过了几天后，接到他哥的神秘电话。许奕问他："容与，我让你转交叶穗的那些情书，你都交完了吧？"

许容与语气微妙："……嗯。"

许奕打听："她怎么说的？"

许容与："她什么也没说。"

许奕一阵失望，心想叶穗果真铁石心肠。但他又抱着一份美好期待，不好意思地拜托许容与："我给你寄一份圣诞邀请卡，你帮我给叶穗，圣诞节我邀请她去滑雪。穗穗她就是爱玩，听说可以滑雪，她肯定会答应我的。"

许容与拒绝："你自己送吧，我不去。"

许奕："可你是我弟弟啊！我现在被老师抓着做课题研究，不然我早去你们学校了……你是我弟弟，你给她送卡片，不就能代表我的心意吗？而且你送了这么久情书，穗穗都没烦，说明她已经能接受你了。你再帮我一次吧容与。"

许容与打破他哥哥的美好幻想："我没有送那么久情书，我直接一次性把你的情书给了人。"

许奕目瞪口呆，但是许容与的骚操作还没结束："而且我也不建议你继续追叶学姐。她这个人朝秦暮楚，和每个前任都藕断丝连，和每一个男的关系都不错。她学习还差，态度不端正，只会拍马屁糊弄老师，无法在学业上给你积极的导向。她性格太随便，你也太随便，你们在一起太外放，收不回来。你们两个在一起玩时很高兴，不在一起玩时也很高兴，彼此都不会成为对方的唯一。

"她看似对你热情满满，让你感受到爱，但是热情退得也比寻常人快。她不是一个好的恋爱对象，只会把你带得越来越偏，还会用她奇怪的理念给你洗脑。她意志又不坚定，对爱情又不忠诚，你跟她说的话她转眼就能忘……她就是不在乎别人。你还是选别的女朋友，别追回她了。"

最后，许容与冷冰冰地开口："她的问题，不只是你认为的水性杨花而已。"

许奕呆呆地听着弟弟难得说了一长串话，句句都在抨击他的前女友。他想替他前女友解释两句，都不知道怎么开口。他不得不承认他弟弟的观察能力和分析能力都远胜于他，他没有想透的问题，许容与可以一针见血地指出来。

只是，许容与为什么这么说呢？

许奕："好歹也帮我送了这么久情书，你对穗穗的意见怎么这么大？虽然你是站在我的立场为我着想，但是在我面前这么说我想追的女孩，你要不要注意下你的言辞激烈程度呢？以后她成了你嫂子，你和她关系这么差，我会很难办的。"

嫂子。

许容与心中波澜起，仍然语气平静："我对她没有意见，我也没有和她关系差，我还和她是朋友。"

许奕心想那你真是太不委婉了，这么说自己的朋友。

许奕笑了两声，弟弟的话显然没有说服他，他仍坚持让许容与帮他送贺卡，成不成另说。只是挂了电话后，许奕想了下，给叶穗发了信息："我弟弟有些地方做得不好，说话也难听。我知道他不小心得罪了你，你不要跟他生气，多包容他。他不是有心的。"

叶穗茫然。许容与得罪她了吗？没有吧？最近他和她的关系，应该还不错？他还会拉着她一起上自习啊。

难道……叶穗小心求证："他跟你说了我什么？"

她心里以为许容与应该对自己有好感，和许奕讨论这个很尴尬，但是……得罪她，好像就没必要了吧？

许奕当然不会说弟弟的坏话，他像个嫂子一样，徘徊在弟弟和老公身边，帮两人调节矛盾。被叶穗逼问两句，许奕也只是说："容与不建议我追回你，认为你不适合我。"

叶穗："他说的没错啊！真的，你不要再送我情书了。我根本感受不到你的诚意，你在浪费时间你知道吗？对了，你是不是又让你弟帮你给我送什么了？你又麻烦容与！容与很讨厌给我送这些的……对了，马上就圣诞节，你不会又要邀请我干什么吧？我告诉你，我有一个舞会要参加，你别浪费人家容与的时间啊。"

第八章
试探克制

  许奕看着信息干笑。他没有告诉弟弟，自己和前女友只是打个电话的工夫就被前女友见缝插针地拒绝了圣诞活动的事，他本来想自己去见叶穗一面，但老师给他们安排了一个实习的活儿，地点还不在这边。许奕放弃和叶穗见面的念头，把希望寄托在了许容与身上。希望邀请卡发出后，叶穗会被感动。

  许容与则在心里不知多少次发誓再也不要掺和许奕和叶穗之间的事了。

  他不看好这两人，永远地劝分不劝和，可他心中的烦躁却越积越重，那若有若无的羞愧，更是压得他都不想和叶穗见面了。尤其是许容与一次无意中在校论坛看到学校举办一个歌唱赛，叶穗还积极参赛，在论坛上拉票。

  他更心塞。

  她有空唱歌，没空主动和他联系说两句话吗？

  他不找她，她就不知道找他吗？

  为什么现在每次都要他找她？

  这两人竟像较着劲一般，半个月没见过面没说过话了。

  半个月后，邀请卡送到了许容与手里。这是张他哥哥在外地寄来的拜托他亲自给叶穗的圣诞邀请卡。估计弟弟收到礼物了，许奕非常不好意思地给弟弟打电话："邀请卡已经寄出去了，肯定就不能退回。我知道你和穗穗之间有点误会，你不太待见她，但是为了我，你就忍一忍，帮我送个邀请卡吧？"

这么说的时候，许奕其实已经准备听弟弟的拒绝了。

他做好努力说服弟弟的准备。

谁知许容与说："好。"

正准备舌战一儒三小时的许奕呆愣住，一脸恍惚地挂了电话——他还没给出理由呢，容与怎么这么好说话？难道容与终于和叶穗关系好一点了吗？

许容与有叶穗的课表。之前为了督促叶穗上自习，她的课表他比她自己还清楚。查看了她的课表，估计了她下课的时间，许容与直接拿着哥哥的邀请卡去找她。他在教室外站了十分钟。他面容秀丽气质清冷，走廊里不时有路过的女生悄悄瞧他一下，许容与视若无睹。

教室外陆续有男生出没，偷偷摸摸地趴在教室后门的小窗口向里看。两三个男生手里拿着信，紧张地或吞口水，或在走廊徘徊，还有一个自来熟，看到走廊里安静站着的许容与，凑过去聊天。

这个男同学鬼鬼祟祟："兄弟，你也是来找人的吧？"

许容与淡淡望了他一眼。

这位男同学在他肩上一拍，笑起来时露出大白牙："别说！让我猜！"

许容与心想你莫非在做梦，我有开口说话的意思吗？

大兄弟看到许容与手中的信封，神秘一笑后，猜道："我知道了，你是不是也是来找叶穗的？"

这个"也"字太微妙了，走廊里装作随意徘徊的几个男生全都竖起了耳朵。

许容与不置可否，只问："你们都是来找叶穗的？"

男生高兴地应道："啊！"

许容与没吭声。

男生太无聊了,还非要跟他聊天:"兄弟,你也猜猜,我找叶穗干什么?"

许容与不感兴趣地瞥他一眼:"告白?"

许容与一猜就准,让男生干笑了两声,然后高呼"同道中人"。他和周围其他两个男生叹口气,目光再盯着许容与,非常不自信地说道:"兄弟,我看你拿着信,你也是找她告白的?咱们聊聊天呗,你别这么冷漠嘛。"

许容与仍然没想开口说话,可是这个人话太多。不光他话多,他还吸引了走廊里其他两个男生一起加入进来。几人聊得热火朝天,话题围绕着追叶穗的艰难,志气相投的几人恨不得结拜为兄弟了。

许容与服气了。这几人如同几十只苍蝇在他耳边一直嗡嗡嗡,他不理,苍蝇声还越来越大。许容与不得不开口:"如果都是追叶穗的话,大家是情敌吧?情敌之间就不用搞得……气氛这么好吧?"

其他两个男生稍微收敛一下表情,但那个话多的男生大手一挥:"没事,反正我们又争不过你。"

男生:"你长得这么帅,就咱们说话这工夫,都好几个女生偷看你了。叶穗喜欢帅哥,你知道吧?对了,我听说叶穗这学期刚开始的时候追过他们大一的小学弟,听说那小学弟就长得特别帅。这是有多帅,才能让叶穗倒追啊?"

许容与默默地看着他。

其他两个男生没听过这个:"真的吗?我怎么听说叶穗没有男朋友?就是听说她现在还单着,我才想试一把。"

那个八卦的男生道:"真的!我建筑系的老同学跟我说的。叶穗好像没追上那个小学弟吧,听说那小学弟叫什么容什么与的,今年北京的高考状元。这种又帅又优秀的,叶穗想追也正常。"

其他两个人愤愤不平:"他怎么能拒绝叶穗?叶女神多漂亮。"

"这种读书好的人,都自视甚高,看不上咱们这样的。"

许容与继续沉默地在旁边看着他们。

几个人聊得非常热闹，听见下课铃声响了都难舍难分。依然是那个八卦的男生，兴致勃勃地打开手机，说要加个联系方式，有空了大家再一起聊。许容与好不容易可以摆脱这几个"智障"，怎么可能加群，还要以后找机会继续聊？他拒绝了。

男生搂着他肩，非常理解："兄弟，这有什么的，大家都是喜欢叶女神的，肯定志同道合。你不要觉得不好意思啊。"

许容与神情微妙——什么叫"大家是喜欢叶女神的"？

许容与掏手机："加我微信。"

几人高高兴兴地互相加了微信，许容与刚加完这些人的好友，就收到了一个男生分享过来的照片：叶穗在课堂上趴着，像是睡着了。

许容与当即冷冰冰地给叶穗发去一条信息："上课在睡觉？"

叶穗立刻三连问："你在哪里？你怎么知道我睡觉了？你在监视我？"

许容与发完信息，转头一看，之见一群男生都在传阅那张照片，不要脸地夸："穗穗睡觉都这么可爱。"

"好想和穗穗上同一节课。"

"她的同学们好幸福啊。他们班二十来个男生，都可以天天看到穗穗，这是什么待遇啊？他们班男生真是的，穗穗睡着了都不知道帮忙披个衣服什么的。"

"穗穗这么可爱，谁忍心喊她起来呢？喊她起来的都是魔鬼！"

刚刚喊叶穗起来的魔鬼许容与心情好复杂。

现实中，几个男生拘谨了一会儿后，纷纷加入聊天。只有许容与不动，被那个八卦的男生看到。那个男生鼓励他："兄弟，别害羞。咱们虽然都是喜欢穗穗的，但咱们公平竞争，谁也别把不良风气带进来啊。对了，兄弟，你怎么称呼啊？"

他想给许容与加个备注。

许容与非常自然地转移话题："他们下课了，你不在叶穗下课离开前抓紧时间进去告白？"

三个一起站在走廊聊天的男生浑身一震，想起了自己前来的真正目的。他们顿时忘记了加许容与好友的事，急匆匆冲进教室，还远远丢下一句："好兄弟，谢了！"

许容与"呵"一声。

教室门打开，他站在教室外，看到叶穗有些迷糊地站起来，就被冲进教室的三个男生围住了。三个男生在许容与面前侃侃而谈，在叶穗面前支支吾吾。叶穗眼波轻轻一转，已经了然。

她拒绝的话非常有水准："虽然你不是我喜欢的类型，但是你也很优秀，我们可以做朋友啊。友情难道不比爱情更长久吗？"

叶穗一边说，一边收拾桌上的书。她心里还记挂着许容与怎么知道自己上课睡觉的事，她自然地抬眼，隔着向她表白失败的男生们，看到了教室门口的许容与。她的眼睛一下子就亮了。

她大大方方地露出一个笑，许容与心情好了些。

他正要进教室，旁边挤过来一个男生，神秘地开口："同学，你是这个班的吧？能不能帮我给叶穗送一封情书？"

这个男生非常害羞，匆匆把一封情书递给许容与，不等许容与开口，他转身就加快速度，跑下走廊。

许容与无言，纠结半晌：他就这么适合帮人送情书吗？

定了定神，许容与只好拿起这封情书，还有他哥哥的邀请卡。他打算等几个表白失败后失魂落魄的男生离开后再进去见叶穗。这时后面传来奔跑的脚步声。

面前几个表白被拒的男生强颜欢笑地离开教室，对教室门口的许容与勉强鼓励地笑一下，拍拍他的肩，下楼走了。教室里走出来的叶穗都惊了，心想许容与怎么和她的追求者这么熟？她脚步略一迟疑，就看到教室外多了一个红透了脸的女生。

那女生面向许容与，紧张地递出一封信，结结巴巴地开口："许……许……许……"

许容与走过她身边，脚步不停留："我不帮送情书，谢谢。"

女生瞪大眼睛，手臂僵硬地前伸，看许容与就这么与她擦肩，走进教室，走向那个漂亮的叶学姐。许容与把两封信扔给叶穗，叶穗一本正经地接过。

等到两人离开教室，叶穗才趴在他肩头笑得前仰后合："你知不知道人家在跟你表白啊？你怎么能那么说？"

许容与低头和老师发信息，嘴上漫不经心："是吗？没注意。"

沉默半天，他问："你和人分手后还能做朋友？拒绝人表白后还能做朋友？"

叶穗侧头："我能啊。你不能吗？"

许容与："我不能。"

叶穗笑他："你心眼好小啊。"

他顿一下，目光平直，并不看旁边的人："我是心眼小，但你能，也不是你比我宽容，而是你没心没肺。别人捧着一颗心到你面前，你不珍惜。你没有真正爱过谁。"

"噗。说得你多懂似的。你谈过恋爱吗？"她苦恼，"分手后为什么不能做朋友？大家都是朋友啊。"

许容与："我要是和谁分手，就老死不相往来。"

叶穗突然瑟缩了一下，一阵风刮来，她觉得有些冷地抱紧了手臂。

两人并肩在树荫下走，他低头发信息，她快乐笑起。手臂时而轻轻挨上，叶穗垂眸，看到两人交错在一起的影子，失神很久。她品读他的话中含义，无声地笑起来。她碰一下他手臂，忽然轻声："你放心。"

许容与："嗯？"

叶穗眼睛里荡着柔和的暖意，郑重其事："我要是和你分手，你尽管老死不相往来，我也会死缠你不放的。还有，我有话跟你说——"

许容与怔然，心猛地跳一下，他抬头看她，那句"你跟我说干什么"卡在喉咙里不上不下，煎熬一般，他目中微微赤红，同时觉得尴尬无措。

叶穗哈哈笑起来："你圣诞别找我哦，我圣诞已经有约了！"

许容与低下眼。

她又忽然凑过来,弯腰凑到他面前。许容与猝不及防,向后退一步,叶穗眼睛琉璃一般,语气探究:"你好像很失望啊,容与?"气氛突然暧昧,她的呼吸轻柔,"你在想什么?"

许容与盯她良久:"你又在试探什么?"

叶穗喃喃:"大家都是朋友嘛。"

他们声音轻微,呼吸交错,又互相专注凝视。

心有退意,叶穗摸着唇角,微微一笑。她继续挨着他肩膀走路,不再说话了。阳光如柱,穿过叶缝照在地上,斑驳光点被二人踩在脚下。

他们的手依然随着走路的姿势时不时轻轻碰一下,目光偶尔对上,再不动声色地移开。谁的手想握上去,谁又默默地移开手,谁在脑中幻想挽臂,谁在脑中提醒自己躲避。

分开的时候,两人俱出了一身汗,各自松了口气,许容与和叶穗双双在心里庆祝——还好我克制住了,没越界。

接下来他们又是好久没见面。

许容与再一次见到叶穗,是在东大隔壁师大的圣诞舞会上。他受明瑜水的邀请去参加舞会,明瑜水提前和朋友们说好,让大家助攻。她还是觉得许容与条件很好,想试试与他交往。如果舞会成功,她就有男朋友了。

叶穗精心打扮,拿着入场券走进师大的报告厅中。学校把报告厅这个最大的场所交出来,给同学们狂欢。师大的学生们会布置,会场中布满了彩灯、圣诞树、五色线。音乐喧嚣,叶穗拿着一块糕点,兴致盎然地欣赏着热闹的舞会。

比起隔壁东大,师大这种综合性院校,女生人数和质量一下子拔高。会场中来来往往的全是美女,让东大偷偷溜过来的男生们激动不已。但即使在女生群中,叶穗也是鹤立鸡群的那类。

余瞬和一个女生正在说笑,同时心不在焉地扫视舞会中的男女。

他把票托人给叶穗后,自己都没有过去,此时和女生说笑着,但他兴致并不高。周围年轻人玩得欢,余瞬桃花眼眯着,却没有多少兴趣。太困了,他打个哈欠,推开自己身边的女生。余瞬接个电话打算离场,目光忽然一顿,他看到了一个个子高挑的女生进了会场。

像是夏日嘉年华飘来一阵雪,日头热烈,让雪上烧着一把火,绽放与燃烧并存。

叶穗张望间,肩被人从后面一拍。她眯着眼回头,与男生一张英俊的笑脸对上。男生盯着她,眼睛里满是欣赏,语气充满惊喜:"叶穗!你真的来了?远远看着是你,还怕我认错人。"

余瞬惊艳万分地盯着自己这个前女友,从上到下,他目光不加掩饰地将她扫了一遍。哇!太漂亮了!太好看了!这小脸蛋,这大长腿,这曲线!他这位前女友的颜值和身材都太能打了!

他望着叶穗,心里悔恨无比。当时为什么要分手?他之后再没交到这么漂亮,还不是网红脸的女友了。平时见不到叶穗时不想,乍然一见,心里死灰复燃,余瞬移不开目光了。

而叶穗抿唇一笑,落落大方地和他打招呼:"你好哇。"她张望,"你一个人啊?你女朋友不在?"

余瞬一张花美男的脸,明明是目不转睛地盯着叶穗,但他长得帅,这个不大礼貌的动作,不但不显得猥琐,还让人觉得他对你的欣赏毫不掩饰。余瞬笑着,冲叶穗眨个眼:"你这话说的,谁告诉你我有女朋友了?我现在单身呢,你别乱担心了。美女,来,想怎么玩,我今晚就招待你一个了。VVVIP待遇,好吧?"

叶穗眼波流转,已经要拒绝了,目光忽然在场中看到了许容与。许容与旁边是几个女生,他也看到了她,眼睛轻微一眯。余瞬花蝴蝶一样围在叶穗身边,看到叶穗注目的方向,立刻拉着她上前:"你想认识?这个小姑娘叫明瑜水,是我师妹。走走走,带你打个招呼。"

余瞬什么也不了解,带着叶穗上前。明瑜水那边吃了一惊,暗自觉得这个化妆化得非常明艳精致的学姐有点眼熟,但是没想起来是谁。听余瞬介绍叶穗是东大建筑系学生,明瑜水还惊喜道:"许容与也是东大建筑系的。"她开玩笑，"容与，叶学姐这么好看，在你们学校肯定很有名吧？"

许容与："不清楚。"

叶穗眯眼。

明瑜水抱歉地说道："对不起学姐，他不太喜欢上网的。"

余瞬在旁边看出了点儿门道，他的桃花眼向上扬，手揽在叶穗的肩头："哈哈，这样啊。你们玩，穗儿，咱们走吧，跳舞去。"

明瑜水也笑："师哥再见，他不太会跳舞，我带他喝点东西去。"

叶穗出了洗手间，在外面洗手时，隔壁男卫生间的门推开，许容与走了出来。他和她一起站在盥洗台前，洁白的台面映着两人的手，水如雪浪，浇过二人的手。女生手指纤细，男生手指修长。

彼此默然。

叶穗要离开时，听到许容与的声音："要复合了？"

她停住脚步，偏头看向后方："你要交女朋友了？"

许容与垂着眼："我要是交女友，你就和前任复合？"

叶穗根本不是那个意思，但她轻轻笑了下，并不打算多说。她潇洒地要离开，手腕被从后握住。人被一推，她吃惊，一道黑影罩过来，她被许容与一下子压在了墙上。他低着头，漆黑眼珠中，透着几丝赤红。

叶穗心跳如雷。

她挣了下，没挣开。被小学弟压在墙上，这场景太奇怪了。她低下眼睑，紧张地小声说："干什么？快放开我，这里人来人往，别被人看到了。"

许容与重复一遍："你要复合？"

叶穗眼波流转，懒洋洋地说道："你玩你的，我玩我的，不要互相干涉好不好？"

许容与喃喃："可你是听说我要来，才来的。我真后悔……"

叶穗疑惑抬眼，想知道他后悔什么。他话到一半，明显不知道怎么说下去。两人对望,渐渐地,目光都有些迷离。他低下脸来,手松松地揽在她腰上,眼睛静静地看着她。

叶穗看着他的脸贴近。

大约是一个拥抱的动作,也许之后还应该有接吻。他眼睛直勾勾地看着她,她分明感觉到了他的意思,他的渴望。她的脸颊滚烫,怔怔不敢动,就目不转睛地看着他贴过来。

他一手搂住了她的细腰,一手揽住她后脑勺,就这么抱住她。

他的脸轻轻与她的擦过,叶穗怕痒似的把脸轻轻一侧。

视线纠缠,电光石火间,脑子忽然清明。音乐声已经很远了,许容与没有亲她,他的脸埋在了她脖颈间。

他的脸搭在她肩上,侧着头,呼吸灼灼喷在她耳上,他不动了。

叶穗小声:"你在干什么?"

许容与唇贴着她的颈,轻声:"你头上有根白头发,我想帮你拔来着。"

叶穗惊了。

你这个魔鬼!你说什么!

良久,叶穗忍辱负重:"那你帮我拔下来吧。"

光很暗,许容与的呼吸时重时轻,在耳边忽远忽近,又像羽毛一样撩拨着人。

叶穗靠墙站着,肩膀向下蜿蜒那条线僵硬无比,她眼睛略微向上看,看到许容与站直了身体。他面容发红,不知道是不是喝多了。叶穗想着尽一个大姐姐的责任提醒这个小弟弟,但是话在喉咙里滚了滚,她与少年低下来的琉璃眼珠对上,脑子空了一下。叶穗眼神飘忽,什么话也没说。

许容与手贴着她红透了的耳尖,在她发间拨弄。叶穗目光平直,看到他的喉结。她目光向下,看到他衬衫扎进裤里,一段腰线向内收缩,松松地衬着白衬衫,那么紧窄流畅。而正是这样的紧窄流畅,不含欲念,才更显得动人。

叶穗目光一直向下，一直盯着他衬衫上的皱褶，和那褶皱下的腰线。

许容与手一直在她发间拨弄，呼吸喷在她发顶。两人的身体相贴，如果有别的学生过来，会觉得他们两个贴身靠墙，这种姿势不是全无暧昧的关系。叶穗肩膀轻微向外挪了挪，头顶的声音传来："别动，我还没找到。"

叶穗心想难道我还真有白发啊？这难道不是你突然倒过来的借口吗？

她有点尴尬。

眼前全是他的腰，她好像产生幻觉，觉得自己下一秒会扑过去，搂住这把让自己手痒的腰。她在脑海里无数次幻想自己被他抱进怀里，自己搂住他的腰。与他缠缠绵绵，与他相拥。

叶穗口有些干。

她再次催问："好了没？"

许容与心不在焉，还在敷衍："没有，再一会儿。"

叶穗闭目，睫毛轻微颤抖，放在身侧的两只胳膊动了动。她握住拳头，努力抑制自己心中的冲动，再次干巴巴地问："好了没？"

她一声又一声，催得许容与焦躁。她本来就没有白发，许容与不过是做样子，心里其实也是成了一团乱麻。叶穗催得厉害，许容与胡乱在她发间拔了一根长发，想不动声色地丢掉长发敷衍一下。但是他小臂上青筋才突一下，就听叶穗喃喃道："不管了，我忍不住了。"

许容与没听懂："什……"

他骤然闭嘴，全身僵硬。

因为叶穗忽然伸出小臂，像自己幻想中的那样，与他面对面，她一步也不用动，伸出手臂就能搂住男生的腰。他的腰僵硬又紧致，衬衫上散发着洗衣液的芳香，这一切都如罂粟般让她沉迷。

叶穗紧紧抱住许容与的腰，脸贴在他颈上。

许容与僵硬着，一动不动，既没有回应她，也没有推开她。

暗淡薄光，音乐远去，就在狭窄的通道里，叶穗拥抱着许容与。

抱了好一会儿，许容与才声音沙哑地开口："好了吧？"

叶穗恋恋不舍："唔。"她抬眼，眼睛含笑，又充满暗示，"你没话和我说吗，容与？"

许容与垂下眼，沉默半天："……没有。"

叶穗怔怔盯着他，默然不语。

通向这边的脚步声越来越近，有其他学生过来了。两人迅速分开，整理了下衣服，一前一后，慢吞吞地回舞池。叶穗坐下，点了杯果汁，才咬着吸管喝了几口，旁边就有哥们儿坐下："怎么不喝点别的啊？你开始走文艺路线了？"

叶穗侧头，看到是余瞬那张花美男的脸。他提着酒瓶过来，坐在她边上，凑近她说话。

叶穗往旁边挪了点，懒洋洋地开口："别靠我这么近。"

余瞬挑眉："怎么？交新男朋友了？在哪儿？今天过来了吗？你怕被误会？"

叶穗但笑不语。

余瞬观察她神情，开玩笑："看来是有名花有主了啊。"

叶穗："没有，别乱说，我现在单身呢。"

余瞬手肘撑在桌上，打个响指："那话怎么说来着？甜蜜蜜，你笑得甜蜜蜜……穗儿，你笑成这样，我怎么看你都是满脸桃花啊。"

叶穗眯起眸子，轻轻笑出声。原本心里就快活，余瞬这么一点明，她不否认不承认，咽下口中果汁，仰头笑出声。她的颈线修长，皮肤雪白，眉眼生动，格外娇俏妩媚。她笑得这么好看，眼波流转，花枝招展，吸引着余瞬的目光。余瞬目不转睛地看她，心里恋恋不舍，纳闷自己当初为什么要和这种等级的美人分手。

叶穗忽然拍拍自己的脸，坐直身体，盯着余瞬。余瞬心里一动，以为她对自己也旧情未了，正要说话时，叶穗已经先开口了："说实话哦，余瞬，你觉得我这样，男生都会喜欢的吧？"

余瞬脱口而出："当然啊！男的就是视觉动物啊，穗穗，不会有男生不喜欢你的。"

叶穗自信一笑，又皱眉发愁："但是我怕他嫌弃我是草包，而且他本身也帅，追他的女生多，我应该也没那么大优势。"

余瞬发怔，心凉大半了。他追问："你真的在追一个男的？"

叶穗睫毛向上一掀，漂亮的眼睛里写着几个字——你说呢？

余瞬沉默半天，干巴巴地问道："你是故意的还是无意的？"

叶穗眨眼睛，非常无辜，像个到处散发魅力、自己又一无所知的妖精一般。

余瞬低声："你知道我想和你复合，故意拿这话来婉拒我，还是说你真的有看上的男生，打算出手了？"

叶穗笑起来，反问回去："你说呢？"

灯光照着叶穗的脸，迷离又鲜妍，尽是动人风情。

余瞬抹脸，叹了口气。唉，忘了叶穗和自己本质是一类人了。你很难猜她的心，猜她是故意还是无意。同类人之间容易互相吸引，但是长期相处下去，就太难了——因为她讨厌你身上的某部分，就像她讨厌自己身上的某部分一样。

余瞬看开了，他笑着一挥手："行，那哥就助你一臂之力吧。走，咱俩跳舞去。"

叶穗笑盈盈地伸手，搭在余瞬伸出的手上。她挽着余瞬的手臂，走向舞池，这期间路过许容与那对，叶穗目光一转，压根不看他。伴随着音乐，叶穗和余瞬搭配着跳起了最常见的交际舞。

许容与表情淡淡，若有若无地看向舞池，坐他旁边的明瑜水已经察觉到两人相处时的这种尴尬了。许容与一直沉默不语，对她彬彬有礼，但是这种不主动，本身就是一种拒绝了。明瑜水失望无比，心里叹气。但看着少年的侧脸，看他一直盯着舞池，明瑜水试探地笑问："你想去跳舞吗？"

许容与："可以。"

明瑜水没说话，许容与看过来："怎么？"

明瑜水小声："可是你刚才还说你不会跳舞啊。"

许容与肯定道:"我确实不会。但是……这么简单的舞步,看上去好像也没难度。"

旁边明瑜水的朋友推明瑜水的手,跟她眨眼睛暗示她:"哈哈,确实,这舞挺简单的,你就带许同学去玩玩呗。"

跳舞要肢体接触,男女四目相对,那种氛围下最容易产生感情。明瑜水红着脸,害羞地站起来。她颤颤地伸手想握一下许容与的手,许容与比她先一步站起,向舞池走去,直接错过了女生好不容易鼓起勇气伸出的手。

明瑜水目光暗了一下。

男女交际舞,是最简单的那种。许容与和明瑜水进入舞池后,明瑜水正要教他怎么跳,他眼睛看着旁边人,手搭在明瑜水肩上,就迈了第一步。明瑜水顺着许容与的视线看去,看到是之前他们见到的许容与那个特别漂亮的师姐。那位师姐和余瞬肩与腰相贴,边跳边说笑,看起来气氛非常不错。

明瑜水:"你师姐和余学长认识啊?他们看着挺配的。但是余学长啊,我小声说,你别告诉别人,余学长特别花心,在我们学校是出名的。反正我入学到现在,每一次见到余学长,他身边的女生都不一样。如果你师姐要追余学长的话,我觉得还是需要谨慎些。"

许容与冷淡道:"她倒是不用追。"

明瑜水疑问地看他。

许容与:"我这位学姐蛮厉害的,如果我没猜错,你这位余学长,估计是我这位学姐的某位前任。两人顶多旧情复燃,谁追谁都不太现实。"

明瑜水:"啊……那倒是郎才女貌。"

她发现自己难得能和许容与说两句话,平时他一板一眼特别无趣,好不容易有了想谈的话题,明瑜水正想继续话题让他说得更多些,他们就换舞伴了。和身边人一转,明瑜水愕然瞪大眼,被自己刚才说坏话的余学长揽走了腰肢。

余瞬低头看着这个傻眼的学妹:"小师妹,刚才好像听你说我的坏话。"

明瑜水涨红了脸，结结巴巴地张口："这……这也能听到？对不起学长，我不是故意的！"

余瞬"嗨"一声，态度散漫："叫什么'学长'呢，多生分。咱们也是一个专业的，叫我师哥就行了呗。"

他对她低下头，俏皮一眨眼，明瑜水发怔地看着他，脸蛋越来越红，咬着唇不说话了。

余瞬逗自己小师妹的时候，许容与和叶穗也成了搭档。他手放在她腰上，她手搭在他后背，两人跟随着旋律，礼貌地跳舞。许容与和明瑜水之间丝毫没交流出的感情，此时若有若无，藏在许容与和叶穗抬起的眼睛深处。

叶穗小声："你好像又到处宣传我的前任了？"

许容与淡漠道："若想人不知，除非己莫为。谁让你前任太多？"

叶穗："吃醋了哦？"

许容与："没有，怎么可能？我只是作为朋友，对你交男友的眼光非常质疑。我哥就算了，那个余学长一看就是不安分的，你怎么连这种类型的前任都有？你挑选男友的眼光，太有问题了。我建议你慎重。"

叶穗："那我如果选你做男朋友，你也觉得我眼光不行吗？"

许容与搂在她腰上的手骤然一紧，脚步乱了，直接跳乱了节奏。许容与发愣，停了下来，叶穗只好跟着他一起停下。音乐声不住，周围跳舞的男女舞步也不停，只有他们两个站在中央，面面相觑。

良久，许容与低声喃喃几个字，没人听清他说了什么。

叶穗挑高眉，才要问，周围男女一换，搭档再次交换，两人各自分开。之后两人再遇到了两轮，但彼此目光逃避，都没有再说话。

整个晚上，气氛都非常微妙。

当晚回去学校后，许容与和叶穗都没有睡着，翻来覆去，辗转难安。月光清寒，从窗帘后飞进寝室内。叶穗侧躺在床上，盯着白墙，脑中一遍遍回想在洗手间外，她搂住许容与腰的那个瞬间。

叶穗捧着脸，在床上蹬腿。她在心里尖叫——好想抱他！真的好想抱他啊！她真的很有感觉啊！

她探出半个身，对下铺小声问："文文，睡了没？"

蒋文文轻声："怎么了？"

叶穗爬下床，钻进蒋文文的被子里，和她讨论男生。叶穗非常郑重其事地说道："我放弃了。虽然总是自省前男友不能碰，但是他又不是我前男友的所有物，他是活生生的人。"

蒋文文："你说的许容与啊？"

叶穗蒙了一下："……这么明显吗？"

蒋文文摸摸她的脑袋，认真点头："非常明显。穗穗，你对男生的感情，从来没这么强烈又矛盾过。你纠结一学期了，都没敢追人。我觉得你说不定遇到真爱了。"

叶穗托着脸颊，甜蜜地笑了一下，然而她又发愁："可是我觉得许容与不喜欢我。"

蒋文文吃惊："不喜欢你？"

叶穗想了下："可能也不是不喜欢……他应该是有感觉的，但是他太理智了，感觉这种东西，应该很难左右他。哎，我好喜欢他啊。"

许容与也在失眠。

寝室的同学们都睡了，许容与侧身躺在床靠外侧的方向，手放在自己的心脏上。扑通，扑通。从圣诞晚会结束到现在，他的心跳好不容易平复下去，又会在想起叶穗时，再次开始狂跳。

他脑海中，一直重复舞池中她的玩笑。

他不知道该说什么，可是他的心跳已经背叛了他。

他想他不能喜欢她，可是他真的感觉越来越强烈，越来越难抑制。

然而叶穗呢？

她应该不喜欢他吧。

她玩世不恭，只拿感情戏玩。如果他抛弃哥哥给予的压力，去追求她，又被她拒绝，那多可悲？而如果她只是想和他玩一玩，很快抛弃他，他又该怎么办？

丢弃羞耻和自尊后，最后还是一败涂地，怎么办？

在这个深夜，许容与心中煎熬无比。他感受到爱情甜美的时候，也被鞭刑加身，一鞭又一鞭地抽打。情感和理智在拔河，他涉身其中，左右无措。

只是觉得她不喜欢他。

都怪她不喜欢他。

过了几天后，明瑜水非常抱歉地给许容与发信息，说对不起耽误他时间。明瑜水不想和他谈恋爱了，这个小姑娘，从圣诞那夜，喜欢上了自己的师兄余瞬。明瑜水说自己经过认真考虑，还是决定从心。她对许容与感到抱歉，觉得是自己甩了许容与，耽误了许容与那么长时间。

许容与回复："哦。"

这场相亲，终于得出了他满意的结果。

之后到了考试周，叶穗顾不上撩拨小学弟。她的成绩浮动太大，每次考试前她都要熬夜，才能堪堪过关。这一次叶穗认真学了一周，小考结束后分数下来，她没有不及格，才开心了起来。

开心起来的她，第一时间联系许容与，和他约顿饭。

许容与声音闷闷："不用了，不想吃。你自己吃吧。"

察觉他心情好像不太好，叶穗直接道："你在哪儿？我去找你。"

半个小时后，叶穗在建院西楼楼下的长凳边找到正坐着发呆的许容与。坐在长凳上穿着羽绒服的少年，皮肤白皙眉目清秀，宛如从水墨画中走出一般。他侧头看来一眼，睫毛在眼下映出一道影子，衬着那滴泪痣，有一种让人惊艳的美感。

许容与抬眼，静静看叶穗一眼。叶穗心怦怦跳，有一种拿出小镜子再照一遍脸的冲动。

镇定镇定。她是化了妆的，今天漂亮无比，许容与心里肯定满是惊艳，只是不好意思说出口。

叶穗对许容与露出笑，许容与沉默对望。这个人一点没夸她妆容的精致，好像睁眼瞎根本没看到一样。叶穗心里失望，但她仍然保持笑容，坐到他身边，关心询问："怎么啦？看你心情这么不好。"

许容与默默看她许久，叶穗回望，他才移开目光，语气淡淡地回复："没什么，考试没考好。"

因为他一直分心，一直在想叶穗，考试才没考好。拿到成绩的那一刻，许容与前所未有地失落，意识到建筑系这个王牌专业，人才济济，每次他稍微停留，就会被人赶超。这么紧张的学业，他居然因为在肖想学姐导致考试没考好，真是太丢脸了。

丢脸到他完全不想看到叶穗，觉得在叶穗面前抬不起头。

叶穗心中一凛，想这可是个学习怪物，成绩对他来说格外重要。看来是考得太糟了，他才这么沮丧，同时她心中一喜。

到了她展示学姐爱，关心小学弟的心理的时候了！等她像个大姐姐一样温柔地安慰他一番，他还不感激涕零，爱上她？

叶穗担忧地问："成绩是多少啊？我帮你分析分析？"

许容与没什么精神地报了自己的分数。

叶穗茫然地听半天，百分制的科目，许容与分数不是满分，就是九十五分，没有一门学科低于九十分。这么优秀的成绩单，叶穗从来没考过，她听完也不明白他在沮丧什么。

叶穗："这不是挺好的吗？"

许容与："成绩只排第二，没拿到第一。"

叶穗想半天："这次分数会影响你拿奖学金？"

许容与诧异："不会啊。你为什么这么想？"

叶穗和他一样诧异："既然不影响你拿奖学金，你在难过什么？"

许容与："排名第二啊！不是第一啊！"

叶穗沉默片刻，诚恳道："打扰了。"她起身就要走。

她心里泪流满面——她在想什么呢？她居然想安慰许容与？他有什么好安慰的？人家因为没有拿到第一，成绩只排到第二，就伤心难过。她一个成绩中下游的差生，哪来的资格同情许容与？

她拿六十分有六十分的快乐，许容与拿不到满分，就和被雷劈了一样不高兴。

大家是不同世界的人，还是不要互相伤害了。

叶穗起身要走，许容与伸手拉住了她，他"哎"一下，叫住她，声音充满犹疑，恋恋不舍。

叶穗眼睛里浮起了丝丝笑意，她就知道他不会就让她这么走了。

她矜持地侧过身，半个肩膀面对着他，下巴轻轻向上抬起一点，问："怎么了？"

许容与犹犹豫豫道："有个事要跟你说，希望你听了别生气。你还是我最好的朋友，我没有变心。"

叶穗眯眼，瞬间警惕起来："你要谈恋爱了？交女朋友了？打算抛弃我，和你小女友同进同出同吃同住？"

许容与一愣，否定道："不是。"他沉吟一番，"是不是除了这种原因，你都不会生气？"

叶穗茫然："应该吧。"

她担心什么呢？她担心许容与有喜欢的姑娘啊。

如果他没有，那她又生什么气呢？

许容与看她："我打算接下来半个月，一直到放寒假，都不和你见面了。"

叶穗顿时火冒三丈："为什么！我哪里又得罪你了？"

许容与："没有。只是这次成绩下滑，让我意识到我的粗心。我不会再见你，我会专心备战期末考试。希望你也能好好学习，不要再到处玩了。"

叶穗更茫然："可是之前你不是和我一起上自习的吗？你学得不是挺好的？"

许容与："并不好。你会耽误我学习。所以接下来半个月，我们不要见面了。"

叶穗觉得这简直莫名其妙——她耽误他学习？她干什么了，就耽误他学习了？天啊，第一次见到有男生为了学习，抛弃自己的好朋友啊。

叶穗非常爽快，既然许容与说不要见面了，她又能说什么呢？总不能死皮赖脸非要跟着他吧。
反正她也是要好好学习准备期末考试的。
许容与舒了口气，临走前，问她："我们还是朋友吧？"
叶穗对他神秘一笑，没有留下只言片语。
就这样，许容与开始了自己和叶穗不要见面的实验。他认为自己总是想着叶穗那点芝麻大的事，因此影响了成绩，非常不划算。他乐观地认为，只要不见叶穗，他就能专注学习了。这学期把该学的补上，下学期要准备大赛、学术论文，他课业这么重，没有时间浪费在叶穗身上。
只要叶穗不在，他就能恢复之前心无旁骛的状态。
许容与信心满满地开始奔走于设计室和自习室之间，但是两天后，他发现效果并不好。哪怕他不和叶穗见面，脑子里也会想到她。总是莫名其妙地想到之前，想她的眉目慵懒，想圣诞节那晚两人在走廊她突然抱住他的感觉。想到这些心里就开始乱，就不能集中注意力。
他目光无意地向旁边看，旁边座位或空空或坐了人，但都不是叶穗。
许容与抹了把脸，觉得自己简直没救了。一天下来，他的课业效率竟然还不如以前失神的时候。
晚上，许容与心情不好地回到宿舍。他在宿舍忙了一会儿，舍友们也纷纷回来了，宿舍气氛变得活泼了起来。开玩笑的时候，一个舍友刷着手机，突然想起来一件事，脚还踩在洗脚盆里，他人已经特别激动地站了起来："你们知道吗，今天我在系大楼上自习的时候，见到叶学姐了，还和叶学姐一个教室。我和叶学姐打招呼说好久不见，她还冲我笑了。"

许容与手中拿着一支针管笔，闻言出神。

这位舍友扭头，责怪地看许容与："容与，你怎么这么废？半学期都过去了，你还没和叶学姐好上啊？你要是能追上学姐，咱们宿舍不就天天能看到叶学姐了吗？现在肥水都流外人田了。"

如果是以前，许容与一定会说"我和她一点关系都没有"。

但现在，许容与怔了一下，他问："你们都觉得我应该和她在一起？"

大家吃惊了："当然啊，你们看起来多配。"

"你不要有压力啊，现在姐弟恋也蛮流行的。女大三，抱金砖嘛。"

"谁大学时不想谈恋爱啊？还是那么漂亮的学姐追你。怎么就你往外推呢？"

那位和叶穗待一个自习室的舍友声情并茂地描述："今天看叶学姐坐在教室里，她好无助啊。一本书翻开，我从早上看到下午，她就没翻几页。我看着都着急。"

另一个舍友好奇地问："你没和叶学姐说话？"

之前舍友得意地说："当然说了！我还知道学姐每天都在那个自习室占位，早早去上自习呢。"

都是男生，他们兴致勃勃地讨论起叶穗，从叶穗这个话题延伸到建院其他女生，然后卡顿了一下，因为没有多少女生。于是他们自然地转移话题，热烈讨论起整个学校的美女，最后都讨论起隔壁师大的美女了。"师大今年有个大一美女，刚入学时被拍到新闻里火了一把，你们知道吧？她叫明瑜水，长相特别甜美，听说家里有钱有势，这是真白富美啊。她刚入学，隔壁男生都疯了似的追她。她是北京的……容与，你不也是北京的吗？这是你老乡啊，你认识吗？"

许容与心说：不光认识，还相过亲。

但他没吭声，舍友们以为他不认识，也不在意。毕竟北京那么大，怎么可能谁都认识。他们讨论起隔壁师大的美女们，许容与一直在走神，心里乱七八糟地猜着叶穗在做什么。

叶穗在宿舍里发信息。

她对自己的功课还是有点心虚，尤其是听说这次的期末考会很难。她专心看了一天书，心里还是没底。晚上坐在床铺上，她就给自己班上的同学发信息，请求援助，请求帮自己补课。

美女有难，男生们自然义不容辞，纷纷答应，主动要求给她补课的男生，从周一排到了周五，叶穗这才满意睡觉。

第二天早上，六点起床，许容与就在迟疑，他是去设计室继续做模型，还是去自习室看学术论文。他没有专门为期末考试复习功课，他的学习一直是比同期超前的。两个地点在许容与脑海中徘徊，等他出了宿舍，在食堂吃了早饭，骑着自行车不由自主地走上了去建筑系大楼的路。

站在大楼下，许容与久久凝视，然后叹口气——他就随便看一眼。

他给那个偶遇叶穗的舍友发信息，问他昨天是在哪个自习室学习的。舍友半天没回信息，估计还没睡醒，许容与想了下，返回食堂，买了点面包牛奶。他再次回到系大楼的时候，舍友的信息才姗姗来迟。上了楼，许容与推开自习室的门，整个教室寥寥几人，低头苦读。

没有叶穗。

都七点十五分了，她还不来上自习？

许容与无语地坐下。

牛奶和面包渐渐凉了，某人还没到。教室陆陆续续地进了学生，许容与时而看一眼，但一直到了八点钟，教室差不多坐满了学生，仍然没见到叶穗。

一直到中午，都没有看到人。许容与怕她今天不来自习室而是去设计室了，就故作不经意地给她发条信息："你今天上不上自习？"

叶穗很快回信息："上！"

许容与："你在哪个教室？"

叶穗那边犹豫了半天，问他："我自己上自习你也要查岗吗？"

许容与只好道:"我想找你借一本大三的书,所以才问你在哪个教室。"

叶穗松了口气:"那你下午来找我吧。"

她报了个教室名字,许容与面无表情,并且他从中洞察了真相,因为这个教室正是他现在待的这个。许容与问:"上午睡懒觉不上自习?睡了一早上?打算直接吃午饭?"

他太可怕了,一串问题跟质问似的,问得叶穗非常心虚,直接不回信息了。

而许容与又能拿叶穗怎么办呢?

中午,许容与去了图书馆一趟,他在书籍前徘徊许久,半天后,还是抽了两本大三建筑系才用到的书看。他有点认命,想自己看看书,补充补充知识,如果叶穗有需要,他可以帮叶穗看看。

其实他和叶穗一起上自习,也许……也没有他想的那么糟吧?

她待在他眼皮底下,他天天能看到,说不定他学习效率反而会变高呢?

于是一中午的时间,许容与都在看书,下午早早去了自习室,他还在看书。他看得津津有味,觉得这书蛮有意思的。下午大概三点的时候,从教室外面进来了两个人。许容与先看到叶穗进来,他眼睛轻微一亮,慢慢站起来,正要跟她打声招呼,把自己旁边的座位让给她。随即,他就看到跟在叶穗身后,又进来一个男生。

那个男生戴着眼镜,斯斯文文的样子,看起来还和叶穗很熟。叶穗回头,还笑着和那个男生说话。

许容与脸皮一僵,因为他站了起来,叶穗和那个男生很容易看到他。叶穗和那个男生小声说了句话,两个人就一起走了过来,看在许容与眼里分外刺眼。叶穗到了许容与面前,给两人介绍:"这是我们班的学委,张硕;张硕,这是许容与,咱们大一的小学弟,我朋友。"

张硕端详了许容与一下,男生眉目清秀端正,气质纯然。张硕点了点头,友好地跟小师弟打声招呼。他看到了许容与桌上的书目,眼镜后的光闪了一下。

张硕笑道:"小学弟这么早就开始看我们大三的书了?加个微信吧,有不懂的可以问我。"

叶穗又在旁边小声问许容与:"你要找我借哪几本书来着?你也没说清楚。我现在复习呢,不能什么书都借你,咱们参考下呗。"

许容与的目的又怎么是借书?

他随意说了几本书的名字,叶穗和他商量借他的时间,他也一口应了,从头到尾态度冷冰冰。张硕在旁边看得莫名其妙,还以为这个小学弟和叶穗的关系很差。叶穗和张硕一起走到空着的桌前,张硕还问叶穗:"你这小学弟,看着对你的态度没多好啊。确定是朋友,不是敌人?"

叶穗不在意:"没事,他说话就那个调调,习惯了就好。"

她显然根本没发现许容与有多不愉快。

许容与上了一天憋屈的课,一下午看叶穗和张硕头挨头凑在一起,张硕给叶穗讲课。晚上回到宿舍的时候,许容与的脸已经沉了一天。他不死心,第二天继续去,发现给叶穗补课的男生又换了一个。

第三天,又换了一个。

偏偏这种时候,叶穗还发信息逗他:"你不是说考试前不见面了吗?怎么我还天天能看到你呢?"

许容与天天看到不同的男生给她补课,简直是刺激他。最后一根稻草压倒他,许容与已经完全不想去找罪受了。

他以一种诡异的方式,实现了自己和叶穗的约定——考试前还是不要见面了。

之后果然到考试前,两人再没见过面,并且可能是被叶穗气到了,许容与之后学习时没怎么想叶穗,他状态非常稳定地参加了考试。东大的暑假长寒假短,这一年的寒假,在过年前八天才放,还不包括学生实习要预留的时间。

到了考试周,东大管理严格,大一学生不允许带笔记本电脑来学校，宿舍也不准联网。学生们想上网，各自想办法。平时这样大家抱怨一下就会过去了，大一学生麻烦的是，没有电脑，他们还要选课。

而校电脑室的电脑，哪里满足得了这么多的大一新生？

再说，东大的选课系统，是出了名的难登录。

入学前就有高年级学长提醒选课时的艰难，大一学生们有了充分的心理准备。所以到了期末选课时，许容与他们宿舍的同学们一琢磨，干脆道："选课系统明天早上八点开启，为了能够第一时间登上，咱们去校外的网吧通宵吧！"

大家兴奋："晚上通宵打游戏！"

许容与可有可无，他不打算通宵打游戏，但为了第一时间成功登入选课系统，去网吧通宵确实是不错的方法。几个舍友再交给他一个任务，让他多叫几个同学，约定一起晚上去通宵。

许容与选择了群发信息后，就把手机放下了。一会儿，信息陆陆续续地回过来，同学们大部分都选择了一起去。到最后，他们班百分之九十的学生选定了一家网吧，班长急急忙忙帮大家去联系了。许容与刚放下手机，又一条信息回了过来，这一下，却让他目光一凝。

叶穗回他："好啊，我正好有充分的选课经验，可以帮你一把。"

许容与连忙将信息向上拉，发现原来是他群发信息时，不小心把叶穗给加进去了。但叶穗一个大三学生，宿舍联网，又有电脑，她根本不需要熬夜去网吧选课。

收到许容与信息的时候，叶穗也诧异了一把。

大一学生没选过课，会非常紧张。但像她们这样，对选课早就没那么紧张和期待。明天上午开始选课，叶穗都打算等人稍微不那么多了，再登录系统进去。她根本没把选课当回事。

但是许容与发信息过来……叶穗抿嘴一笑，许容与一定是变相地想和她见面。

许容与再次发来信息："我发错人了，你不用去。"

叶穗认为这个人口是心非，她躺在床上玩手机，眯起眼睛，想自己也很长时间没看到许容与了。之前在自习室还能看到他，后来他就不出现了，也不懂为什么。叶穗拍拍脸，清醒了一点。她不和许容与杠，而是发信息问许容与的舍友，他们打算几点集合。

许容与的可爱舍友们，就是出卖许容与最快的人啊。

所以当晚八点，学生们在建院东楼前集合，中间多了一个大三学姐叶穗，大一学生们惊喜无比。看到叶穗，许容与蒙了一下，没想到他都说不用了，她居然还是来了。叶学姐大方地和大家打招呼，解释自己为什么会出现在这里，男生们高兴无比，纷纷出来照顾学姐。

然后趁着学姐没注意，他们偷偷摸摸地给许容与竖大拇指。

兄弟，干得漂亮！把这么漂亮的学姐带来了。

叶穗一边和同学们打招呼，一边悄悄给许容与发信息："我来了，你高兴吗？"

许容与回："不高兴。"

叶穗回头，瞪向许容与。

中间有人头晃过，挡住了她的视线。她没看到许容与唇角轻微地上扬一下，目中也温情无比。他站在人群里，显眼好看，而目光却专注地不受控地追逐着她。

他贪婪地，忘乎所以地，理智不能约束地追逐着她。

学生们进了同一家网吧，选座位时，叶穗非常自然地坐到许容与旁边。她偏头看他，眼尾上挑："不介意吧？"

许容与："我介意不介意有什么关系，反正你从来不听我的。"

叶穗嗔他一眼，低头开电脑。

许容与问："考试考得怎么样？"

叶穗抬头，诚恳道："'爸爸'，我全及格了，没有一门挂科，谢谢你对我的关注和栽培。就是希望你不要总盯着我一个人的成绩看，我不值得你浪费精力。"

她张口就是"爸爸"。

许容与低着头，冷冷道："别乱认亲戚。"

但是叶穗蹲在地上,眼尖地看到他耳根红透了。她捂嘴,手搭在他膝上,眼睛弯弯,一阵轻笑。她明白这个原因,许容与总是口是心非,他嘴上不怎么样,心里却是很高兴的。她看到他这副样子,也跟着快乐起来——他的好心情是因为她啊。

叶穗其实不怎么来网吧,她对上网和打游戏都没兴趣,她喜欢的是化妆买衣服。但是难得通宵一场,叶穗也乐于和同学们一起玩玩游戏。电脑界面全是热门游戏,叶穗挑得头晕眼花,问旁边许容与:"你们选哪个进去啊?"

许容与非常熟练地打开网址,嘴上漫不经心:"什么?"

叶穗头凑过来,想直接看他打开哪个游戏。谁知道她凑过来,看到他打开的网址界面,满满的学术论文,密密麻麻。叶穗头一下子大了。

叶穗瞪大眼,许容与解释:"下学期开始和老师商量好会加入一项研究,还会参加一项设计图大赛,到时都需要论文辅助,我需要好好研究下。"

叶穗向来知道许容与和她不一样,她只要个学位证就可以了,许容与未来是不可限量的。但是她仍旧茫然:"你来网吧通宵看论文吗?"

叶穗默默盯着他一直看论文,她盯了他半小时,他侧脸线条流畅,相貌清隽,人却一动不动。叶穗心有怨气,幽幽道:"你光顾着看论文吗?不陪陪我吗?不是说是我的好朋友吗,你就这么忽略我?"

许容与回神:"嗯,你也和我一起看吧。你大五也要写论文了,没多长时间了。"

叶穗愣了,这不是她想要的结果。

"不用了,我才大三,离大五还有两年,我不需要现在开始……"

许容与握着鼠标的手一顿:"这样啊。那确实太早,算了。"

叶穗连忙点头,露出如释重负的笑容。说实话,她真怕许容与非要逼她现在就开始准备毕业论文。他自己对自己的要求严格,她太害怕他用同样的要求对付自己了。幸好,许容与没有那么可怕。

谁知道许容与沉思一下,说:"我看了课程安排,东大规定,建院学生在校期间,必须要参加一个项目大赛,这个时间应该就是大三。我看你上学期没有参加任何一项大赛的意思,想来你把参赛时间安排到了大三下学期。你课题选好了吗?参加的项目有计划吗?你说说你的计划,我听听。"

叶穗挣扎:"我没什么计划啊。"

她感觉自己就像面对教她学业的老师,一阵紧张,背脊忍不住挺坐端正。但仔细想想,许容与其实比老师更可怕,老师不可能时时刻刻盯着她啊。叶穗吞口唾液,在许容与面前,她也为自己的没追求羞愧了一下:"我就想随便参加一个大赛,能入围,达到学校要求就行了。"

许容与:"不行。"

叶穗:"欸?"

看叶穗这副样子,他接着说:"既然参加了,就要尽全力,要努力。如果拿不到第一,那参加比赛有什么意义?浪费自己的时间,只为了完成学院的要求?叶穗,人生不能随便浪费,要参赛,目标就要定到第一。但是我也理解你,你基础不牢,可能会很难。没关系,我可以帮你制定计划,和你一起讨论。"

他手按在肩膀僵硬的叶穗肩上,态度温和而坚定地鼓励她:"之前是忽视了这个问题,对不起。从明天开始,我们制定一份详细的计划书,一定会帮你取得好成绩的。"

他心里想,这样她也没时间去勾二搭四了。他也很奇怪,建筑学课业这么重,她每天哪来的时间到处招惹桃花。

叶穗想哭,她明白了,许容与是个怪物。不管是之前的小考,还是现在对她大赛的要求,拿不到第一,他就不开心。他真心把她当朋友,不光他自己用功,还非要把她拉扯起来。

救命!

她之前是怎么想的,怎么会想和这种人谈恋爱?以后如果和他谈恋爱,她的恋爱日常,该不会是整天和他一起待在设计室里做模型、画图、写方案吧？

叶小姐满面菜色。

许容与还鼓励她:"加油。"

之后为显示对她这个朋友的重视,他关闭了论文界面,拉开文档,拉着叶穗一起,给她制定从明天开始的学习计划。

叶穗同学以头抢地,恨自己自作自受——为什么要怪人家专心看论文不和自己打游戏?人家专心看论文看得多好啊。

第九章
经年旧魇

叶穗自己不想做计划,没关系,许容与主动帮她写计划书。叶穗木呆呆坐了半天,还被可怕的许容与拉去一起看论文,还要分析给他听。叶穗本以为自己通宵只要打打游戏听听音乐好了,她来之前还畅想自己和许容与能在游戏世界里发展点什么好玩的故事。她真没想到什么都不会发生,她真的老老实实被押着学习了一晚上。

每次想耍赖说不干了,面对许容与尽心尽力为她着想的神情,她心里都会产生一丝微妙的愧疚,什么反抗的话都说不出来了。

这种经历像一个不能忘却的噩梦,导致叶穗精神恍惚,以后听到要和男生通宵去网吧,她估计都会花容失色,严词拒绝。

第二天早上八点开始,选课系统开启,同学们最少也要奋斗十五分钟,才能登录进去学校的主页面。持续了一到两个小时,网吧的这帮学生才紧张地选完课。选课期间叶穗瞄了一眼许容与的选修课,他选的全是"建筑日照""建筑噪声控制"之类原本他们还不需要学的课。叶穗忍不住敬佩,同时坐得离他远了些。

学生们已经考完试,再选完课,这学期就结束了。一时间,刚刚进入建筑学大世界的大一男生们长舒口气,瘫在座椅上。

大家再见面,就是下学期的事了。

男生们选完课也没有马上离开,而是吆喝着一起去吃个饭。叶穗跃跃欲试,有点想参加他们的聚会,但许容与不赞同,认为她已经熬了一整晚,这时候应该回去睡觉了。叶穗长叹口气,碰上一个生活作息规律的人,她的狡辩听起来那么不靠谱。好在她比较随意,他说怎样就怎样吧。

叶学姐和男生们告别,男生们看许容与穿上大衣也站了起来,都心中了然,热情地跟两位一起告别。叶穗和许容与出了网吧,沿着小道往学校走去。叶穗穿着粉色的羽绒服,手插在兜里,全程耷拉着脑袋,迈着沉重的步伐,一步步走向校门。

太冷了,她一句话不想多说,既然出来了,她就打算赶紧回去,回宿舍里补觉。

和她并肩的许容与,目光时不时向她身上看去。她的脸缩在白色绒毛下,鼻尖红红的,她睫毛垂落,如蝶翼一般。眉清目秀的面孔,从侧方看,也动人无比。但她全程一句话不说,看上去心情好像不太好。

许容与有些不自在。到校门的时候,他喊住叶穗:"等我一下。"

叶穗嫌他麻烦,不耐烦地跺了跺脚:"那你快点。"

她磨蹭到了校门口传达室外,也不说进去歇一歇,直接就蹲了下来,等许容与回来。许容与没花多少时间就回来了,他递给她一块油纸包着的红薯。红薯热腾腾地送到她手里时,还在冒着白烟。叶穗惊喜地两手兜住,咬了一口,满嘴滚烫得让她说不出话,但甜糯的味道从舌苔翻滚,滚到喉咙里去。她张开嘴,便吐出热气,同时捧着红薯的两手也因为太烫而不停交换。

"哇,好吃!好好吃!这家的烤红薯太好吃了!"

见她吃得高兴,许容与心情也跟着愉悦。他蹲到叶穗旁边,眉目间略微泛出一丝笑意,旁边的叶穗看他手里没东西,就大方地伸出手,把自己捧着的红薯递给他吃。叶穗看着他的那双眼睛亮晶晶,鬼使神差,许容与低头在她没碰过的那边轻轻咬了一口。

叶穗笑眯眯地凑上来,脸差点与他挨上,鼻尖快撞到一起。她戏谑道:"许容与,心机哦。"

许容与垂眼躲避她的视线,有些慌地咽下口中的红薯。他淡淡地开口:"听不懂你又在胡说八道什么。"

叶穗笑一声:"只买一个红薯,不就是想和我分享吗?想趁机占我便宜哦,许容与?"

许容与冷冷地说道:"你谈恋爱的经验倒是丰富,什么套路都了然于心,吃个红薯都能想到怎么撩人。"

叶穗眯眼看他:"小学弟口气这么大,天天教训学姐,一点礼貌都没有。"

许容与低声:"你有个学姐的样子吗?"

他低头正要再咬一口红薯,叶穗一下子把手缩回,身子往背向他的方向一侧。叶穗说:"不给你吃了。我一个人还不够吃。"

许容与默默看着她背过去的身影,她蹲在地上,厚实的羽绒服挡住了全身,看上去像一只可爱的兔子。许容与觉得她幼稚,好气又好笑地在她肩上拍了下。

叶穗没搭理他。两个人就这样蹲在校门口,许容与看叶穗一口一口把红薯吃干净。

他最后挪了挪,让自己能看到她的脸,他才轻声问:"不生气了吧?"

叶穗埋头吃红薯,声音含含糊糊的:"嗯?"

许容与曲起食指,抹掉她嘴角沾上的一点红薯,说:"就你不高兴早早离开网吧回宿舍睡觉的事。"

叶穗猛然抬目看向他。少年平静地垂目,与她四目相对,瞳眸乌黑分明,清晰明亮。

叶穗心中顿时柔软,她弯眸而笑,柔声:"不生气了。你请我吃红薯,我就不生气了。"

许容与配合地唇角上扬一下,做出一个和她一起笑的动作,但其实弧度很小,显然他很敷衍。

叶穗吃完了最后一点红薯,低着头,非常认真地将袋子收好。

她睫毛上沾着水汽，面色冷白。许容与已经整理好心情，打算站起来，听她突然说："因为明天我就要离校了，才想今天和你……们一起聚餐吃饭，留个纪念啊。谁知道你那么不解风情呢，催催催，非逼着我去睡觉。"

许容与脑子空了一下，他怔怔反问："你明天就离校？"

"对啊，考完试了，不走还赖在学校干什么？马上都要过年了。"她伸个懒腰，转头问许容与，"你呢？什么时候放假？"

许容与轻声："还要几天才能离校。"

叶穗"嗯"一声，摊手："你看，这就是这学期我和你待在一起的最后时刻了。"

许容与久久不说话，他心里在不断挣扎，话到了喉咙眼，无数次想反悔拉扯，想说要不你不要回去睡觉了，我们出去吃个饭，聚一聚吧。就我们两个，没有别的人。但是这太暧昧了。叶穗又熬了一晚上，女生怎么能这么长时间不休息呢？

他既想珍惜最后的时间，又不想她继续熬，一时间情感和理智在心里拉扯，痛苦而纠结。

许容与纠结，叶穗心却很大。许容与只知道盯着她看，她扬起长睫，忽然惊喜地伸出手。手掌接到了自己想要的冰凉，叶穗快活地笑："容与，下雪了！这边也终于下雪了呢。"

她的声音，掩盖了许容与好不容易鼓起勇气问出的话："你家在哪儿？放假在家大家还能联系吧？"

叶穗扭头："你说什么？"

许容与沉默，摇了摇头。

两人没有再说话，就这样一起蹲在校门口，仰头望着天地间飘扬的飞雪。雪越下越大，从一开始的飘絮，到后来的鹅羽。浩浩荡荡，东大校园寂静祥和，笼罩在皓雪下，天地慢慢地裹上一层极薄的霜白色。

"我们东大真好看。大概是建筑学太厉害的原因，学生老师们一起出力，东大的建筑都非常大气漂亮。听说我们新校区的图书馆成了网红图书馆,不少外校人去参观,去录电视节目。可惜我们课太多,我一直没去新校区看过。"叶穗兴致盎然,"下学期找时间,我们一起去新校区玩玩吧,容与?"

许容与"嗯"了一声。挺好的,这学期结束了,还有下学期。他和叶穗,会在一个学校上很久的学,做很多的事。一个学期结束,没什么的。

叶穗看他不怎么说话,就回头,扬眉看他:"怎么啦?你不高兴了?怎么只让我一个人说,你什么都不说呢?"

许容与瞥她一眼:"我要是开口说了话,你又该不高兴了。我不想破坏你的好心情。"

叶穗一乐,大度道:"你说吧。我只是懒,并不脆弱,怎么可能因为你一句话就不高兴?"

许容与把自己的想法实话实说:"你看东大的建筑这么好看,这么有特色,有没有想过画测绘图?我记得大二时应该有古建筑测绘的实习课,你应该对测绘熟悉一些。还有我们学校这些建筑的构建缘由,过程都是什么样的,大师们当时为什么选择这种风格,老师上课时应该断断续续讲过吧?我想向学姐讨教讨教我们自己学校建筑的问题,毕竟我们老师上课时还不可能讲到这种程度。你说说吧,我听听看。"

就看个雪景,夸一夸自己学校建筑好看,就要被拉去学习?

叶穗真诚地说道:"你还是闭嘴吧。"

许容与就知道她不想说这个,所以他莞尔,伸手摸了摸她的发,没再扫她的兴了。只是过了一会儿,许容与还是小声道:"但是放假后每天要照我给你做的计划那样,至少在学业上花两小时,这种事不能算了啊。"

"闭嘴,不要说话了。"

许容与:"叶……"

叶穗怒:"安心看雪景不好吗?你哪来那么多话?闭嘴闭嘴闭嘴!"

许容与忍俊不禁，没再开口，而是伸手拨拉她羽绒服自带的帽子，给她扣在了发上。她不让他开口，他只能以实际行动来了。他的手指擦过叶穗的长发和耳朵，叶穗浑身轻轻颤了下，但她仰头看雪，唇角带笑而不语。

雪比方才更大了，教学楼、会议中心、雕像、湖泊，全都被薄雪覆盖。满目雪白，天地因此显得辽阔而浩大。雪纷纷扬扬，空气也变得清新，呼气吸气间，胸腔有凉意丝丝缕缕。这么大的雪，这么宁静的世界。

许容与望着她的侧脸，她在看雪，他在看她。他看她一眼，再看她一眼。每多看一眼，就觉得心中滚烫，万丈高楼拔地起，轰轰烈烈。他满心炽热，不能自已。

叶穗站了起来，拍拍屁股："好冷，回去了。"

趁着雪还没下大，许容与和叶穗各扫了辆共享自行车，哆哆嗦嗦地向宿舍那边骑去。到了五舍楼下，叶穗已经顾不上欣赏雪景，她停好车，缩着肩，胡乱地跟许容与挥了挥手就要进去。

许容与静静看着她背影，看她消失在一楼，他才慢慢走回去。他想给她发条信息问安，他想着两人刚才蹲在雪地里的气氛，脑子乱哄哄的，手指又僵硬，他不知道该说什么。

可是满腔洪水一般的感情，就要喷薄而出，随时都要摧毁堤坝，他该怎么办呢？

大一上学期在许容与的满腔怅然中结束。

结束了学校工作，许容与和几个成绩出色的同学一起被老师带着去实习。过年前的几天，老师带着他们走街串巷，让他们绘制当地有特色的建筑风格，并耐心给他们讲解。东大建筑课非常重视实习实践，学生向老师请教的话，老师也会倾囊相助。

这期间许容与试图给叶穗发过信息，聊一下自己在做什么，问起她在干什么。

她的回答就是吃吃喝喝玩玩，非常笼统。叶穗好像兴致不高，对许容与的信息爱搭不理,并不像在学校时那样立刻回他的信息。她放假后,简直像是变了个人。看出她的冷淡,许容与也不再试图和她交流了。

他的心里隐隐觉得失落。

直到小年夜前一天,许容与接到家里电话,催他赶紧回家,别在外面消磨时间了。这时候,老师也解散队伍,大家各自准备回家过年。在车站将老师同学都送走后,许容与想了想,决定给家里买点特产。他在市区逛了一下午,买了些东西,晚上随便走进一家甜点店。

他推门而入,小店门边挂着的风铃摇晃声清脆。女店员热情洋溢的声音紧跟其后:"欢迎光临——"

女店员抬头,许容与望去,双双愕然。

他对面的女店员,即叶穗,调整好表情,开心地欢迎他进店。她对他眨眼睛,显然非常高兴能在这里偶遇他。

许容与愣了一下后,还是推门进来了。然而他却没觉得多开心,满心疑惑,她不是早就回家了吗?怎么这时候还在外面打工?

叶穗像模像样地过来询问他需要什么甜点或饮品。

许容与问:"为什么在这里?"

叶穗笑眯眯:"勤工俭学,补助家庭,完成学校实习任务,丰富野外生活,增加生活阅历……你挑你喜欢的理由选呗。"

许容与冷冷瞥她一眼,眸光甚凉。她无所谓地一笑,颇有死猪不怕开水烫的架势。两人对视半天,谁也没认输,许容与终是别开目光,先败下了阵,低头点单。

许容与简单点了两个,叶穗面上保持微笑,实际上她捋一下耳边垂下的发,假装不经意地弯下腰,在他耳边小声说道:"照顾我生意,点个我们店里最贵的呗。"

许容与道:"强买强卖啊?不怕我投诉?"

叶穗小声将声音拉长:"容与——"

她尾音一拐十八里,声音又极甜极嗲,像是一团棉花糖。被她这甜腻的嗓音一喊,战栗感从尾椎骨升起,许容与头皮一下子麻了。

他握着甜品单的手指轻轻颤了一下,声音有一丝不稳:"别叫我容与。"

叶穗用可怜而无辜的眼神看他。

他嘴上那么讨厌,实际上还是如愿点了店里最贵的小蛋糕。虽然许容与和叶穗家庭各有各的问题,但许容与起码家境优渥,他从没有在金钱上为难过。何况他点了单,叶穗非常开心地对他露了个笑脸,扭腰转身去服务别桌客人了。

许容与盯着她的背影,看她在客人间忙碌。这家店在本地开了好几家分店,生意不错,许容与进来后,陆陆续续又来了好些客人,小桌很快坐满,叶穗更是忙得团团转了。但再忙碌,她面对客人时也保持着亲切笑容。

许容与一时间有些嫉妒被她笑容以待的客人。

他告诫自己平常心、平常心,心情却仍然很难平静。一会儿,叶穗将一杯咖啡给他端过来。许容与诧异。他没要这个,叶穗对他微微一笑,俏皮可爱。她小声说这是她亲自磨的咖啡,免费请他。

叶穗:"我怎么能真让你掏钱呢?"

说完,隔壁桌客人喊了一声,叶穗只来得及对许容与眨个眼,就蜜蜂般忙忙碌碌地转走了。

喝一口咖啡,醇香温暖。许容与长舒口气,心中郁气顿消,取而代之的,是一种不为人知的窃喜。她偷偷对他好,只对他特殊照顾,这感觉真的非常奇妙,像是两人之间讳莫如深、却心领神会的小秘密。

许容与坐在靠窗的位置,他出了一会儿神,看向窗子的方向,意外地在窗上看到自己微微含笑的样子。他吃了一惊——他在笑吗?

但他的心情是真的不错啊。傍晚时分,华灯初上,市中心这么多的店铺,他绕开了所有可能的选项,独独走进了这家店,和叶穗在校外相遇。店里装饰文艺,音乐舒缓,更是叶穗这样的大美女级别的服务生提供服务。就算作为一个普通客人,许容与心中也十分惬意。

他犹豫了下，掏出手机，对着桌子拍照。他难得心机一次，他明明在拍桌上的咖啡，却把窗子照了进去，所选的角度，使窗子模模糊糊地映出叶穗的身影。但如果不仔细看，不特意去找，甚至不认识叶穗的话，谁看了这张照片，都不会找到叶穗。

悄悄拍了这么张照，许容与尴尬地咳嗽一声，暗自唾弃自己真是幼稚。

但是他更幼稚地点中这张照片，发了朋友圈。他暗自炫耀，朋友圈寥寥无几的几个评论和点赞，没人发现照片里还有个美女，满足了许容与想炫耀又不想被人知道的心事。

他摆弄手机时，叶穗出现在旁边："亲爱的，你的蛋糕到了。"

许容与手一抖，心一慌，但他仍然镇定地关了手机屏幕，不让她看到自己在看朋友圈。许容与清寒目光凝在她脸上，声音清冽而充满质疑："亲爱的？"

叶穗脸红了一下，知道自己一时口误，叫出了一直想喊的那个词。她眼神飘忽，手背在身后，腰背挺直眼睛不看他，快速道："我们对客人都这么热情。"

说完，不等许容与再问，她就端着盘子赶紧走了。

许容与盯着她仓皇逃开的背影，垂下眼，又是忍不住地，嘴角弯了弯。

突然，椅子和地砖间传来一声极刺耳的摩擦声。许容与隔壁桌一位穿着讲究的女士站起来，声音极大，惊动了整个甜品店："你这个服务生怎么回事？为什么对我男朋友笑得这么暧昧？你什么意思？"

许容与和店中其他客人一起看去。窃窃私语声断断续续，开口指责的女士大概二十七八，穿着妆容都像是社会上的精英人士，没想到突然这么发难。叶穗站在旁边，有些蒙。那姑娘气势强硬，她的男朋友尴尬地站起来，拦着自己的女朋友："你误会了，算了算了……"

姑娘生气地甩开男朋友的手，指责叶穗："算了什么算了！"

叶穗只蒙了一下，就非常迅速地反应过来，脸上仍挂着笑容："抱歉，我是对你们两个笑，不是只对你男朋友笑。笑是我们的规定，我绝对没有别的意思。如果您不喜欢我笑，我就不笑了。"

客人声音更尖锐了："你什么意思？是说我敏感了？以为我不知道你们这些小姑娘的心思？现在社会怎么回事，一个个小姑娘有没有点廉耻心……"

她话题发散开，不止在说一个叶穗，明显在说更多的人和事，精致的面孔被气得扭曲。店里有人已经开始偷偷地拍小视频，这位女士的男朋友更难堪了，声音稍微大了点："不要闹了，有什么事回家说……"

女人眼睛盯着叶穗，不肯放："我告诉你，我以后就盯着你了，甜点这么久了也不上来。一个小姑娘，一点没有自尊自爱。这个社会就是因为你这样虚荣的姑娘多了，男的才总被诱惑，分不清谁是谁非……"

叶穗："我真的没有单独对着你男朋友笑……"

她这么一说，女人更加生气，争吵的声音更加大。店里另外一个店员连忙过来解围，跟客人道歉："对不起给您造成误会，叶穗你快跟客人道歉。"

叶穗心里无奈，这种情况下，根本不需要辩解，只要乖乖低头认错就行了。何况，她有点窘迫，因为许容与也在现场，让他看到她这么丢脸的时候……

有别的店员在旁边解围，叶穗不假思索，刚要再说一遍"对不起我错了"，后方就传来清淡男声："我替她道歉，对不起，引起大姐你的误会了。"

手腕被人从后握住，叶穗一怔，回头，看到是许容与握住了她的手腕。她有些着急，怕他因此闹事，但他垂目与她对望一眼，那眼神，比她还要冷静。叶穗就怕他为她出头闹事，搅黄她的工作，所以他眼神清清凉凉地看来一眼，她的心竟然瞬间就平静下来了。

许容与不是不理智的人。

许容与喊的那位女士一下子呆住了,没想到有人会在这时候出头。她和男朋友一起转头来看,原本气势汹汹,看到许容与清如远山的眉目时,女士神情明显一松,语气没有刚才那么尖锐了:"你你你叫我什么?'大姐'?"

许容与:"我还在读书,叫你大姐应该没错吧。"

女士窒住,她当然看得出这个男生还年轻,一时话堵在喉咙里,不知道说什么。

许容与就继续说了:"很抱歉让大姐误会,但是叶穗她真的不是在看你男朋友。我就坐在你的隔壁桌,叶穗眼睛往这里瞥,她看的是我,而不是你男朋友。而她之所以看我,是因为……"

他停顿一下,回头看叶穗,叶穗茫然地看着他。许容与抬手,示意他们看自己和叶穗相握的手:"她看我,是因为我们是情侣。"

叶穗愣一下,但在许容与看过来时,她对他抿唇一笑,像是默认他的说法一样。店里人哗然,剧情转折,俊男美女搭配,年龄都差不多,看着确实赏心悦目。

女人下不了台,继续嘴硬:"你是说我冤枉她吗!"

许容与冷淡道:"没有啊。顾客怎么会错呢?顾客是上帝,服务人员只能低头认错,怎么能说顾客不对。但我不是这里的服务生,我可以说出真相啊。我还要再劝大姐一句,你的生活压力大,可能和男朋友相处还有一些不愉快,这点不愉快在这个时候爆发,把火气发到无辜的服务员身上,这些可以理解。但我认为,大姐你对自己男朋友品行这么不放心的话,为什么不多花心思管教你男朋友不要盯着别的女人看,而要怪别的女人太好看,迷了人眼?

"大姐你既然不能让全世界的漂亮女人消失,那还可以选一个瞎子当男朋友,这样不是更好吗?"

周围已经有人忍不住笑出声了,连叶穗也咬了唇憋笑。她盯着男生的背影,心想许容与说话就是这么难听啊,他只是正常发挥而已。

女人:"你!你!你怎么说话的!"

许容与仍然平静地说道:"你冲我吼什么呢,我和你一样是顾客,我们之间有纠纷,你指望我退后一步让你吗?"

女人:"你哪个学校的?我要投诉你!"

许容与:"学校放假了,真是不方便让你投诉了。

女人:"我要告诉你家长!"

许容与轻笑:"这是自己没理就找家长告状吗?我可以明确表示我家人都只会站在我这边,你有什么话还是直接跟我说吧。"

许容与真是吸引仇恨的一把手,那个女人明明一开始针对的是叶穗,硬生生被许容与气坏,完全忘了叶穗,和许容与争吵起来。原本想吓吓这个学生,一般学生听到告诉学校都会心里忐忑,但这个男生丝毫不畏,话还说得有理有据。

到最后,店里的人都在看热闹了。

女人下不了台,另一个店员又在劝:"两位客人别再吵了,和气生财。大过年的,都火气小一点,不要吵了……"

那个女人的男朋友也说:"好了好了,我们回家吧。"

女人这个时候其实已经有点骑虎难下了,男朋友一拉,她顺势甩开男人的手,狠狠瞪一眼叶穗和许容与,转身推开玻璃门出去了,她男朋友赶紧追了出去。店员这才松口气,向店里其他客人道歉。

许容与和叶穗说了几句话,叶穗转头和另一个店员商量,许容与临时免费帮他们来照顾客人。

店里恢复了平静。

晚上十点,叶穗下班,许容与才和她一起离开店。出了店,锁上门打烊,叶穗挥手和另一个店员告别。许容与在旁边站着等待,看另一个店员走远了,叶穗转过身,直接上前一步,抱住了他。

双臂紧紧地环住他的腰和后背,她声音里满是喜悦:"容与!"她在他怀里抬头,看着他笑,"我今天真的很高兴见到你。你刚才站出来,我好怕你会大闹一场,搅黄我的工作,拉着我离开,说不要打工了。你没有那么做,我很开心。"

许容与原本抗拒她的拥抱,但他垂眼看到她清澈的眼眸,如湖泊荡漾,春色葳蕤,又潮湿无比。他的心空了一下,轻声反问:"为什么？"

叶穗："我以前交往过的男朋友，看到我受委屈，通常都会生气，要么打架要么大吵，闹得大家下不来台，我就不停丢工作。虽然知道是为我好，可是打零工也没那么容易啊。还是我们容与成熟，了解我。"

许容与淡漠地说道："我不了解你。"他反驳她，"我没那么做，只是我没有那个资格而已。"

叶穗心中一荡，抬眼："男朋友的资格吗？"

许容与："不是。我还在上学，自己的学费生活费都是靠家里，我拿什么来为你出头？我就算想照顾你，可我自己都还没大学毕业。我不理智的话，只会让结果更糟糕。如果不想让你打零工，我可以说'我养你'。可是我没有资源养你。"

叶穗一愣，连忙说道："没关系啊。我也不喜欢什么'我养你'这种话，这种话很空啊，而且会把我养废。我才不想被人养废，以后什么都做不了。"

许容与平静地说道："可是如果有条件的话，我想将你养废。对你格外好，什么都给你，无微不至地照顾你，离开我你就寸步难行，世上再没有一个人能比我对你好。你就离不开我。你成为一个废人，才能永远是我一个人的。"

叶穗默默从他怀里退出。

她小声："你这是对朋友的态度吗？"

许容与："是。"

叶穗双眸湿润，水汽氤氲。她踮起脚，伸手摸他的额头，含笑担忧道："容与，我有没有说过你的思想很危险？"

许容与："说过。"

寒夜中，周围店铺接二连三地关门。城市夜景寂寥空旷，灯火微弱，叶穗再次上前，拥抱他："那我再悄悄告诉你，女生都喜欢你这种人。你以后拿这话对你喜欢的女生说，她一定会做你女朋友的。"叶穗抬头，眸中更湿润了，"可是我会嫉妒的，怎么办？"

他轻声:"你不用嫉妒,我不会交女朋友的。"

许容与终于伸臂,紧紧抱住她。

两人在夜里拥抱,依依不舍,眷恋无比。

许容与跟叶穗一起走路,送她回家。到这一晚,许容与才知道叶穗就是本地人,她家在附近一座单元楼里。一路上,许容与接到几个电话,是家里阿姨打来的,问他什么时候回家。

许容与说:"明天回。"

阿姨放下心:"那就好。一定要在小年前回来啊,一家人难得聚一次,小年当晚你要是不在,你爸爸妈妈都会不高兴的。"

许容与:"嗯。"

阿姨挂电话前多嘴了一句:"先生和太太让我给你打电话的,他们虽然嘴上不说,但都非常爱你关心你的。你知道吧,二少爷?"

许容与:"我知道。"

挂了电话,他继续和叶穗走夜路。叶穗踢着脚下石子,笑眯眯:"明天你回家啊?赶紧回吧,我要是你爸妈都急死了。"

许容与对此不置可否,两人说话间,已经走到了单元楼下。这是一栋已经有些年代的家属楼,从外表看灰扑扑的,藏在大街小巷中,楼上灯零零星星,看上去住的人已经没几家了。

叶穗:"上楼喝口水吧。"

许容与委婉拒绝:"这么晚了,不太方便吧。"

叶穗回头看他,黑夜里,她眼中带笑,漫不经心地回应:"有什么不方便的,就我一个人住。"说完她也不等他,转身走向楼道。

许容与愣一下后跟上,问:"你……不和你爸妈一起住?"

叶穗随口:"我妈再婚了,住她新老公那边。这是以前我爸买的房子,现在就我一个人住。"

年久失修的楼道,走一路,也没亮几盏灯。黑暗中,少年握着她的手突然紧了一下。

叶穗侧头对他笑:"不用担心我啦。这房子时间这么久了,我就等着拆迁呢，说不定到时候我就成了小富婆啦。"

可惜，如果真的拆迁，恐怕她妈又要来和她争了。

许容与问："过年你也在这边一个人过？"

叶穗："不要把我说得这么可怜好不好？明天我妈会请我吃大餐啊，过年时也有大餐。我妈小气得要命，难得请客，多好啊。"

许容与："可是，你不和他们一起过年。"

黑暗中，两人都没有再次开口了。

叶穗掏出钥匙开了门，有点窘迫地请许容与进去，进一个不到四十平方米的小房子里。叶穗不停解释："肯定没你家大没你家好，但是我一个人住嘛，也够了。家里有点乱，因为我长期不在嘛。你别嫌弃啊。"

许容与并不嫌弃。

屋里连个椅子都没有，他不得不坐到床边，仰着头，端详她的小屋。女生非常窘迫地忙前忙后，就怕他觉得她招待不周。许容与安静坐着，心软成一片。虽然她妩媚，虽然她热烈，可是他从没见过她这样的一面。

温柔的，害羞的，不安的，将她的世界大大方方展示出来。

叶穗忙乱地端着水壶去厨房接水烧水，她说让许容与上来喝口水，家里却一滴水也没有。许容与坐在外面，一直没说话。但她进厨房的时候，许容与望着虚空出神时，突然接到自己哥哥打来的电话。

许奕说："我们研讨结束了，打算回去。你是不是还没回家啊？我看你朋友圈，你还跑去喝咖啡，看地址还在学校那边？"

许容与："对。"

许奕高兴地说道："那太好了，我正好过去找你，我们收拾下东西，一起回北京呗。不过你这么久了还没回家，你们实习就要求那么严格吗？可是我看别人大一不用实习啊？"

许容与："可能是优等生的特殊要求吧。"

许奕被噎得沉默片刻，接着问："所以你现在一个人待着？不寂寞吗？"

许容与沉默许久。

许奕几乎以为手机信号断了,"喂"了好几声后,许容与"嗯"了一声后,许奕才说:"我在火车上,信号可能不好。刚才是问你……"

许容与轻声说:"我和叶穗学姐在一起,她家就在这边。"

这明显是一个让许奕意外的答案:"啊……"

许容与垂眸:"哥,你还要过来吗?如果你想追回她,这可能是唯一一个机会了。她现在心情低落,如果这样你都追不回她,那我问心无愧,之后,我都不会让了。"

车上信号断断续续,许奕听得不太清楚,还有些字眼被吞了。他茫然地说:"你在说什么,穗穗心情不好,那你帮着让她高兴点啊……算了,车上信号不好,等我到了再联系你吧。"

当天晚上,许容与在叶穗那里只坐了一会儿,就走了。时间太短,他真的一杯水都没有喝到。叶穗摸摸鼻子,想起来也觉得又尴尬又好笑。许容与要走,她不好意思地提出要送一送许容与。许容与没拒绝,他和叶穗一起出门,叶穗锁完门扭头,发现他静静地看着自己。

目光清凉,水中月一般,明明幽静,看着却多几分可怜和孤独。他的目光,深情而脆弱,像是要告别什么一样。

他总是冷冷清清的,但通常都是疏离、冷漠、客气的那种冷清,像这种让人心口揪起的自怜感,却还是第一次看到。

叶穗疑惑地看他,许容与摇摇头,没多说:"走吧。"

他们一前一后地下了楼,气氛和刚才叶穗邀请他来她家时分明不一样。叶穗琢磨,好像是她进厨房的前后,许容与的情绪发生了变化。她出来后再面对他,他就没有之前对她热忱了。叶穗满心疑虑和忐忑,乱猜着是不是自己家里太小太乱,冒犯了许容与这样的贵公子。

可是她不知道怎么说?道歉,说没有招待好他吗?

她的一颗心都捧到他面前来了,他这么冷漠,还要她怎样呢?

到了楼外的路灯下,许容与转身看向叶穗。两人面对面站着,路灯暖色光将两人的身影拉得老长，交叠在地上，影子亲密如拥抱一样。面前的女生个子瘦高，皮肤白皙，她睁着不明所以的眼睛看他。

她站在月光和路灯下，披散的长发盖住大半张脸，睫毛纤纤，挺直的鼻子，腮若桃红。她唇瓣轻扬，就算不笑也像是带着三分笑意。再加上她右眼角的泪痣，整张脸呈现一种混乱的，让人迷离的，颠倒众生的美感。

叶穗调整好心情，手插在衣兜里，盈盈而笑："那我不送你了，慢走啊，容与。"

她转个身，臂弯被男生修长的指骨扣住。她低头看一眼他抓着自己胳膊的手，再抬头看他。许容与轻声："明天见。"

叶穗眨了眨眼，目中露出几分惊喜。她猜他的意思是明天还能见面。可是明天不是小年吗？他还不回家吗？为什么还能见面？

许容与再次说："打扮得漂亮点。"

叶穗的眼睛如星辰被骤然点亮一般。他知道这是什么意思，所以心脏猛然抽了一下，抓着她胳膊的手也僵冷无比。

叶穗确定他的意思是明天还能见了，她也不追根问底，非常明快而迅速地点了头："嗯！"

快得好像他会收回话似的。

许容与慢慢说："打扮漂亮点，明天上午我去接我哥，中午我哥和你一起吃顿饭。"

叶穗迷茫："你不来？"

许容与轻轻"嗯"一声："我已经买好了回北京的票，我哥实习了快三个月，好不容易回来。他知道你在这儿后，想和你见见面。我回北京，还有别的事。"

叶穗沉默下来，目中光慢慢暗了。

她当然知道这是什么意思了。电视剧里经常会有这样的情节，只是没想过这么可笑的事会发生在自己头上。一时间，叶穗对许容与失望无比。

她冷笑了一声，推开他抓着她手臂的手就要走。

许容与再次扣住她,他压着眉,眼睛盯着她,低声:"别任性。"

叶穗:"我哪有任性的资格?你真是厉害,媒人当得不错,这就要把我让给你哥了。我是不是还得谢谢你宽容大度?"

许容与垂着眼:"我也没有逼你和我哥怎样。你不想一起吃饭也可以拒绝。我难道能绑着你和我哥约会吗?"

叶穗笑起来非常迷人。不光笑,她还扬眉:"为什么拒绝?我不拒绝啊。如果你哥明天向我表白,我立马答应。毕竟通常来说,旧情复燃,更为炽烈呢。"

她这样的态度,显然激怒了许容与。叶穗跳开两步,他往前迫两步。

许容与皱眉,他抓她手臂的力道紧一分,唇紧紧向下压一道。男生漆黑的眼睛盯着她,似有几分隐忍的怒意。

许容与非常忍耐:"不要任性!"

叶穗:"左不要任性,右不要任性,你到底是要我怎样?"

许容与声音放大:"我要你选你喜欢的!"

叶穗愣住,呆呆看他。

许容与看似不爱说话冷冷淡淡的,但他脾气修养显然和外表不符。他立在叶穗面前,背脊挺直,面容僵冷,一字一句:"你不要为了故意和我作对,拿你自己的感情开玩笑。为什么要和我作对?喜欢什么,爱什么,不是一个玩笑就能绕过去的。请你为你的人生负责!如果你喜欢我哥,就接受他;如果不喜欢,就不要吊着他。请你不要拿感情当游戏。你这么随便,迟早会害死你自己。你真诚一回吧!"

冷冷看她一眼,他冷酷无比地说完这些话,把叶穗弄得愣在原地。他松开她手臂,非常霸道总裁式地转身走了。

叶穗先是被他劈头盖脸骂了一通,被他的毒舌都说蒙了,好像她是多么不负责任。结果他自己说得爽了,转头就走——这什么破学弟!她不要这种破学弟!

叶穗跺脚,气得胸脯起伏。尖叫一声,她冲过去,从后对着他屈膝抬脚。五厘米的高跟鞋，狠狠踢向他膝盖。许容与非常敏锐地躲开，腿还是和她尖锐的细高跟擦过，这女人心真狠，踢得他差点当场跪下。

叶穗扬下巴，非常张牙舞爪地回应他："你滚吧你！我会好好和你哥约会，吃饭看电影玩狼人杀！你就滚回家，躲你的小被窝里揪着小手帕哭吧。等我和你哥复合了，你就乖乖叫我'嫂子'吧！你敢不叫，我就让你哥打死你！"

许容与气得发抖："你真是不可理喻！"

叶穗："滚吧。不想和你说话了。"

她过完瘾，也怕许容与这种没风度的人过来打她，所以稍微看他手臂有抬的动作，便非常矫健地一跳三米远，头也不回地冲向单元楼。她一边跑，一边回头看他。

许容与伸手捏着眉心，非常无语地盯着她。好好一个告别，被叶穗气得，他真的想揍她。良久，许容与苦笑一声，心想：这就是叶穗啊。

鲜活的、明亮的、张扬的、慵懒的、使坏的、蠢笨的……那都是她。通通是她。

叶穗第二天早上还收到许容与的起床提醒，告诉她许奕大概几点会到。叶穗哼了一声，压根没回这个人的信息。她唇咬梳子，对着镜子扎头发，有条不紊地开始刷粉、化妆。倒不是为了迎接许奕而精心打扮，而是今天小年，她是个很有仪式感的人。

叶穗对今天的畅想非常完美。她早上打半天工，中午和许奕吃饭，下午和妈妈喝下午茶，晚上她一个人在家里看电影，和过世的爸爸一起庆祝节日。

许容与把许奕叫过来陪她一起吃午饭，某种角度看，陪伴孤零零的她，也挺好的啊。

出门上班前，叶穗非常虔诚地将爸爸的照片放到钱包里。她轻轻亲了一下黑白一寸照，小声："爸爸，下午我就和妈妈一起吃下午茶了。我也好久没见妈妈了,我知道你爱她,但是她有了新家庭,你也不想去打扰对不对?下午我带你偷偷看她一眼啊。爸爸,咱们就看这么一次,以后就忘了这个刻薄寡义的女人,好好过自己的小日子吧。"

照片上的中年男人戴着眼镜,儒雅英俊。他望着叶穗,就好像以前那样,露出非常无奈的笑,总要调节妻子和女儿之间的矛盾。

"穗穗,一梦,你们两个不要吵了。"

他那么爱叶一梦那个女人,爱到生的女儿都跟着叶一梦的姓。但是他过世后,叶一梦快速嫁给别的男人,速度快得让叶穗都怀疑叶一梦是不是背着她爸爸搞外遇了。有次和叶一梦吵架时,叶穗气狠了说出口,当场被她妈妈扇了一巴掌,扇得她摔倒在地。她当时倒在地上心脏痛得不行,觉得自己快喘不上气,觉得自己离死亡那么近。可是她的妈妈毫不留恋地锁门出去了。

那是叶穗和叶一梦关系触到冰点的最开始吧。

她恨着叶一梦,可是有时候又渴望叶一梦的爱——哪怕是她抽空和自己喝个下午茶。

她和她爸爸一样,在那个女人面前,都好卑微啊。

叶穗无奈地对着镜子笑了笑,出了门。

上午的工作进行得非常顺利。店里只有她一个服务生,但好在今天过节,来甜点店的人不多,叶穗应付得过来。时间一点点接近中午,想到中午要约饭,她心情也越来越好。和许奕吃饭其实也不错,虽然不打算和许奕复合,但是这个前男友性格很好,当朋友一起吃饭相处也愉快。

店里客人不多不少,叶穗站在柜台前看账单的时候,店门口风铃声响。叶穗反应迅速地抬头微笑,对着店门口非常热情道:"欢迎光临!"

进来的是一个中年胖男人。男人大腹便便,留着小胡子,一双小眼睛精明地四处扫望,显得非常油腻。虽然形象不够好,但胖男人穿着讲究,一看就非富即贵。叶穗对这种中年男人没太多兴趣,都没有多看两眼。她这里只是甜品店,再贵的甜点也贵不到哪儿去,这胖男人有没有钱,都对她没有吸引力。

但是叶穗的长相,却让胖子眼前一亮。现在满大街网红脸,这种真正的小美人,太珍贵了。

胖男人整了整西服,迈着悠闲的步子,挪到柜台前,要了两杯奶茶。叶穗记录好后:"好的,先生您可以先入座,一会儿我会把您要的奶茶给您端过去。"

胖男人笑眯眯:"不用不用,这会儿又没什么人,我等一等就好了。"

叶穗无所谓,他愿意等就等呗。她转悠着调配奶茶的时候,胖男人眼睛滴溜溜地盯着她即使系着围裙也显得曼妙纤细的腰肢。男人闲闲地和她聊天:"小妹妹,你干这行多久了?每天这么多客人,辛苦吧?"

叶穗抿唇一笑:"叔叔,我是大学生,放假勤工俭学来着。赚点零花钱啊,没什么辛苦的。"

她非常认真地称呼"叔叔",男人眼眯了一下,似笑非笑。胖男人继续和她聊:"大学生?大学生放假怎么干这个?你什么专业的啊?"

叶穗不想说太多:"我们专业实习没钱拿。这儿的薪水不错。"

反正经常有客人喜欢和他们聊天,打听东打听西,叶穗就把他当普通客人一样看待,随口说两句。男人听闻,非常可惜:"小妹妹,以你的条件,想要打工哪用干这个?我公司正好有个职位,也是招学生去临时帮忙的,不知道你有没有兴趣?"

叶穗笑眯眯:"不需要啦,我只是随便玩一玩嘛。"

男人将一张名片放在了柜台上,笑着:"多了解了解再说。"

叶穗也不和他对着干,她将调好的奶茶放到柜台上,见客人坚持无比,就伸手接过名片。她接名片时,男人的手若有若无地在她手背上轻轻一勾。叶穗面上带笑,心里狂骂死胖子,但并没有表现出来。

叶穗不想得罪客人,但她收下名片的那一刻,就知道自己永远不会打名片上这个电话。

反正从今往后她不会再来这里打工了,让胖子自己找去吧。

而就在这一瞬,胖男人的手恋恋不舍地擦过女孩子的手,店门口风铃再响。叶穗向门口看去,这一看,她还没说出"欢迎光临",门口的妇人就非常愕然地喊:"叶穗!"

美妇人开口那一刻,胖子以和他身形完全相反的灵敏度,快速缩回了本来想握住叶穗的手。他转身,对门口妇人露出笑,并疑惑地看看叶穗:"老婆,你过来了啊,我已经叫好奶茶了。你认识这个小姑娘?"

叶穗怔忡着,与门口的妇人对视。

进了店的这位妇人一身珠光宝气,身材婀娜纤细,摘下墨镜后,面容姣好美丽。她已经四十多岁,然而肌肤细嫩唇瓣嫣红,保养得如同刚三十岁一般。她手扶着门把手,诧异地皱眉,蹙眉的动作,温柔自怜得让人想为她捧心。而她眼睛里流光一转,华光漾漾,店里的男人女人眼睛都盯着她看了。

叶穗也是美人,店里的客人看着叶穗就赏心悦目。但眼下他们看到这位妇人,才知道什么叫颠倒众生的美——和年龄完全无关。美人越老,越是风情动人。

再一看那个胖男人,和美人站在一起,年龄差距都快有二十岁了。众人纷纷可惜——一朵鲜花插在牛粪上。

叶穗不知道该如何称呼这位进来的美妇人,便选择了沉默。

因为这个女人,正是她妈叶一梦。显然那个想揩她油的中年胖男人,是她新的后爸。

叶一梦乍然在这里看到女儿叶穗,愣了一会儿,几乎怀疑自己记错时间,自己明明和叶穗约的是下午,怎么这会儿就见到了?叶一梦还没惊愕完,就听她老公问她是不是认识这个小姑娘。叶一梦回过神,非常尴尬地笑了一下,含糊道:"认识。"

她的这任老公名叫张新明。

张新明一听漂亮的老婆认识这个小美女，心里不觉又痒又怕。

张新明缓了缓，要再说话试探老婆，叶一梦的眼睛就先望着他，非常不悦："让你买个奶茶，为什么这么久？我刚才看到你的车好像被人划了，你不去看看吗？"

胖男人一听就慌了，留下两杯奶茶也不拿，赶紧往店外跑去。

叶穗无声嗤笑一声，低下头拿抹布擦着流理台。

叶一梦打发走了老公，踩着高跟鞋走到柜台前，默不作声地打量着女儿。叶穗始终不说话，叶一梦忍不住压低了声音："你怎么回事？见到我也不打招呼，有没有礼貌？"

叶穗见到她，说话语气变得很差："我这不是不知道怎么打招呼嘛。叫您'妈'的话，怕您的新老公还不知道您有个女儿，那您烂摊子可不好收拾。"

叶一梦眉一扬，动作和平时叶穗挑衅人时一模一样。

叶一梦："你怎么在这里打工？多丢脸，别干了，赶紧回家去。"

叶穗抬眼，笑眯眯反问："回哪个家呀？"

叶一梦往四周瞥一眼，似乎怕人注意到自己和叶穗聊天。为了赶时间，她语气非常快速："爱回哪里回哪里去。总之别在这里。你丢脸不丢脸，跑这里打工！干什么？等着碰上富二代？"

叶穗猛地将抹布一摔，冷冰冰地问她："你眼里就只有男人吗？我打工自己赚钱，哪里丢脸了？"

叶一梦不耐烦道："这种小破店能挣几个钱？"

叶穗翻个白眼，简直懒得和她废话。

叶一梦："你不是找男人是什么？你就是虚荣心作祟！"

叶穗火大："我不能自己打点零工赚点钱？我不得给自己攒生活费？不然还指望你？你连你自己都顾不好！"

叶一梦一怒，和女儿吵起来："怎么不是虚荣心？你读个书能花什么钱？你不是还不让我动你爸爸的钱吗？那么多的钱不都是给你的？你还缺钱？就是不富裕，平时省一省也行了。你非要抛头露面……你这就是虚荣!"

叶穗气死了。

她打个工,被叶一梦说得好像她在做不正当的职业一样。而且爸爸留给她的钱都是学费,叶一梦是对大学有什么误解,觉得她平时不需要花钱?

叶穗咬牙切齿,努力压低自己的声音,不让两人的争吵被外人听到:"爸爸娶过你这种女人,我真为他觉得羞耻!"

她这么一说,叶一梦脑子一下子空了。就像炮火冷不丁被点燃,叶一梦炸了,声音抬高,顾不上店里的看客们。她厉声:"你说什么!你有什么资格这么说!"

叶穗扬着下巴,冷笑:"你嫁给爸爸那么多年对建筑学还是一点都不了解。你不知道我们专业有多耗钱,不知道我们的绘画工具有多少种,不知道我们天天要买模型材料、买木板、买塑料、买有机玻璃、买石膏……我们每次放假都有非常多的实习,每个实习都需要自己掏钱包……你觉得这些不用花钱吗?我不趁没有实习的时候打工赚钱,难道还指望你给我掏钱吗?"

叶一梦的心稍微虚了一下,却仍然不服输:"那你为什么要在这种市中心的热闹地段打工?我不相信你!"叶一梦伸手来拉她,"你跟我走,钱的事再商量,反正你别在这种地方丢脸了。"

叶穗甩开她的手:"我不!"

叶一梦当然不接受自己被拒绝,再次伸手来拽她。客人们看得不知所措时,门被推开,之前离开的胖男人回来了。他看到自己老婆和那个小姑娘拉拉扯扯,愣住:"一梦……你们两个在干什么?"

叶穗咬着腮帮,盯着进来的男人,再看向有些僵硬的叶一梦。她冷笑着威胁:"放开我!我不跟你走!你敢不敢告诉你老公我是谁?你不敢。所以我们就是陌路人。请你松手,别管我!"

然而叶一梦拽着她的手,根本不松开。

母女二人无声对峙,男人走过来,满目疑惑。

叶一梦睫毛飞快地颤抖,她愤怒地喊道:"有什么不敢的?你就该被我管！就该听我的，跟我走！"

叶一梦转向旁边男人，面容气得通红，咬着牙破罐子破摔地说道："老公，之前一直没告诉你，现在我告诉你，我有个女儿。只是这个女儿不听话，总让我生气。现在你看到的这个小姑娘，就是我的女儿！"

她眼睛里像是蕴藏着暴风雪般，疯狂又迷乱。

她转向叶穗，冷笑："现在肯跟我走了吧？我绝对不会让你留在这里，给你爸丢脸！"

叶穗尖叫："你才是给我爸丢脸！你满脑子龌龊思想……放开我——"

她贴着屁股的裤兜中手机振动了一下，许容与发来一条信息，但她根本没有注意到。她浑身颤抖，被自己的妈妈气得受不了。

许容与在火车站中，发给叶穗一条信息："我哥不来了。我陪你吃午饭，可以吗？"

但他等了很久，她都没有回复。

许容与握着手机的手，轻微颤抖一下。他望着灰蓝色的天空，默默出神——就这么讨厌他吗？

第十章
就是爱她

许奕都约好弟弟接车了,但他出去上个厕所的工夫,回到软卧间,发现本来只有自己一个人睡的软卧房,多了一个娇小的姑娘。她个子小小的,脸也小小的,肉肉的,透着一股娇憨之气。她坐在床边,手搭在小桌上,笔在桌上摊开的草稿纸上写字。她明明看着娇小,写字的架势却透着一种高贵。

许奕愣愣地走进来,还以为自己进错了房间,又出去,再进来了一次。

他再次进来后,坐在桌边写字的姑娘抬头,看了他一眼。这姑娘长相娇憨,看人的眼神却非常高冷。

姑娘:"你的书?"她指的是摊在桌上一堆翻开的书。

许奕以为自己占用了小桌耽误了人家,他连忙过来收拾,非常爽快地笑道:"不好意思啊,你刚上车?"

姑娘轻轻"嗯"了一声,许奕合起自己的书的时候,无意间往旁边扫了一眼,他发现姑娘写在草稿纸上密密麻麻的字和词,他都认识。于是收书的动作稍慢了些,许奕低头看一眼,惊讶道:"你在照着我的书刷司考题库?"

陌生姑娘道:"看你有几道题做错了,忍不住自己再做了一遍。"

她转着手中笔,长相恬静,笑容偏淡,轻轻睨了许奕一眼:"你对照答案看看我做的对不对?"

许奕半边身子麻了一下。怎么说呢,这姑娘看他的这种睥睨眼神……他受不了女生的这种眼神。以前喜欢叶穗,喜欢的也是叶穗身上那种散漫和吊儿郎当。虽然事后发现,他的前女友也太散漫了。

许奕回过神,坐下后翻开书对照答案,同时随口问:"你也是法学生?"

姑娘:"嗯。大三法学。"

许奕意外地抬头看她一眼:"我也是大三的。你们学校这么晚才放假?和我弟的东大有得一拼了。我弟他们学校寒假才放二十天,你们这是比他们还晚?"

姑娘唇角带笑:"不是,和我同学旅游完,今天坐车回北京。我家和学校都在北京。"

许奕挑了下眉,显然这是个外形娇憨、内里非常有主意的姑娘。这时他已经对完了答案,非常意外地抬头:"你全对啊。是蒙的还是真的会?"

女生偏头,笑问:"为什么要蒙,小哥哥?"

许奕目中带笑,他笑起来,越发衬得面容英俊。许奕开玩笑:"听说现在女生只喊帅哥'小哥哥'。"

女生:"哦,你这么自恋啊?"

许奕爽朗大笑,觉得这姑娘很好玩。他这个人本就随和,喜欢交朋友,当即合上书,打算和这姑娘认识一下:"你好,我叫许奕,也是北京人。之前去上海跟我们老师参加研讨会,今天才回来。"

姑娘看着男生伸出的五指匀称修长的手,慢吞吞地伸手,轻轻挨了一下:"我叫尹合子。"

"好特别的名。"

"不知道,我外公取的。"

许奕对这个姑娘感兴趣,觉得她又冷又软,又温柔又高傲。尹合子像谜一样,况且又和他是一样的专业。许奕与她交谈甚欢,到站后就不想下车了。他给弟弟发条信息，补了车票，回到软卧，继续和尹合子聊天，打算一路聊到北京去。

在外等了许奕半小时的许容与，这么容易就被他哥哥抛弃了。许容与给哥哥打电话，还因为火车上信号不好，声音断断续续，没法多交流。

这是上天都不给许奕和叶穗再续前缘的机会啊。

许容与在火车站站了半天，出了车站，望着灰色天幕，他觉得一阵轻松。就这样吧，不管背负着什么样的感情，他都不想再退让了。他给过机会，帮忙争取过了，哪怕是让叶穗和许奕好好告个别呢……但不告别，其实也没什么。

本来已经买好了回家的票，许容与站在垃圾桶前，面无表情地将票撕掉。碎屑乱蝶一样飞入垃圾桶中，他给家里打了电话。

这次是他妈妈倪薇接的。

倪薇声音高雅，说话时含着笑意，显然心情不错："怎么了，容与？"

许容与顿了一下，揣摩了一下倪薇的心情，问："妈妈怎么这么开心？"

倪薇："有几个阿姨来家里打牌，我赢了不少。不说这个，你是什么事呢？快到北京了吧？是让家里司机去接你吗？"

许容与："不是，我下午再回去。遇见了一个同学，去他家里吃午饭，盛情难却。"

倪薇眯了眼："男生女生？"

许容与："男生，普通同学。"

倪薇"哦"一声，不再说什么。毕竟离北京不算远，许容与就算下午再回来，也来得及。挂电话前，倪薇半开玩笑："和你同学吃个饭没什么。不过容与你要是谈恋爱了，一定要告诉我和你爸爸一声。我们比你经验多，能帮你参考参考。"

许容与默了良久，冷不丁问："为什么非要参考？怎么不去给我哥参考?因为管不了我哥,只能管我吗?"

倪薇那边愣住了,显然没料到许容与会这么说。许容与一直是非常乖顺的孩子,从来没有忤逆过她。他突然来这么一句,让她瞠目结舌,随后感到的是浓浓不悦:"许容与——"

许容与吸口气,意识到自己反应过度,他快速地结束通话:"对不起妈妈,我只是不喜欢总被查岗。我同学来了,我先挂了。"

倪薇的话没说完,就被许容与挂了电话。她呆坐在沙发上,握着家里的座机,渐渐反应过来,气得浑身发抖。许容与这些年太乖,她都快忘了许容与最开始的叛逆。倪薇本能想把电话拨回去,但是才开始拨号码,家里的阿姨就过来了:"太太,那几位太太等您打牌呢。"

倪薇一顿,还是不甘心地放下了座机。她撩了撩半短卷发,练习了一下标准微笑,才起身向客人的方向走去。但倪薇心里已经决定,等许容与回来,绝对不能让他轻易揭过这件事。

许容与打电话给叶穗,那边挂了他几次电话后,直接关机。许容与愕然,开始有些忐忑,没想到叶穗对他的怨念大到要关机。他对她造成的伤害,大到这个程度了吗?

许容与不敢再磨蹭,他看了下时间,直接打车先去市中心的那家甜品店。

甜品店中,客人们已经全走了,店里要打烊,然而店员的家庭矛盾还没有解决。胖男人张新明惊愕地看看娇妻,再看看从天上掉下来的漂亮女儿。但是轮不到他发表感想,他的漂亮老婆和漂亮女儿各站一边,吵架吵得眼中含泪,泪珠顺着睫毛滴滴答答地落在腮帮上,母女二人都哭得楚楚动人。

张新明看得一阵心疼,权衡之下还是决定先劝劝娇妻:"哎呀老婆,不要哭了,孩子不懂事嘛。"又对着叶穗,"那谁,你别气你妈了,今天是过节的,这么吵不好……"

叶穗冷笑,她裤兜里的手机一直不停响,她气得干脆把手机摔了出去。手机砸在地上，瞬间四分五裂，里面的卡都掉了出来。手机砸到叶一梦脚边，吓得叶一梦一声尖叫，厉声："你砸什么手机？叶穗，我看你想砸的不是手机，是我吧？"她委屈万分，"我做错什么了？我不就是叫你跟我走吗？"

"我不去！你们阖家欢乐，我去干什么？为了不给你丢脸？"叶穗情绪激动起来，也是目中含泪，大声喊，"我就和我爸守着空房子过年！有我爸在，我不需要你！"

叶一梦冷笑："有脸提你爸。我看你爸看到你现在的样子，也得被你气死。"

叶穗脑子"轰"的一下，但她不愿服输，用同样的尖锐语言攻击回来："那可未必！我不如你，我从不勾搭富二代，不如你老公都换了一批又一批。你结婚的时候没想过我爸，现在才想起来？"

"你……你……你！"叶一梦气得跺脚。她像少女一样，被气坏了还是瞪大眼睛，难以置信。她生得妩媚动人，脾气极端而天真，不讲道理，永远只能被人捧着，不能被人忤逆。叶穗不肯如她愿，她便对叶穗很不满意。

叶一梦没有为人母的自觉，行事作风永远自我。她不满女儿，伸手就要来扇叶穗巴掌。

张新明吓了一跳，为难地在中间左右拉架。但叶穗也不是逆来顺受的，叶一梦被张新明拉着，叶穗抬手抓住她妈妈的手臂，将她向后猛然一推。

叶穗："你别想再打我了！我早不是那个会被欺负没处申冤的小女孩了！"

被女儿推得趔趄，叶一梦茫然无比，怔怔看叶穗。她眼圈又红了："你这个扫把星，你为什么变成这样？一点也不听话？跟我走有什么不好的，我在害你吗？你怎么这么防着我？也不让我花钱，也不让我去你身边看你。"

叶穗："你不也是结婚了不愿意承认我吗？"

叶一梦："我不是怕你搅和我再婚吗！你搅和了我多少次！"

261

突然间，叶穗觉得这场闹剧非常可笑。她永远长不大的妈妈，眼里都是别人的错，她以后是不是也会变成叶一梦这样？

两个人推搡着，再次吵得厉害。张新明满头大汗，显然没想到自己的老婆和这个便宜女儿的杀伤力这么大。两人都是尖叫着想推对方，他肥胖的身子拦在中间，很快出了一身汗。

再一次分开，叶穗手撑在柜台上，盯着她妈妈捂着胸口喘气的模样。叶穗忽然觉得疲惫，不想和她吵了："你就这么活着吧……但是你记得，当初要不是你非要买那么贵的包包，我爸也不会天天加班过劳死。

"他死了，就没有人再爱你了。你结多少次婚，找多少新老公，都不会有人比我爸爱你了！"

她一说，叶一梦的眼神瞬间变了，像刺一样扎过来。

叶一梦吼道："明明是你要上舞蹈课，他才加班拖时间，等着去接你。如果不是为了接你，他才不会死。你居然有脸说我？我没人爱？你和我一样！"她上前，伸手要再给叶穗一巴掌。

叶穗发怔，泪珠挂在睫毛上，她看着叶一梦女士的脸在眼前放大，看着她挥起来的手。张新明已经劝不动了，坐在旁边喘气，以为这个便宜女儿这么精干，肯定不会吃亏。但是叶穗居然没有躲，就那么呆呆站着。叶穗看她妈妈面孔扭曲，某一瞬间，眼里带着对她的恨意——叶一梦是真的觉得老公是被女儿害死的。

而叶穗同样觉得爸爸的过劳死，就是因为叶一梦总是奴役老公。

她们这对母女啊……真是一模一样。

可怜可悲。

叶穗眼睛含着泪，就等着叶一梦的巴掌落下。突然，店铺门被推开，她整个人被一只手拉开。她被拉得趔趄向后倒，那只手稳稳地拽着她。男生的另一只手臂抬起，挡住了叶一梦落下的巴掌。

叶一梦的巴掌，打在了男生的手臂上。

所有人为这变故愣住了。

男生回过头。叶穗泪眼婆娑中，看到许容与熟悉的面容。也许是泪水给他加了滤镜,在她眼中,他比平时更加气质卓然。他皱眉的样子,也比平时好看得多。

他低声问她:"没事吧?"

叶穗茫然地摇了摇头。

许容与回头看向那边被老公扶住的美妇人,盯着对方半天,他问道:"您是叶穗的妈妈?"

叶一梦脸上也挂着泪,语气有些沙哑,她警惕地看着这个明显和女儿关系匪浅的陌生男孩:"你是谁?"

许容与:"叶穗是我学姐。阿姨,不管你和叶学姐有什么矛盾,误会也好,不是误会也好,你都不应该打她。叶学姐昨天还告诉我今天下午你会来和她喝下午茶,她那么期待你的出现,而你毁了她的期待。阿姨,你不应该这样。"

叶一梦愣住了,看向别过头、大半身子躲在男生身后的女儿。她迷惘地想,叶穗居然期待过和她一起吃饭?

叶一梦怔了半晌,说:"我只是想带她走啊,她在这种地方,人来人往,干什么啊……穗穗,妈妈错了,你看你叔叔已经认识你了,你和我们一起回家吧。"

张新明被老婆看一眼,连忙点头:"对对对。"

许容与眉皱得更深了。按他的脾气,和这样的夫妻说话不会多好听。但他不了解叶穗家里的事,又顾忌着怕得罪了她家里人,说话便尽量客气了:"叔叔、阿姨,叶学姐不是你们的私有物品。如果她不想去,你们应该尊重她。"他回头,看着叶穗的目光分外温柔,"你想去吗?"

叶穗沉默地摇头。

叶一梦目光一寒,瞬间又要大骂。但她的目光对上少年平静的双眼,不知为何,居然心虚了一下。张新明又在旁边察言观色,劝她算了。叶一梦勉强整理好自己,又和叶穗说了几句服软的话。叶穗没理,叶一梦的火气再次被激了上来。为了避免让外人看热闹,叶一梦拉着张新明,转身怒气冲冲地走了。

许容与默然,心想她妈妈真的不怎么样啊。叶一梦都不知道他是谁,就放心地把女儿丢下走了。

本以为自己的亲生母亲软弱,倪薇又太强势,让他过得很压抑。但是和叶一梦相比,倪薇这个母亲已经是不错了。起码不会当众给他难堪,不会让他烦恼生计,让他可以专心学习。虽然她恨不得控制他的一切,但这些却都可以规避。

而叶一梦……

许容与蹲下,将地上被砸坏的手机碎片一一捡起,又收起她的手机卡。叶穗一直呆呆地坐在旁边,不看他,眼泪却一直掉。许容与默然不语,他将甜品店里的垃圾碎片扫干净,回头问叶穗:"可以关门了吗?"

叶穗点头。

他便拉着她的手,带她关门,离开了这边。而叶穗现在心神紊乱没个主意,许容与拉着她走到哪里,她跟到哪里。他搂着她的肩坐上车,她望着窗外发呆,一路无言。

他们离开了五分钟后,先前离去的叶一梦又风风火火地回来。看到甜品店已经关门,叶一梦脸色瞬间煞白。张新明气喘吁吁地跟在她后面,到了近处,就看他老婆又在掉眼泪了。

"怎么办怎么办?我忘了问刚才那个男生是谁了?他们两个就那么走了?叶穗随便地跟一个男的走了?"叶一梦翻包找手机,打不通叶穗的电话,才想起她女儿把手机给摔了。

叶一梦愣了半天,气得骂:"这个扫把星!"

张新明只好在旁边劝道:"算了算了,那个小男生看着不错,修养气度都挺好的,看着是有钱人家的公子哥。穗穗不会吃亏的……改天我帮你一起劝她回来,跟咱们一起住吧。"

叶一梦吃惊,她转头看老公:"你……不生气我骗你吗?我没说过我有女儿的。"

张新明叹口气,佯装无奈:"有什么办法呢,老婆怎么都是对的啊。"

叶一梦被逗笑，嗔了他一眼，眼波风流妩媚。张新明看得心里一醉，上前握着老婆肌肤细腻的手腕，哄着老婆。叶一梦却是看着他油腻的面孔，心里一瞬间闪过厌恶，别过了头。

有钱倒是有钱，可是远不如叶穗她爸爸英俊。但是脑子才想起那个男人，叶一梦就暗示自己打住，不要再想了。她回过头，努力让自己温柔地看着新老公，欣赏新老公的优点。她需要人爱，需要人宠，需要过优渥的生活，这个人是谁都无所谓啊。

"还没吃饭吧？一起去吃午饭，然后陪你去买手机。"许容与对叶穗说。

叶穗恹恹的，赌气道："不买手机，我没钱。"

许容与："我给你买。"

叶穗："没钱还你！"

她跟吃了枪药一样，换平时许容与一定呛回来了。但思及她心情不好，许容与耐心地克制自己的脾气："我不用你还钱，当给你的过年礼物。"

叶穗别过头："那我没钱还你礼物。"许容与没理她，叶穗还踢了他一脚，"有钱公子哥真是了不起啊。"

许容与平白无故被她踢一脚，火气一下子上来。他回头，警告地看她一眼，她挑衅地睁大眼睛，就等着他发怒。她像小孩子一样故意和他对着干，许容与一瞬间觉得她可怜又可爱。

他叹气，伸手摸摸她的发，轻声："傻。"

叶穗："敢说学姐傻，你有没有礼貌？我不要和你这种小屁孩一起吃饭了，你哥呢？不是说好和你哥吃饭的吗？"

许容与脸僵了一下，握着她的手微紧。

又走了一段路，他闷声道："你还真喜欢他？"

叶穗轻轻"嗯"了一声，没看见旁边的许容与脸色一下冷了下去。

她盯着前方虚空，慢慢地说："许奕这时候在就挺好的。他简单，爽快，还长得帅。我可以和他一起吃饭，一起约会，没有一点心理负担。

他不会问我乱七八糟的问题,他直接可以带着我放松。"

许容与冷冷道:"那真是对不起了,他回北京了。并且我昨天告诉过他我和你在一起,他压根没在意。你的前男友,并没那么在乎你。"

叶穗望他一眼,眼神幽幽。

许容与心里一咯噔,暗自反省自己怎么回事,怎么就忍不住又开始说她了。叶穗一定会更加不高兴的吧……他才要补救,就见叶穗盯着他,幽幽说道:"其实你也不差。长得帅,气质好,还特别理智。和你在一起,只要你闭嘴,应该也挺能解压的。"

许容与被她说得愣了愣,没想到她会突然夸自己。

他低下眼:"谢谢……"

叶穗莫名其妙地看他一眼:"你高兴什么?你能改掉你说话难听的毛病吗?你不能。所以你还是不如你哥。唉,我怎么就和你待在一起呢。"

叶穗走了一段,发现许容与没跟上,她回头,蹙着眉:"不是说一起吃饭吗?你又怎么了?小男生就是麻烦,这么幼稚。还是成熟又简单的哥哥好啊。"她满脸郁闷,一副"算了凑合一下吧"的表情。

许容与都快气死了,所以是他幼稚吗?!

许容与说好回家的日程,越推越往后。从昨天推到今天中午,又从今天中午推到下午。下午接电话的阿姨就已经很为难了,不知道怎么和许家长辈交代。很快她就不用烦恼了,许容与回家的时间又推了。

最后一次,许容与说:有点事,回去再说。

这个时候,许奕都已经回到家了。

倪薇觉得自己被许容与耍了,在家里暴跳如雷,恨不得打电话过去问许容与到底是怎么回事。幸好家里有客人,微微止住了倪薇的怒火。紧接着大儿子就匆匆出了门说找朋友玩,倪薇顾大的顾不上小的,再加上丈夫许志国在旁边劝说,她只好咬紧牙关,忍下了这口气，等许容与回来再说。

许容与还留在叶穗那边。

中午时叶穗因为和叶一梦吵得太久，错过了吃饭时间，许容与带她去吃饭的时候，街上还开着的店就不多了。年关接近，颇有些无趣。何况叶穗心情欠佳，也没有吃饭的胃口。最后两人随便找了个餐厅凑合了一下，许容与就和叶穗一起去买手机了。

许容与耐心地和导购询问价格和性能，并在网上查信息。

叶穗懒洋洋地跟在后面，吊着眼，全程脸色冷漠。明明一张美人脸，但此时冷艳无比，手机店的人转一圈，竟是没人敢和她搭讪。而许容与买好了手机，把卡插上，将手机还给叶穗的时候，叶穗才说了一个小时以来的第一句话："改天我把钱打给你。"

许容与："嗯。"

在这个时候，就没必要再招惹她了。

两人出了手机店，站在四通八达的交通大道前，许容与一时有些茫然。他问旁边的叶穗："下午想去哪里玩吗？我陪你。"

叶穗懒懒地乜斜他一眼："去KTV。"

许容与了然，原来是要唱歌解压。

但半小时后，叶穗带路，熟门熟路地领他进了她常去的一家KTV，许容与就愣了。叶穗进来就叫了啤酒，坐在小包里，脱了外衣，长腿在茶几上一搭，就开始喝啤酒。

许容与："喝酒怎么不去音乐吧？"

叶穗嗤笑："因为音乐吧白天不营业。"

包间里音乐声开得巨响，但她根本连点歌的兴趣都没有，坐那里喝着。雪白的面容很快被晕染得如晚霞般，眼角飞红，眸若含水。闪烁摇晃的灯光照在她身上，光芒斑斓，照不清她迷离的眼神。

酒液顺着脖颈向下流淌，她长颈如白鹤，优雅中透着一丝脆弱。

许容与静静站半天，在挣扎要不要劝她别喝了。

最后，许容与坐到她身边，他伸手碰她桌前的酒瓶子，打算陪她一起喝。但原本只是面无表情自己喝酒的叶穗，却伸手抢走了他要碰的酒。许容与顿了一下,再去拿另一瓶,又被她抢走。

许容与:"叶穗?"

叶穗懒洋洋地靠着沙发,眯眼看他:"你不能喝。"她声音里满是萧索,"你是乖孩子啊。"

叶穗脖子往后一仰,细长的血管衬着瓷白的肌肤,蜿蜿蜒蜒。黑瀑般的长发散下,铺在肩上,映着黛色眉眼,樱色唇瓣。灯光下,她这显山露水的美,让许容与发着怔,半边身子,就那么无知无觉地酥了。

而叶穗含糊地闭着眼:"你不能喝,你还要送我回家呢。"

她没等到许容与回应,歪头去看他,正好撞见他快速地转了脸。

许容与身子僵硬,侧脸掩在黑暗中,他声音冷冰冰的,像掩饰什么一般:"你说的有道理。"

叶穗嗤一声。

不理这个总是一堆心事还不说的小学弟了,她专心地求醉。让自己思维混乱起来,现实中的痛苦就好像能少一些。只要遗忘了那些,让自己麻痹了,那些痛,就可以再一次熬过去了。

虽然每一次都伤筋动骨一般痛,但其实也还好。

不要再想什么爸爸、妈妈,不要再计较自己无家可归,不要想要怎么过年了。她爸爸是穷小子,那边亲人早过世了。妈妈是逃出家的富家小姐,家里不认,她也不记得外公外婆是谁。过年了,她妈妈可以躲去新的老公那里,可是叶穗搞砸了一切。

她再一次搞砸了自己和叶一梦之间摇摇欲坠的关系,也差不多搞砸了自己和许容与之间的可能吧。

谁看到了女孩家这么复杂的家庭关系,还有勇气和她在一起呢?何况他那个人,那么的理智,冷漠。她就这么失去了一个爱人……呜呜呜。

她哽咽着,泪水落下。许容与在不在身边,他会不会看到她最糟糕的样子,她都不在乎了。叶穗性格中有遗传自她妈妈的极端的那一面,她平时很努力地控制,可是她永远缺少一些东西,让她一直在寻找。

她伤心得又哭又号。

许容与一直在旁边劝:"叶穗,我只给你半小时。"

过一会儿,他冷冰冰地说:"二十分钟。"

再一会儿,他又说:"十五分钟。"

叶穗想,这个人真的好烦啊!从来没有人在她伤心时,这么不停地烦她,但却又让她觉得有安全感。

"叶穗。"许容与握住了她的手。她抬头,身子轻轻晃了下向后倒,许容与握住她的肩膀。她几乎被他半抱在怀里。她醉醺醺的,却闻到少年身上的气息。她在他怀里晃,仰头眯着眼看,越看越帅。

他有浓密的短发,微蹙的眉,还有那清冷的气质,那不把任何人放在眼里的傲慢。他还陪她一起上自习,给她写解题步骤。他搭建筑模型时的模样,他写方案时的模样,他上课时的模样,越看越迷人。她知道校论坛里好多大一新生都拿着他的照片问这个小哥哥是谁,她知道他也收到过很多女生的情书,像那个明瑜水大小姐,还有在教室外给他递情书的小学妹……

他这么好,可是他不属于她!

叶穗手捧着他的脸,许容与警惕,这个女人又想干什么。他手扣着她的肩不让她摇晃,上身微微向后倾。他警惕着叶穗,却见女生眼睛眨一下,再眨一下,紧接着,滚烫的泪水一滴接一滴地往下掉。豆大的泪珠挂在叶穗脸颊上,她哭得非常伤心。

许容与愕然,只是不让她喝酒,她反应就这么大?!

他一下子也慌了,连忙说:"你喝,你喝,你接着喝。"

可是叶穗的泪水掉得更多了。这一下,许容与更加不安了。叶穗一把推开他,蹲到地上,开始捂着脸哭。

喝醉了的叶穗和刚才的冷傲美人完全不是一个人。刚才的美人拿下巴对他冷笑,现在的美人脆弱得他都不敢碰。许容与慌了神,蹲到她旁边:"你……你别哭啊,我……我错了。我再不说你了,你想喝的话继续喝吧。你别哭了好不好,是我错了。"

但是他根本不清楚她在哭什么。

他越劝,她从两只手缝隙间露出的眼睛越湿润。她耸着肩,看一眼他的脸,悲从中来,鼻尖哭得通红,气都快喘不上来。她觉得自己和许容与之间完了。上天为什么这么对她?没有了爸爸,妈妈跟人跑了,现在特别喜欢的男生,也被她吓跑了……她以后是不是真的像妈妈诅咒的那样,孤苦伶仃生活一辈子?是不是也会找富二代结婚啊?如果不听话就会被打被骂吧?然后她不小心犯了错,就要被人赶出去流落街头。

她养只猫吧,让猫陪她一起吧。可怜的猫猫,居然要陪她一起老。而且她运气这么不好,猫猫要是生病了,跑丢了,找新的主人了,出意外了,死了……她该怎么办?

叶穗哭得全身发抖。

许容与跪在地上,她哭得他六神无主,茫然无措。他人生十几年养成的气度,在这个蹲地上捂脸哭的学姐面前一败涂地。他抖着手,搭在她肩上。他轻声又无措地说道:"别哭了啊,你告诉我,我哪里做错了……别难过了,世上可怜的,不是只有你一个啊……叶穗……叶穗……"

可她就是不理他。

许容与眼眶跟着发红,他恨不得将她抱在怀里,他愿意放弃一切求她别哭了。她哭得他快疯了,他头皮炸裂,不知道怎么是好。许容与沙哑着声音,颤抖道:"穗穗……"

她抬头,乌黑的眼珠子看向他。

她有反应,许容与再次试探地:"穗穗?"

许容与温柔地询问:"你为什么哭?"

叶穗抽抽搭搭的:"我的猫死了……"

许容与快速在脑海里回忆昨天在叶穗家做客时见到的情况,他相信自己的观察能力,他不可能见过一只猫。许容与艰难道:"你还养了猫?我上次没见到啊。"

叶穗:"我还没养啊。"

许容与抓住她的手,不让她再捂着脸。她湿漉漉的面容与他对望,两人蹲在地上,灯光在头顶摇晃。她眼睛通红,他也不比她好多少。许容与温和地问:"穗穗,你还认得我是谁吗?"

叶穗:"爸爸。"

就是那个总逼她写作业、见面就问她成绩、让她一直想跪下喊爸爸的人。

行吧。爸爸就爸爸吧。他镇定地接下这个身份,拉着她的手和她商量道:"那穗穗,我们不要喝酒了,回家好不好?喝酒对身体不好。'爸爸'之前应该说过吧?"

叶穗思维非常清晰:"你没有说过。"

许容与自打脸。行吧,可能叶穗爸爸活着的时候,叶穗还没这么放任。爸爸不会教女儿不要喝酒,也可以理解,但是女儿骨子里是什么样的,她爸爸心里没数吗?

许容与只好道:"那我现在说,喝酒对身体不好。我们回家吧。回家,我陪你……"他艰难地说出来,"玩积木?"

叶穗漆黑的眼睛打量着他,冷冷地问:"你以为我是三岁小孩吗?"

许容与心里满满的唾弃,心想难道你现在很理智吗?

叶穗扭过头,声音放空:"我要去坐摩天轮!"

许容与:"现在?"

叶穗:"嗯。"

许容与试图和她商量:"穗穗,你这样……醉醺醺的,人家工作人员不会让你坐的。而且今天小年,摩天轮可能不开。"

他才这么一说,叶穗已经止了的泪珠,又开始掉了。

许容与大惊失色,立刻:"坐坐坐!我们立刻去坐!马上去坐!工作人员不会赶你的!"

许容与不可能扔下一个醉鬼,他再次把回家的时间推迟了。而且这一次,为怕家里人打电话质疑,他干脆连具体回家时间都没通知。不提家里的气压如何低,许容与现在正努力想办法应付叶穗。

许容与从小就是三好学生,这辈子没做过这么丢脸的违规的事,偏他思路还非常缜密。但他在做这些时,内心隐隐有一丝兴奋,觉得激动无比。他为了掩饰叶穗醉鬼的身份,买了香水,喷得太多,喷得他自己呛到了好几次。他买了帽子戴在她头上,让她一路低着头,别被人看见。他没坐过摩天轮,查了资料后微怔,没想到本地的摩天轮居然一圈会转三十分钟。

于是许容与看看旁边的叶穗,忧心忡忡地又准备了一个塑料袋。

最后,他为了不让叶穗打扰到别人,原本每个座舱可坐八个人,一咬牙,他干脆直接买了八个人的票。他拖着叶穗赶去时,天已经黑了,夜幕如歌,垂在江面上。许容与嘱咐叶穗:"低头,别说话,乖乖跟我走,我让干什么就干什么。不然就不带你坐摩天轮了,知道吗?"

叶穗眼睛瞪圆,特别亮。她乖巧地点头,还伸手,郑重地牵住了他的衣袖。她这架势,估计他把她卖了她都不知道。这时候多庆幸,幸好是他在,幸好不是哥哥在。

许容与心里发软,难得的温柔如泉,全都涌向她。

他叹口气,将帽子往这个醉鬼脸上一盖:"傻!"

叶穗不服气要反驳,许容与就拉着她走了。许容与本以为小年夜,来坐摩天轮的人会很少,他还怕检票员发现叶穗这个醉鬼。但是来坐摩天轮的人并不少。摩天轮悬在整个江面上,是本地非常著名的旅游景观。每天来这里参观的人不少,许容与靠着自己的冷静,硬是平静地把检票混过去了。

男生女生买下一个座舱八个人的票,工作人员见怪不怪,毕竟小情侣愿意这么做的,也为数不少。座舱门关上,工作人员去检查别的座舱了,许容与伸手掀开盖住女生大半个脸的帽子。她蒙懂地看他,许容与心里好笑,说:"可以说话了,穗穗。"

他取出塑料袋。

叶穗看他,惊讶道:"你要吐了?"

许容与回道:"嗯,被你身上的味儿熏得想吐。"

叶穗反应迟钝，过了一会儿才低下头，露出一个伤心的眼神。从许容与的角度，看到她竟然把脸蹭到自己衣领处，小心地闻了一下。

许容与眸中带笑，为她偶尔流露的可爱而心动。他伸手抚摸她的发丝，轻声说："你怎么这么傻？塑料袋是给你准备的。三十分钟啊，你吐了的话我还得给你打扫，希望你别再挑战我的极限了。"

叶穗头晕晕的，没听懂，还眨了眨眼，偏过脑袋看他，无辜的样子，分明是跟他卖萌。

许容与伸出手，她想了一下，向他怀里凑过来。

他都不知道拿这样的学姐怎么办了，然后摩天轮开始转动了。座舱开始缓缓向高处升起，舱中的人轻轻晃了一下，叶穗一把推开了许容与，向窗口扑去。她没看见许容与被她推得脸黑了，只惊喜地"哇"一声，脸贴着玻璃。

许容与在对面，沉着脸冷冷看她，心想：我就等着看你什么时候吐。我不信你坐三十分钟摩天轮都不晕。

叶穗哪里知道旁边男生那种心思。她靠着窗，跪坐在座位上，和所有人一样，脸贴着玻璃，向窗外看。风声在外呼啸，万千灯火在她眼前飞了起来。江面广阔，周围此起彼伏的，许多人都开始拍照。

叶穗眼睛清亮，盯着江畔和灯火。一瞬间，觉得人间变得那么遥远。

她心中万千心事，在周围的欢呼声和惊奇声中，那些心事飘远了。她心跳一时快，又一时慢。她静静的，却又感觉到一阵悲凉。她脸贴着玻璃，不仅看到城市灯光，还看到别的座舱中的男男女女。情侣在拍照，父母在吼着不让孩子乱动，中学生兴奋地叽叽喳喳……

而她回头，再看一眼，自己身边的人，是冷冰冰的许容与。

别人都有人爱，就她没有……

许容与惊愕："你怎么又哭了？这也哭？"

手忙脚乱地凑过去，忍着头疼给她找纸巾擦眼泪。她哭得都快成为他一个心理阴影了。

天边绽放出烟火,砰一声飞向半空,那是小年夜的庆祝方式。摩天轮上百来人抬头,都看向江面上的烟火。城市不让私人放烟火,今年只有政府策划的几场。所有人屏着呼吸,向上空看。

烟火绚烂,色彩斑斓,如一个个绽放的梦境般,亮在所有人头顶。

"哇!"

"放烟火了!"

"真美!"

烟火巨大的声响中,许容与正在给叶穗擦眼泪。她低声说了几个字,许容与听不清楚,他凑近她耳边,语气无奈又温柔:"你说什么?你又有什么要求?"

叶穗哽咽:"我说,没有人爱我。"

许容与怔住,抬头,与她脸对着脸。他们眼角的泪痕,如照镜子般对应。许容与不说话,看叶穗的眼神空空的。

她一边仰着脸看天上的烟火,一边重复:"为什么没有人爱我?爱我的爸爸走了,妈妈不爱我。前男友都有更喜欢的人,想要的男朋友被我追丢了。为什么所有人都有人爱,就我没有呢?我做错了什么吗?"

她茫然,无助,眼睛通红,就这般伤心地看着他。她眼中的泪,砸在他给她擦眼泪的手上。

那一瞬间,许容与心中一烫,眼眶瞬间跟着她一起红了。

他知道他完了。

烟火绽放声越来越密集,江面上的场景越来越大。叶穗忽然推开许容与,他伸手没拽住她。

而叶穗在座舱中站起来,手成喇叭状放在唇边,她大声喊叫:"为什么没有人爱我!我不漂亮吗?我对人不好吗?为什么不和我做朋友,不做我男朋友,不做我亲人?不爱我,不宠我,不保护我,不陪我长大?为什么——为什么——"

她眼泪滚滚,叫得歇斯底里,眼睛里仿佛有火在燃烧。她焚烧着自己的生命一般,大声喊叫,眼神又疯狂,又迷醉。

许容与低声:"别喊了。"

叶穗喘着气,回头看他。

许容与闭了眼,好像她还没有晕,还没有难受,他就有些不舒服了。他睫毛轻颤,脸色苍白,手握成拳,在身子两侧轻轻发抖——他知道前面是悬崖,他知道不能爱她。

可他就是爱她!

就是爱她!

他睁开了眼,看着这个醉鬼,淡漠地开口:"有人爱你。"

下一瞬,他忽然站起,扣住她的腰,将她揽到自己怀里。他紧紧抱住她,手按住她的后脑勺。叶穗蒙了一下,却不甘如此。她在他怀里抬起眼,与他垂下来的目光对视。紧接着,她仓促一笑,苍白的唇瓣抖了抖。

踮起脚,她搂抱住他的脖颈,吻住了他的唇。

叶穗搂着许容与脖颈,她闭着眼,在漫天烟火下的摩天轮中,侧着脸亲吻他。

脸贴着脸,重量落到他身上。她睫毛颤抖,吻得深情而用力。酒精发挥了作用,不管不顾,她的感情炽烈而迅速,升温得非常快。她需要一个爱人,需要一个人陪着她,爱着她。

她唇与他相撞,舌抵上他的牙。

许容与向后退了一下。

叶穗不死心,继续向前吻他。

他再次后退了一下。

唇始终没张开。她胡乱而用力地亲吻,只是在他唇角打转。

叶穗心一下子凉了。

她昏昏沉沉的,心却一下子揪痛了。她不再踮脚试图吻他了,而是睁开眼,仰着脸窝在他怀里,目光迷离而难过地看着他。

他与她呼吸交错,摩天轮一点点升高,长达三十分钟的时间,它终于即将升到最高点,而玻璃窗外的烟火,笼罩着他们。叶穗手臂仍搭在许容与脖颈上。男生垂头,呼吸与她交缠着。

清清的目光温和得像是捣碎的月光，让人沉醉其中。

叶穗再次想亲他，他再次后倾了一下。叶穗有点生气，松开手要丢下他，腰却被他搂着。她扭了下，没挣开男生的怀抱。她有些气鼓鼓地瞪向他，用眼神质问他是什么意思。

许容与手指托住她的腮帮，指腹轻轻擦过她脸颊细嫩的肌肤。他眼眸深黑，声音淡淡："穗穗。"

叶穗不满地发声："嗯？"

许容与："你这个醉鬼，我真怕你明天就忘了今天的事。"

叶穗心想才不会，张口要反驳。

许容与道："我不信一个醉鬼的话……穗穗，哪怕这些你明天就不记得了，但我还会说清楚。我一直在找理由不爱你，可我失败了，我投降了。所以你和我谈恋爱，要是敢无缘无故地和我分手，我就再不会原谅你了。休想我像你的其他前男友那样和你做朋友。还有，一个女生不要太热情。"他清澈的双眼中映着面容绯红的少女，"你太热情，就显得廉价，男的都有劣根性，他们就不会珍惜你了。你这么热情，你让男的做什么呢？"

叶穗听得真扫兴，她的头有些晕，她真的不想听他啰唆地教育她。他哪里是小学弟，他比所有的老师都要恐怖啊。

不想听许容与又开始教育自己的叶穗身子在他怀里再次一拧，不想搭理这个人了。但她头才轻微一侧，许容与就托着她的后脑勺，低头亲了上来。

酒精好像瞬间从体内清空。

他闭着眼，低头吻她。一手抚着她的脸颊，一手托着她的后脑勺。她慌乱地向后退一步，他抱紧她，让她始终置身在他怀中。

摩天轮升到了最高处。

烟火砰砰砰地在天上炸开。

叶穗笔直站着，双手垂在身体两侧，烟火照亮她的脸。她睁着眼，看许容与颤抖的睫毛与她的相碰，鼻梁与她的摩擦。他没有亲吻的经验，并不知道怎么吻心爱的女孩。但他耐心地尝试，让她张口，试探地与她唇齿相磨。

整个世界都在旋转。

当星河垂在天上,当城市的高楼大厦彻夜不眠,当摩天轮发着光,烟火如流星般闪耀,他们好像置身在时间的尽头一般。没有尘埃,没有外人,没有呼吸,只有彼此的缠绵。

他的亲吻这么温柔,与他平时冷硬、对她爱搭不理的风格一点也不一样。

天地间轻悠地唱着缓歌,短短一瞬,忽有一种感觉,好像所有的放荡放逐,都是为了等待生命中的这一刻。

叶穗眼角的泪落了下来。

她垂在身子两侧的手抖了一下,然后在许容与睁开眼,试探地用目光询问她时,她张臂抱住他,全心全意地接受这个吻。

清晨时分,叶穗站在穿衣镜前刷牙。昨天醉酒的女生早上起来后,头发乱糟糟的,脸蛋也仍有好几道还没消的红痕,稍微动作大点,头还会晕。叶穗一眨不眨地与镜子里刷牙的自己对视,刷着刷着,她不自觉地就眉眼飞扬,唇畔露出笑,好几次忍俊不禁。

脑海里有个美梦,梦中其他的都不太记得的,就记得摩天轮升到最高处的时候,许容与手托着她的后脑勺,非常强势地亲吻她。

她现在刷着牙,心情都好得不得了。

叶穗刷完牙,找到梳子梳发。她哼着歌,在屋子里晃悠悠地瞎走,梳齿轻轻擦过发尾,眼睛在屋子里逡巡。叶穗努力地回想自己昨晚是怎么回来的,并且四处找自己的手机。她还没找到手机,路过阳台,不经意往外面瞥了一眼,一下子却看到了一个熟悉的身影。

叶穗惊喜了一下,也不找手机了,她丢下梳子,拿了钥匙穿上鞋,匆匆忙忙地下楼。出了楼道,叶穗跑向单元楼前的花坛。背影清隽瘦削的男生就坐在花坛边,旁边放着一个行李箱,他低头在看手机。听到脚步声,男生回头看了一眼,站了起来。

许容与打量着这个穿着卫衣就在大冬天跑出来的女生,眸子轻微一缩，他语气尽量平淡道："醒了？"

叶穗："嗯……昨晚你送我回来的？"

许容与点了下头。

叶穗面对他，再想起那似梦非梦的两人亲吻的记忆，心花怒放的同时，觉得有一丝赧然。她非常不好意思地向他飞了一眼，神情欲语还羞，非常妩媚："你大早上就在楼下等我吗？不冷吗？你这是要等到什么时候呢？万一我起得晚，万一我没看到你，那你是不是要傻乎乎地一直等下去？"

叶穗口中还有一句"你这个傻瓜"没说出来，只见许容与沉默了一下，说："我不会傻等，我会打你电话。昨晚给你手机充满了电，打电话你听得见。"

叶穗一愣，先是为自己的自作多情尴尬了一下，然后喃喃开口："原来你连我手机都拿走了啊，难怪我早上起来没在熟悉的地方找到我手机。"

许容与："找不到手机，可能是因为你家里乱得像猪窝一样。如果不是昨天太晚，我都想帮你把家里收拾一下。"

叶穗默默看他，许容与扬一下眉，用眼神询问她怎么了。

叶穗："我真的很怀念昨天的许容与……昨天的许容与特别温柔，说话也不会这么直接，一点也不考虑我的心理承受能力。"

许容与唇角轻微上扬，非常浅淡地笑了一下。他说："看来你的心情恢复了，我可以放心地走了。"

叶穗愣了半天，才不可思议地说："你用你的毒嘴来测试我心情有没有好转？你是什么怪物啊许容与！"

许容与再次笑了一下，笑容依然浅，垂眼看她的目光，却非常专注温和。

一时间，四目相对，两人不约而同地尴尬起来。

半晌，许容与沉吟着："昨晚……"

叶穗不好意思道："昨晚……"

两人异口同声地开口，又同时停下。默默地看对方一眼，两人更加尴尬了。

叶穗谦虚地说："你先说，你先说。"

许容与没客气，直接问："昨晚你强吻我的事还有印象吧？"

叶穗震惊反问："不是你强吻我吗？"

许容与："那就是有印象了。"

叶穗顿一下，声音拖长："嗯……"

她的桃花眼眨呀眨，盯着许容与，目光充满暗示，又大胆火热。她笑容满满，这个样子，谁不知道她的心思呢？

许容与咳嗽一下，转开脸躲过她火热的目光——看来他昨晚提醒她矜持的话白说了，醉鬼果然不记得了。

许容与垂下视线不看她，开口回复："我是一会儿十点的车票，不能再拖了。走之前，我就是来和你解决这件事的。解决这件事的方式，我想你我都心知肚明，我也没有什么异议。但是在此之前，我先向你说声对不起。"

叶穗糊涂了，心又凉了。

她一时以为许容与说的"心知肚明"，是要向她表白的意思。可是他又先说了对不起……叶穗心冷了下去。果然是自己自作多情吗？他亲了她，也不打算进一步？为什么？是因为他哥哥，还是她的家庭？

叶穗心灰意冷，寒着脸，不想听了。见鬼的"做朋友"吧。

她一点都不想继续做朋友了！

许容与拉住她手腕。

叶穗声音冷冰冰的："松手。"

许容与却不松，他轻声："你不原谅我我也要说，叶穗，对不起。我喜欢你，想追求你，想和你在一起。你对我像谜团一样，你的吸引力我抵抗不了。我不能放弃你，不能当作什么都没发生过一样。你应该能感觉到，对不对？"

叶穗侧过脸，迟疑地看向他，不知道他到底是什么意思。

许容与："我想和你试试。可是我不能让你直接做我的女朋友。

叶穗，对不起，你能够接受和我不公开关系地谈恋爱吗？"

叶穗眼睛一亮，为他终于说出口的求爱，但她同时又不解，道："为什么不公开关系？我们郎才女貌，很登对啊。"

许容与轻声："因为我家庭的关系。我爸妈，控制欲比较强……他们希望我直接相亲，找个合适的姑娘，毕业后就结婚。我一直没有明确反抗过，因为我觉得他们既然付出那么多，要求一些回报是应该的。哪怕我现在开始反抗，也不能把你卷进来。我不能让我爸妈伤害到你。"

叶穗怔然。她睁大了眼睛，看着许容与。

许容与脸色微微苍白，却还在继续："我爸妈不可能轻易接受我走和他们期待相反的路，他们……会要求门当户对。你的家庭，在我家这里，是个很大的障碍。我要是娶你的话，我不能一下子刺激到他们，让家里大爆炸。我只能慢慢改变我爸妈的观念。所以，非常对不起。我非常对不起你，可我还是希望你能够接受我，试一试。"

叶穗喃喃地开口："不是……我们不是才开始吗？你为什么都想到要结婚了？我们不是还没毕业吗？你怎么想得这么远？"

她痴了，呆呆地看着许容与。她和许奕谈过恋爱，再一次清晰地感觉到许奕和许容与的完全不同。

许奕从来没说过他家庭如何，只是在两人的日常相处中，叶穗看出许奕家境很好，许奕也没否认。许奕就是和她谈恋爱，没考虑过未来，没承诺过以后，他就是享受现在。如果许家家教那么严的话，只有许容与会在一开始和她说明啊。

叶穗低头。

许容与声音微微颤抖："我就是这样的。如果你害怕了，你可以拒绝我，我不会缠着你的。"

他身子绷直，目光紧盯着垂下头的女生。他外表表现得那么平静，实际他非常紧张。他知道自己的毛病，知道自己这么可怕的规划，会吓到别人。没有人会在一开始想到那么远的未来，叶穗这种性格肆意的人更是最不愿意被约束的。

他等着她的回答。

叶穗忽然抬头，望着他笑了一下，温柔的、爱怜的笑。她心生喜悦。

生活在她绝望的时候透来一束光，送来一个人。她怎么能说不要呢？她大大方方地走过来，搂抱住他脖颈。她脸贴着他的颈，感觉到他颈间的脉动。叶穗亲昵而认真："我答应你。容与，我不在乎你想的那些弯弯绕绕，我不管。我只知道我现在拒绝了你，就没有以后了。你这么固执可怕，你一定再不会见我了。"

她对他露出笑："容与，我们在一起吧！"

许容与盯着她的眼睛，判断她是不是认真的，良久，他才微微露出笑。

男生低头，与女生额头相抵。许容与搂着她腰，承诺般与她一字一句道："叶穗，你会知道，我是最适合你的男人。我会对你好到让你舍不得和我分手的。"

叶穗仰头大笑，非常喜欢他这样的自信。她飞了个媚眼，笑眯眯的："哈哈，好，那我就等着看我是怎么舍不得和你分手的。容与，加油哦！"

许容与目中也带了笑，他松开了搂着她腰的手，看了下时间说："我该走了。"

叶穗"啊"一声，恋恋不舍地问："我送送你？"

许容与："不用了，站了这么久，你快回去吧，不要感冒了。"

叶穗欲言又止，但还是郁闷地点了点头。她跟着他走了几步，望着他修长的背影。他回头示意她进去时，叶穗怅然若失地开口："拜拜……唉，刚谈恋爱，就只能明年再见了。"

许容与："怎么会？每天可以视频啊。"

叶穗刚想说"你家教那么严，视频没关系吗"，就听他说："你跟我一起来完成一个建筑模型。我看了下谷雨杯设计大赛今年的报名时间，你从现在开始准备的话，是能赶上的。正好我也要选一个大赛，你和我一组吧，我们还能一起学习进步。

"寒假期间虽然见不到面，但是每天视频，在不同的地方一起画图写方案,也挺好的。从现在开始准备,你不光会完成学院大赛任务,还能和我一起取得好名次。做什么事就要做到最好,一会儿我回到家后,我们就视频聊下方案。我大概三小时能到家,这三个小时,你先去上网查一下谷雨杯这届的资料信息。"

叶穗头一下子晕了。

这个魔鬼,他又开始了吗!

她哭丧着脸,有点不想交这个男朋友了呢。

"真的,容与,我刚才不是真心的,但我现在真心地说,我还是蛮希望明年再和你见面的。"

许容与知道她什么意思,他伸手摸摸她的头,温和地说:"加油,好好查资料。叶穗,不把你成绩提到年级前十,我怎么甘心呢?"

叶穗面无表情:"你快滚吧!"